新潮文庫

河を渡って木立の中へ

ヘミングウェイ
高見　浩訳

目次

河を渡って木立の中へ

第一章

　出発したのは夜が明ける二時間前だった。他のボートが先行していたため、最初は運河に張り詰めた氷を砕く必要はなかった。暁暗《ぎょうあん》の中、姿は見えず、耳で気配を察するだけだったが、どのボートでも船頭が長い櫂《かい》を持って艫《とも》に立っていた。ハンターは弁当や弾丸入りの箱の上部に取り付けられた、射撃用の椅子《いす》にすわっていた。彼の使う二、三挺《ちょう》の銃が、積み重ねられた木製のデコイに立てかけられている。各ボートには、一羽か二羽の生きた雌鴨《めすがも》、もしくはつがいの鴨をおさめた袋がどこかに置いてあったし、どのボートにも犬が一匹乗り込んでいて、闇《やみ》の中、頭上を飛び去る鴨の羽音に身じろぎしたり、不安そうに体を震わせたりしていた。

　大礁湖《だいしょうこ》を北に向かって進んでいくボートが四艘《そう》。五艘目のボートは、すでに運河の支流に入り込んでいる。そしていま、六艘目のボートが南の浅い礁湖のほうに曲がっていた。そこではさざ波一つ立っていない。

夜のうちに、風のない寒気に急に襲われて、礁湖は一面新たな氷に覆《おお》われていた。船頭が櫂を押し込むと、氷はゴムのようにしなう。それから板ガラスのようにパリンと砕けるのだが、ボートは遅々として進まない。

「オールを貸してくれ」六艘目のボートのハンターが言い、立ち上がって用心深く身がまえた。暗い上空を飛んでゆく鴨の羽音が聞こえる。犬も落ち着きなく身じろぎするのが感じとれた。他のボートが氷を砕く音が北のほうで聞こえた。

「気をつけなせい」船尾から船頭が声をかける。「ボートをひっくり返さねえように」

「おれだってボートの扱いには慣れてるよ」ハンターは応じた。

船頭がよこした長い櫂を受け取ると、彼はそれを逆さにして水搔《みずか》きの部分を握った。そのまま前かがみになって、櫂の把手《とって》の先を氷に突き入れる。浅い礁湖の堅い水底に先端が届いたのがはっきり感じとれた。すぐさま櫂の幅広い水搔きの部分に体重をのせ、両手でしっかり櫂をつかむと、ぐいとひと漕《こ》ぎする。それから櫂の先端が船尾の縁に接するくらいに漕ぎ切って、氷を砕きながら前に進んだ。ボートが氷にのしかかり、突き進むにつれ、氷は板ガラスのように砕けた。船尾の船頭はもう一本の櫂で、氷の破砕された水路へボートを押し進めてゆく。

しばらくして、厚着に汗をかきつつ力を込めて着実に櫂を操っていたハンターが、船頭にたずねた。「射撃用の大樽《おおだる》はどこなんだ？」

「左のほうにいったところでさ。次の入り江の中ほどで」

「もうそっちに向きを変えたほうがいいかな？」

「お好きなように」

「どういう意味だい、お好きなように、とは？　水路に詳しいのはあんただろう。そこにたどり着けるだけの水深はあるのかい？」

「いまは引き潮ですからね。なんとも言えませんや」

「急がないと夜が明けちまうぞ、そこに着くまでに」

船頭は答えない。

わかったよ、ふくれっ面《つら》のぼんくらめ、とハンターは胸中に独りごちた。とにかく、あそこまでいくのだ。まだ三分の一もの距離が残っている。鴨を拾いあげるのに氷を割らなきゃならんのが面倒だというなら、お気の毒さまだな。

「なんなら寝ころんでいるさ」ハンターは英語で言った。

「なんですと？」船頭がイタリア語で訊《き》き返す。

「さあ急ごう、と言ったんだ。早くしないと明るくなってしまう」

礁湖に沈められた樫板《かしいた》張りの大樽にたどり着いたときには、夜が明けていた。樽は傾斜した地面の縁に囲まれており、そこには菅《すげ》や雑草が生えている。ハンターは凍った草がパリパリと割れるのを足裏で感じながら用心深く地面に乗り移った。船頭が弾丸の箱を兼ねた射撃用の椅子をとりあげて、こちらに手渡す。ハンターは上体を折って、それを大樽の底に置いた。

彼は腰まで届くロング・ブーツをはいて、古い戦闘服を着ていた。服の左肩には一般人にはわからない肩章帯《けんしょうたい》がついており、星章をとり除いた跡がほんのりと薄く残っている。樽の中に降りると、船頭が二挺の銃を手渡してくる。

それをいったん樽の内側に置き、もう一つの弾薬嚢《だんやくのう》をその銃の間の、樽の内壁に打ち込まれた二本の鉤《かぎ》に吊《つ》るす。それからあらためて、その弾薬嚢の両側に二挺の銃をたてかけた。

「水の用意はあるかい？」船頭に訊いた。

「ねえですよ」

「この礁湖の水は飲めるのかな？」

「いや。体に毒なんでね」

氷を割ってボートをここまで持ってくるのに苦労したから、ハンターは喉《のど》が渇いていた。急に怒りが込み上げてきたが、それをなんとか抑え込んで言う。「おれもボートにもどって、デコイを水面に浮かべるのを手伝おうか？　また氷を割らなきゃならんだろう？」

「いんや」船頭はボートを荒々しく薄い氷の上に押し出した。ボートが乗り上げるにつれ氷がパリパリと砕けてゆく。船頭は櫂のブレードの部分で氷を叩《たた》き割りはじめた。それからデコイをボートの横や背後に放り投げてゆく。

このおやじ、たいしたご機嫌じゃないか、とハンターは思った。礼儀などどこへやらだ。ここまでくるのに、おれは馬並みに働いた。この船頭は最低限の働きをしただけだ。いったい何が気に入らんというのだ？　これがそもそもやつの商売だろうに。

ハンターは左右に最大限銃を振りまわせるよう椅子の位置決めをしてから弾薬箱をあけて、ポケットに弾丸を詰め込んだ。それからもう一つ、弾薬嚢におさめた別の弾薬箱のふたをあけて、いざというとき簡単に弾丸をとりだせる準備をしておく。前方の、最初の曙光《しょこう》に輝やく礁湖の水面に、それまで乗ってきた黒いボートが浮かんでいる。長身の屈強な体格の船頭が氷を櫂で叩き割って、何やら猥《みだ》らなものでも捨てるようにデコイを船縁《ふなべり》越しに放り投げている。

周囲は一段と明るくなって、向こう岸の岬の低い輪郭が見えてきた。その岬の背後にはさらに二ヵ所猟場があり、それを越えるとまた沼地が広がって外海とつながっているのをハンターは知っている。二つの銃に弾丸を込めると、デコイを放り投げているボートの位置を確認した。

背後から低い羽音が接近してくるのが聞こえる。すかさず樽の中にしゃがみ込み、右側の銃を右手でつかむと、樽の縁の下から空を見上げた。仄暗《ほのぐら》い灰色の空を、二羽の鴨が翼を広げて制動をかけつつ水上のデコイめがけて急降下してくる。ハンターはそれを狙《ねら》って立ち上がった。

頭を低く下げ、銃をゆっくり斜め下に振って、二羽目の鴨のかなり前方に狙いを定める。その一撃の結果を見きわめもせず、瞬時に銃口を上に、なめらかに上に向けて、左手に上昇するもう一羽の鴨の左方を狙いざま引き金を引いた。その鴨は羽をたたんで、割れた氷上に浮かぶデコイの上に落下してきた。右手に視線を走らせると、最初に落下した鴨が黒い斑点《はんてん》となって氷上に横たわっている。その鴨には細心の注意を払って、ボートのかなり右手にきたところを狙い撃ったのだ。二羽目の鴨を狙った際は、ボートが火線に重ならないよう、そいつがかなり左手の上方にくるのを待って撃ったのだった。あざやかな連射だった。ボートの位置に配慮して十分な注意を払い、撃つべきところを撃ったのだから。次の弾丸を込めながらも、彼はいい気分だった。

すると、船頭がこっちに呼びかけてきた。「いいかね、このボートは撃たねえでくださいよ」

これじゃ、こっちはかたなしだな、とハンターは独りごちた。いやぁ、恐れ入った。「デコイをばらまいてくれ」船頭に向かって叫んだ。「早いとこ頼む。デコイが全部散らばるまで撃たんから。真上に向かっては撃つかもしれんが」

船頭め、こっちの耳に届くようなことは何も言わない。

それにしてもわからん、とハンターは思った。あいつはこの鴨撃ちのことは万事心得ているはずなのに。猟果を半々に分けることは承知しているはずだし、もっと実入りが増えるかもしれないことも承知しているはずだ。あれくらい安全に気を配って慎重に鴨を撃ったことなど、生まれてこのかた一度もない。いったい何が気に食わんというのだ？　デコイのばらまきを、こっちも手伝おうか、とまで言ったのに。もう、勝手にするがいい。

いま、船頭は右手のほうで、相変わらず腹立たしげに氷を砕いている。木製のデコイを放り投げる仕草の一つ一つに憤懣《ふんまん》がこもっていた。

せっかくの鴨撃ちを、あいつのおかげで台無しにされたんじゃかなわん、とハンターは独りごちた。これだけ氷が張っていたんじゃ、いずれ陽光で溶けるまで、たいした成果は望めまい。おそらく数羽ぐらいしか仕留められないだろうから、貴重なチャンスをあいつに帳消しにされる破目にはなりたくない。この先何度鴨撃ちを楽しめるかわからんのだから、数少ないチャンスを大切にしよう。

沼地にせりだした岬の彼方《かなた》を見ると、空が明るみかけている。樽の中で体の向きを変えて、凍った礁湖と沼地の彼方に目を走らせた。はるか遠方に雪に覆われた山並みが見える。低く腰をかがめているので、ふもとの丘陵は見えず、山々がいきなり聳《そび》え立っていた。そうして山々を眺めていると、頰を微風が撫《な》でる。それで、いずれ日が昇ればあの方角から風が吹いてくるだろうと知れた。風に追われて、海のほうから飛来してくる鴨もいるにちがいない。

船頭はデコイを投げ終えた。全体が二つの塊に分かれていて、一つの塊は前方の左手、日が昇る方角に集まり、もう一つの塊はハンターの右手のほうに集まっている。最後に船頭は紐《ひも》と重りのついた雌の鴨を水上に投げた。囮役《おとりやく》の雌鴨は水中に頭を突っ込み、また頭をあげては水に突っ込んだりして背中に水を跳ね飛ばしている。

「氷の縁《へり》をもっと砕いたほうがいいんじゃないか」ハンターは船頭に声をかけた。

「水面がもっと広がらないと、鴨も寄ってこないだろう」

船頭は無言でギザギザの氷の縁を櫂で砕きはじめた。実はこの段階で氷を砕く必要はなく、船頭もそれは心得ていた。が、ハンターはそのことを知らず、胸中に思っていた——あの船頭が何を考えているのかわからんが、あいつのためにせっかくの猟を台無しにされたんじゃかなわん。すべてはおれの裁量で進めて、やつに口出しはさせまい。これから引き金を引く一瞬一瞬が最後の機会になるかもしれんのだから、こんな阿呆《あほう》に邪魔立てされてたまるか。しかし、まあ、ここは冷静にならんとな、若造よ、と彼は自分に言い聞かせた。

第二章

だが、彼は若造ではなく、五十歳になる合衆国陸軍歩兵大佐だった。そして、この鴨猟のためにヴェネツィアを訪れる前日、身体検査に備えて、ニトロマンニットという血管拡張剤をたっぷり服《の》んできていた。その目的は自分でも曖昧《あいまい》で、まあ、検査に通るためだろうよ、と勝手に決め込んでいたのだった。

診察にあたった軍医はかなり懐疑的だった。が、診察結果を二度読み返してから、その件に触れてきた。

「要はだね、ディック」と軍医は言った。「これという徴候はないんだよ。ただし、眼圧と頭蓋《ずがい》内圧は上昇していて、これには注意が肝心なことは歴然としている」

「つまり、何がどうだというんだ?」そのときはまだハンターになっておらず、これからハンターとして楽しむ予定の、将官から降格された過去を持つ合衆国陸軍歩兵大佐は言った。

「あんたとは長い付き合いだな、大佐。いや、長い付き合いのような気がするだけかな」

「実際、長い付き合いだっただろうが」大佐は応じた。

「なんだか二人で流行《はや》り歌の歌詞を書いてるみたいだね。しかし、ニトログリセリンでパワー・アップしたときは、何か突拍子もないことをしたり、火花を浴びたりするような真似《まね》は避けたほうがいい。そのときは、まるでハイオクのガソリンを呑《の》み込んだトラックみたいに、重い鎖も引っ張れたりするんだから」

「心電計の検査結果は、まずかったのか？」

「心電計の検査結果は上々だったよ、大佐。二十五歳の男並みだった。十九歳の若者の検査結果だと言っても通るかもしれない」

「ならばいったい、あんたは何を言いたいんだ？」

　ニトロマンニットをあれだけ服むと、ときとして吐き気を催すことがある。彼は早いとここの面接を切り上げたかった。横になって、鎮静薬のセコナールも服んでみたかった。こんなことをしているくらいなら、重圧に直面する小隊向けの小戦術教程でも書いていたほうがまだしもいい。この男にそう言ってやれればいいんだが。しかし、どうしておれは法廷の慈悲に素直に身を委《ゆだ》ねようとしないのか？　いや、それは有りえんな、と胸に呟《つぶや》く。おれってやつは、いつだって無罪を主張する男なのだから。

「これまで頭部関連の傷を負ったことは、何回くらいあったかね？」と、軍医。

「そんなことなら。おれの軍歴簿に書いてある」

「頭を強打されたことは何回くらいあったかな？」

「やれやれ」大佐は言った。「あんた、軍に代わって訊問《じんもん》しているのか、おれの主治医として訊いているのか、どっちだい？」

「もちろん、あんたの主治医としてさ。わたしがあんたの古傷を掘り返そうとしているとでも思ったのかい？」

「いや、これは悪かったな、ウェス。つまり、何を答えればいいんだ？」

「脳震盪《のうしんとう》を経験した数だがね」

「本格的な？」

「そのとき失神したとか、一時的な記憶喪失に陥った数さ」

「まあ、十回もあったかな。ポロの試合中のやつを勘定に入れれば。そうじゃなきゃ、三回前後というところだろう」

「困ったお人だ」と言ってから、軍医は付け加えた。「この大佐どのは」

「じゃあ、もういってもいいかな」

「いいとも。問題はなさそうだから」

「これは助かる。どうだい、タリアメント河の河口の沼地で、鴨撃ちをやってみる気はないか？　楽しめること請け合いだぞ。そこはコルティナで知り合った、気のいいイタリア人の若者たちが所有している猟場でね」

「オオバンなんかを撃てるのかね、そこでは？」

「いや。本物の鴨が撃てるんだよ。みんな気のいい若者たちで、猟も楽しめる。獲物もいい、本物の鴨だから。マガモ、オナガガモ、ヒドリガモといったところで。雁《がん》なんぞも撃てる。われわれが若い頃、故国《くに》で楽しんだのと変わらんよ」

「わたしが若い頃というと、一九二九年から三〇年頃になるがね」

「あんたのそんな逃げ口上は、初めて聞いたな」

「いや、そんなつもりじゃない。鴨撃ちを楽しめた頃の記憶など残っちゃいない、と言いたかったまでさ。それに、わたしはシティ・ボーイだからね」

「そこだな、あんたの唯一《ゆいいつ》困る点は。おれの経験じゃ、シティ・ボーイを名のるやつにろくなやつはいない」

「それは本気で言ってるんじゃあるまいね、大佐？」

「もちろん、冗談だよ。わかってるだろうが」

「体調に問題はないようだね、大佐。鴨撃ちに付き合えなくて、申し訳ない。わたしはそもそも射撃が不得手だし」

「くだらん。そんなのは問題じゃない。そもそもこの部隊に射撃の上手なやつなどいやしないだろうが。おれはただ、あんたを連れていきたいだけなんだ」

「いま使っている薬で不足なら、他に何か出して差し上げるよ」

「そんな薬があるのかい？」

「実はないんだ。そういう薬を開発しようと、みんなあくせく働いているんだが」

「勝手にあくせくさせりゃいい」

「そいつは賞賛に値する言いぐさだね、大佐どの」

「勝手にほざくがいいさ」大佐は言った。「しかし、どうだい、本当に一緒にいきたくないか？」

「鴨を食べたいときは、マディソン・アヴェニューの〈ロンシャン〉で間に合うからね。あの店、夏場はエアコンがきいているし、冬も暖かい。夜明け前に起きて厚手の下着を着込んだりする必要もないし」

「わかったよ、シティ・ボーイ。所詮《しょせん》、あんたには縁がないんだ」

「縁がなくてけっこう」軍医は言った。「体調に問題はなさそうだよ、大佐、どの」

「そいつは助かる」大佐は応じて、医務室を出たのだった。

第三章

　それが一昨日のこと。昨日はトリエステを出発してヴェネツィアを目指し、モンファルコーネからラティザーナ一帯の平野を横断する古い街道を車で走った。ドライヴァーの腕は確かなので、彼は助手席ですっかり寛《くつろ》ぎ、かつて若者の頃親しんだこの地方の風物をのんびり眺めてすごした。

　頭に浮かぶのは、何もかもすっかり様変わりしてしまったな、という思いだ。たぶん、距離感が変わってしまったせいだろう。歳《とし》をとると、万事がえらくちぢんで見えるものだ。それに道路がよくなったし、埃《ほこり》もたたない。かつてここを移動した際、乗ったのは軍用トラックに限られていた。それ以外は徒歩で移動したのだ。行進で落後したときは、ちょっとした木陰や農家の井戸ばかり目で探していた。それと溝だな、と思う。実際、溝ばかり探したものだった。

車はカーヴを曲がって、タリアメント河に架かる仮橋を渡った。土手はずっと緑に覆われていて、流れの深い対岸では釣り三昧《ざんまい》の男たちがいた。爆破された橋は目下修理中で、リヴェットを撃ち込むハンマーの音がかまびすしい。八百ヤードほど前方に見える崩落した建物や離れ屋は、かつてロンゲーナの建てた別荘の跡で、中型爆撃機がお荷物を落としていった痕跡《こんせき》を示している。

「どうです、あれ」ドライヴァーが言った。「この辺で橋か鉄道の駅を見かけたとしますね、すると、周囲半マイルほど、どっちの方角にいってもあんな光景が目に入るんですよ」

「そこからどういう教訓が得られるか」大佐は言った。「どんな橋からも八百ヤード離れた圏内には別荘や教会を建てるべからず、もし教会がすでにあったとしても、ジオットを雇ってフレスコ画など描かせたりするな、ってことさ」

「そうか、きっと何か教訓があるにちがいない、と思っていましたよ」

車は別荘の残骸《ざんがい》の前を通りすぎて、直線道路にさしかかった。冬場とあってまだ薄暗い溝のわきには柳がつらなっており、周囲一帯桑畑だった。前方に自転車をこいでいる男がいて、両手をハンドルから浮かして新聞を読んでいる。

「もし飛んでくるのが重爆撃機だったら、周囲半マイルじゃなく、一マイル、ってことになりますかね」ドライヴァーが言う。「だいたいそんなもんですか?」

「もし誘導ミサイルだったら周囲二百五十マイル、と見るのが妥当だろう。おい、あの自転車の男にクラクションを鳴らしてやれ」

ドライヴァーはそうした。自転車の男は顔をあげるでもハンドルをつかむでもなく、すいっとわきによけた。その傍らを通りすぎる際、大佐は横に目を走らせて、男が読んでいる新聞名を知ろうとした。が、新聞はたたまれていた。

「つまり、この辺じゃ立派な別荘や教会は建てないほうがいい、ってことですよね。フレスコ画は、だれに描かせちゃいけない、っておっしゃったんでしたっけ？」

「ジオットだ。まあ、ピエロ・デッラ・フランチェスカでも、マンテーニャでもいい。ミケランジェロでもいい」

「画家にはだいぶお詳しいんですね？」

車は直線にさしかかってスピードが上がったため、一つの農地が次の農地に溶け込んでぼやけてしまい、目には遥《はる》か正面の光景がぐんぐん接近してくる様しか映らない。左右の光景は、冬の平たい低地が圧縮されたものにすぎなかった。スピードというやつ、どうも好かんな、と大佐は思った。もしブリューゲルがこんな田舎の景色を見せられたら、さぞうんざりしたことだろう。

「画家についてかい？」大佐はドライヴァーに答えた。「まあ詳しいほうかもしれんよ、バーナム」

「自分はジャクスンです、大佐。バーナムはいま、コルティナの休養センターのほうにいっています。あそこはいいところですよね」

「おれの頭も焼きがまわってきたようだ。すまんな、ジャクスン。ああ、あそこはいいところだ。食事もうまいし、管理もゆき届いている。うるさいことを言うやつもおらんしな」

「ええ、まったく。実はですね、画家のことをお訊きしたのは、あの、やたらと多い聖母像《マドンナ》のことが頭にあったもんですから。せっかくイタリアに駐屯してるんだから、有名な絵ぐらい見ておかなきゃと思って、フィレンツェの、あのでかいところにいってきたんですよ」

「というと、ウフィッツィ美術館か？　それとも、ピッティ宮殿かい？」

「名前はどうだったか、ともかく、いちばんでっかい建物です。で、展示されている絵を次々に見ていったら、とうとうマドンナが自分の両耳から転がり出そうになっちまったんです。やっぱり、あれですね、大佐どの、絵のことなんかろくすっぽ知らないやつがあれだけたくさんのマドンナを見せられると、頭がおかしくなっちまいますね。で、こういう説を考えついたんですが。イタリア人てのは、子供《バンビーニ》が大好きでしょう。食うものに事欠くと余計にバンビーニをこしらえるんで、どんどんバンビーニが増えていきますよね？　有名な絵描きたちは、たぶん、ふつうのイタリア人みたいにバンビーニが大好きなんですよ。さっき大佐どのがあげた絵描きたちはどうだかわからないので、この説には入れませんが、間違ってたらそうおっしゃってください。でも、マドンナ像があれだけ多いのは、実際にこの目で見ましたからね、ええ、あのごく当たり前のマドンナ像の画家たちがあれだけ多いってことは、この、バンビーニ大好き現象の、一つの例証なんじゃないかって気がするんですが、いかがでしょうか」

「どの絵も宗教的な題材に限られている、という事実も付け加えるならばな」

「はい。じゃあ、この、自分の説にも一理ある、と思ってもらえますかね？」

「ああ、思うとも。ただし、事実はもうすこし複雑だろうがね」

「そりゃ、そうでしょうとも。これはまあ、自分の単なる仮説ですから」

「おまえの美術理論は他にもあるのかい、ジャクスン？」

「いいえ。いまのところ、自分が考えついたのは、このバンビーニ理論だけです。でも、どうせならあの画家たちに、コルティナ休養センター周辺の高地の絵も描いてもらえたらな、と思うのですが」

「たしかティツィアーノはあの辺の出身じゃなかったかな」と、大佐は言った。「そういう話だぞ。あるとき、あの渓谷をたどっていって、彼の生家だという建物を見たことがある」

「立派な家でしたか?」

「そうでもなかったよ」

「そのティツィアーノって画家があの高原の絵を描いてくれてたら、素晴らしかったでしょうね、あの夕焼け色の岩場だとか、松林だとか、雪の光景だとか、それからあの、とんがった塔だとか——」

「カンパニーレだな」大佐は言った。「この先のチェッジャにあるようなやつだ。鐘楼という意味だがね」

「もしその画家があの高原地帯の素晴らしい絵を描いていたら、一枚くらいは買いたいところですがね」

「ティツィアーノなんかは素晴らしく美しい女性たちの絵も描いてるぞ」

「もし自分がバーとか酒場とか、ちっぽけなホテルのようなものを経営していたら、そういう絵も使えるでしょうけど。でも、仮にも美人の絵なんぞを家に持ち帰ろうものなら、自分はローリンズからバッファロウまで女房に追いかけまわされるでしょうよ。まあ、バッファロウまで逃げられりゃ幸いですが」

「地元の博物館に寄付するという手もあるだろう」

「地元の博物館に飾られているものといや、鏃《やじり》だの、羽の頭飾りだの、皮剝《かわは》ぎ用のナイフだの、いろんな形に剝ぎ取られた頭皮だの、魚の化石だの、講和の儀式用のパイプだの、〝肝食いジョンストン〟の写真なんかですからね。それから、縛り首になってからどこぞの医者に皮を剝ぎ取られた悪党の、その皮なんかですから。美人の絵なんて、およそ場違いで」

「あの平野の彼方の鐘楼が見えるか？」大佐は言った。「あそこまでいったら、おれが若い頃に戦った戦場の跡を見せてやろう」

「あなたはこのあたりでも戦ったことがあるんですか？」

「ああ」

「その戦争では、トリエステはだれが占拠していたんです？」

「ドイツ野郎さ。つまり、オーストリア軍だが」

「味方はとり返したんですか？」

「戦争が終わってから、やっとな」

「フィレンツェやローマは？」

「こちらが占拠していた」

「じゃあ、あんた方はそんなにやられっぱなしでもなかったんだ」

「言葉遣いに気をつけろ」おだやかな口調で大佐はたしなめた。

「失礼しました、大佐どの」ドライヴァーは急いで言った。「自分は今度の戦争で、三十六師団に所属しておりました」

「肩章は見たよ」

「ふっと、ラーピド河の戦闘*のことを思い出していたもんですから。決して失礼な、横柄《おうへい》な気分に任せたわけじゃありません」

「ああ、そうだろうとも。おまえはラーピド河の戦闘のことを考えていたんだ。いいかい、ジャクスン、だれだろうと長年の軍隊経験のある者なら、ラーピド河の戦闘のような屈辱を一回や二回経験しているものさ」

「自分はあの一回だけでたくさんです、大佐どの」

車はサン・ドナ・ディ・ピアーヴェのにぎやかな町を通過した。ここは新しく建設された町だが、中西部の町ほど醜悪ではない。すぐ河上のフォッサルタが陰惨なのとは対照的に活気があって繁栄しているな、と大佐は思った。フォッサルタは結局、第一次大戦の惨禍を克服できなかったのだろうか？　大損害を受ける前のフォッサルタを、おれは見たことがない。敵は一九一八年六月十五日の大攻勢に先立って、あの町に猛烈な砲撃を加えた。それからわが軍も、あの町を奪還する前に徹底的な砲撃を加えたのだ。攻撃はモナスティエールからはじまって、フォルナーチを蹂躙《じゅうりん》した。そしていま、この冬の日に、大佐はあの夏の戦闘を思い出していた。

数週間前、彼はフォッサルタを通り抜け、低い道路沿いに河岸に出て、かつて第一次大戦時に自分が負傷した場所を探しにいったのだった。河の流れが曲がっている箇所が目印だったから、探すのは造作もなかった。あの当時、重機関銃の銃座があったあたり、敵弾で深くえぐられた穴は一面雑草に覆われていた。羊や山羊《やぎ》の餌場《えさば》になったせいだろう、いまはゴルフ場の造成された窪地《くぼち》なんぞのように見えた。その辺は河の流れもゆるく、青く濁っていて、岸辺には葦《あし》が茂っていた。周囲に人影がないのを見届けると、大佐はその場に低くしゃがみこんだ。対岸に目を走らせ、昼間でも自分の頭が目につくことがないのを見届けると、三十年前に自分が重傷を負った地点を三角測量で確かめて、その場で糞《くそ》をした。

「たいした慰めにもならんが」河と河岸に向かって、声に出して言った。河岸は秋の冷気に静まり返り、秋雨で濡《ぬ》れていた。「なんとか、こうしたかったんだ」

立ち上がって周囲を見まわした。人影はどこにもない。車はフォッサルタで最後に建て直された、みじめとしか言いようのない家屋の前の低い道路に駐《と》めてあった。

「さてさて、わが記念碑を完成させるとするか」ただ死者のみに語りかけて、ドイツの密猟者が持ち歩くような古いゾリンゲンの折りたたみ式ナイフをポケットからとりだした。開いた刃を固定させると、それをふるって、しめった土中に小さな穴を掘る。ナイフの刃を右のコンバット・ブーツでこすって汚れを落としてから、茶色い一万リラ紙幣を穴に突っ込む。そこに土をかけて踏み固めておいて、先に抜き取った雑草で覆った。

「イタリアのメダイア・ダルジェント・アル・ヴァローレ・ミリターレ（戦功銀勲章）は年金五百リラだから、あれで二十年分を返したことになる。ヴィクトリア十字章はたしか十ギニーだったな。殊勲十字章は年金がつかない。銀星章もタダだ。返し足りない分はもらっておくことにしよう」

これでいい、と彼は思った。穴には糞と金と血がつまっている。草もよく育つだろう。この辺の土中には砲弾の破片とジーノの片脚、ランドルフォの両脚、それとおれの右足の膝頭《ひざがしら》の一部が埋まっている。素晴らしい記念碑だ。ここにはすべてが揃《そろ》っている。肥料、金、血、そして鉄。国家の基盤のようなものだ。肥料と金と血と鉄のあるところ、祖国がある。足りないのは石炭か。石炭も手に入れたほうがいいかな。

対岸の、廃墟《はいきょ》から建て直された白い家のほうを眺めて、河面《かわも》に唾《つば》を吐いた。距離はあったが、うまく届いた。

「あの晩、それとずっと後になっても、おれは唾を吐けなかった。しかし、どうだ、嚙《か》みタバコをやらん者にしてはうまく飛ばせたじゃないか」

車を駐めたところにゆっくりもどると、ドライヴァーは居眠りしていた。

「おい、起きろ」と、声をかけた。「反対の方角にいって、トレヴィーゾに向かう道を進んでくれ。このあたりなら、もう地図は要らん。曲がるところはおれが教えてやるから」

第四章

いま、ヴェネツィアを目指すにあたって、彼は厳しく自制を保ち、あの街に赴く大いなる目的は考えないようにしながらも、大型のビュイックはサン・ドナの町はずれを後にピアーヴェ河に架かる橋にさしかかった。

その橋を渡って河のイタリア側に入ると、あの古い低くえぐれた道路がまた目に入った。そこは河沿いの他の地域と同じくなだらかで、これといって目立つ点もない。だが、かつての陣地の跡はすべて見てとることができた。二人がいま急いでいる、平《へい》坦《たん》で真っすぐな運河沿いの道路の両側は柳並木で縁どられており、その並木は死者を呑み込んだ二つの運河にも連なっていた。最後の敵の攻勢の際は大量の戦死者が出たのだが、炎天の下、河岸沿いの陣地と道路から退去するにあたり、死体はだれかの命令で運河に投げ込まれた。運悪く、河下の運河の水門はまだオーストリア軍の手中にあって、その水門は閉鎖されていた。

そのため運河の水面は淀《よど》んでいた。死体は長期間そこに留まり、国籍の別なく仰向けのまま、あるいはうつ伏せのまま膨《ふく》れあがりながら水面に浮かびつづけ、ついにはとてつもない大きさにまで膨張してしまった。その後、やっと秩序が回復するに及んで、工兵隊が夜間に死体を回収して道路際《どうろぎわ》に埋葬したのである。道路際のひときわ緑の深い個所を大佐は探したが、見つからなかった。運河には、しかし、鴨や鵞鳥《がちょう》がたくさん浮いており、その間にまじって、男たちが道路沿いで釣りをしていた。

結局、死体はみんな掘り起こしたんだな、と大佐は思った。そして、ネルヴェーザ近郊の大きな墓地《オッサリオ》に埋葬したのだろう。

「まだ若造の頃、おれはこのあたりで戦ったのさ」大佐はドライヴァーに言った。

「戦場としては、なんとも平坦な土地ですね。で、あの河を確保したんですか？」

「ああ、確保して、奪われ、また奪還した」

「ざっと見わたしたところ、この辺の地形には起伏がありませんよね」

「それが問題だったんだ。結局、目には見えない起伏を利用するほかなかったからな。そのどれもが微々たるものだった。溝、家屋、運河の岸辺、それに生け垣とか。ノルマンディーに似ていたが、あそこよりもっと平坦だった。オランダにおける戦闘があんなものだっただろう、おそらく」

「あの河にしたって、ラーピド河とは大違いですもんね」

「あれはなかなか味のある、古い河だったよ。上流は、発電所ができるまでは満々と水をたたえていたんだ。浅瀬になると、小石や大きな丸石に隠れて、かなり手ごわい急流が走っていたりした。グラーヴェ・ディ・パパドーポリというところなんぞは、かなり手ごわかったな」

他人の戦争談義はいかに退屈かということは大佐もわきまえていたから、そこで口を閉じた。聞かされる者は例外なく自分の身に引き比べて聞くものだ。一般論として聞く者などほとんどいない。いるとしたら兵士くらいだが、兵士はそう大勢いるわけではない。兵士をたくさんこしらえたとしても、優秀な者は戦死してしまう。おまけに連中は激烈な話ばかり聞きたがるから、落ち着いて耳を傾けようとはしない。頭にあるのは自分が見聞きした話ばかりで、こっちがしゃべっているあいだも、自分がどんな感想を洩《も》らせばいいか、それはどんな昇進や特権につながるか、ということばかり考えている。いまハンドルを握っているこの若者を退屈させたところで、はじまるまい。たとえ戦闘歩兵章やパープル・ハート勲章やらを身につけていたところで、この若者は本物の兵士には程遠く、自分の意思に反して軍服を着せられている若者でしかない。ただ個人的な目的のために軍隊に留まることを選んだにすぎないのだ。

「なあ、ジャクスン、おまえ、民間人だったときはどんな職についていたんだ？」

「ワイオミングのローリンズで、兄と一緒に自動車の修理工場をやっていました、大佐どの」

「除隊したら、またそこにもどるのかい？」

「実を言いますと、兄は太平洋の戦場で戦死してしまいまして。代わって工場を任せた男がいい加減なやつで、結局、何もかも失ってしまいました」

「そいつは災難だったな」

「ええ、まったく災難もいいところで」言ってから、ドライヴァーは「大佐どの」と付け加えた。

大佐は道路の前方に目をやった。

このままこの道路を進んでいけば、おのずと待っていた曲がり角にくる。だが、彼は待ち切れなかった。

「いいか、よく目を光らせて、左へ折れる道路が目に入ったらそこを曲がってくれ」

「こんな大型車でそんな低い道路に入っても大丈夫ですかね、大佐どの？」

「まあ、どうなるか見てみよう。大丈夫、この三週間、ずっと天気がつづいたんだから」

「こんな低地でわき道に入るのは気が進みませんが」

「もしスタックしたら、牛に引っ張らせてやるよ」

「車のボディに傷がつかないか、それが心配なんです」

「まあ、言ったとおり、最初に目に入った左折路がいけそうだったら、そこを曲がってくれ」

「あれがそうみたいですね、あの生け垣を曲がるところ」

「後ろに車はきていない。あそこをちょっと通りすぎたところで止めてくれ。おれが降りて様子を見る」

　彼は車を降りて、堅い路面の、幅のある道路を横切り、分岐している狭い未舗装道路を眺めた。流れの速い水路が脇《わき》を走っており、前方によく茂った生け垣がある。その向こうには、大きな納屋《なや》を擁する一軒の平たい赤い農家が見えた。路面は乾いている。路面にめりこんだ荷車の轍《わだち》の跡すらない。車にもどって乗り込んだ。

「遊歩道《ブールヴァード》も同然だ。心配要らん」

「わかりました。これは大佐どのの車ですから」

「そうだな。まだローンの支払い中だが。ところでジャクスン、おまえはハイウェイからわき道に入るときは、いつもそんなに神経質になるのか？」

「いいえ。でも、ふだん乗っているジープと、この車みたいに車高の低い車とでは大違いですからね。この車のディファレンシャルとボディの地上高はご存じですか？」

「トランクにはシャヴェルが入っている。チェーンも用意してあるし。ヴェネツィアの後でどこへ向かうか、それも関係してくるな」

「それまでずっとこの車でいくんですか？」

「それはわからん。まあ、どうなるか」

「フェンダーも頭に入れておいてください、大佐どの」

「オクラホマのインディアンたちのように、フェンダーはすっぱり切り落としてしまおう。いまのは出っ張りすぎている。この車、エンジン以外にいろんなものがごちゃごちゃと付きすぎてるんだよ。エンジンはまじりっけなしの本物だぞ、ジャクスン。百五十馬力あるし」

「ええ、そのとおりで。これだけのハイ・パワー・エンジンで快適な道をすっ飛ばすのは、最高の気分ですよ。だからこそ、この車を傷つけたくないんで」

「嬉《うれ》しいことを言ってくれるな、ジャクスン。さあ、もう気に病むのはやめろ」

「気に病んじゃおりません、大佐どの」

「よし」大佐は言った。

彼もまた気に病んではいなかった。なぜなら、ちょうどそのとき、密に茂った褐色の生け垣の背後に、ゆっくりと進んでゆく帆が見えたからだ。するどい鋭角三角形の、大きな赤い帆だった。それがのんびりと木立の背後を移動してゆく。

一枚の帆が悠然と田園を横切ってゆくのを見ると心を揺さぶられるのはなぜだろう、と大佐は思った。蒼《あお》ざめた巨軀《きょく》の雄牛がゆったりと歩を運ぶさまを見ると心を揺さぶられるのは、なぜだろう？　心を打つのはあの歩調なのだ、きっと。それと、あの威容と体軀の色。

だが、立派な体軀の好もしい騾馬《らば》や、体調のよさそうな騾馬が列をなして歩くさまにも心を打たれるな、とも思う。コヨーテを目にしたときもそうだ。それに、灰色の、自信に満ちた狼《おおかみ》が、ずっしりとした頭をもたげ、敵意に目を光らせて、他のいかなる動物とも一線を画す独特の歩調で歩く姿を目にするときも。

「ローリンズあたりじゃ狼を見かけることはあるか、ジャクスン」

「いいえ。狼は自分の生まれる前に消えていましたね。毒薬で根絶やしにされてしまったんですよ。コヨーテはまだたくさん目にしますが」

「コヨーテは好きか？」

「夜の遠吠《とおぼ》えを聞くのは好きですね」

「おれもそうだ。何よりも好きだな、田園をゆったりと進む帆船を別にすれば」

「あそこにも一艘《そう》進んでいきますね」

「シーレ運河だな。ヴェネツィアに向かう帆走平底船だ。いまは山から風が吹き下ろしているから、快調に進むだろう。この風が止《や》まなければ、今夜はかなり寒くなる。鴨《かも》がたくさんやってくるだろうよ。ここを左折して、運河沿いに走ろう。この先はいい道になる」

「自分の出身地では、あまり鴨撃ちはやりません。でも、ネブラスカのプラット河沿いでは、かなり盛んでしたね」

「どうだ、これから向かう先で鴨撃ちをやりたくないか？」

「いや、それはちょっと。自分は射撃のほうは得意じゃありませんし、どうせなら寝袋にもぐっていたほうがいいです。せっかくの日曜の朝ですから」

「それもそうだな。なんなら昼までもぐっていればいい」

「防水加工のを持ってきてあるんで、ぐっすり眠れるはずです」

「それは必要ないかもしれんぞ。K携帯食《ラション》は持ってきたか？　もしくは〝テン・イン・ワン〟*は？　最近はイタリアの食い物に頼っているやつも多いが」

「予備の缶詰を数個に、人に分けてやってもいい食べ物を若干持ってきました」

「そいつはいい」

大佐はいま、前方、運河沿いの道路が再び主街道と交わるあたりを眺めていた。きょうのような晴れた日にはあの光景が目に入るのはわかっている。冬のパイロット・タウンをめぐる、ミシシッピの褐色の河口にも似た、前方の沼地の葦。厳しい北風にそよぐその葦の群れの彼方に、トルチェッロ島の教会の四角い塔と、その向こうのブラーノ島の高いカンパニーレが見えた。ヴェネツィアを目指し、帆に追い風を受けて、十二艘の帆走平底船が灰青色の洋上を走っている。

ヴェネツィアの全景を目におさめるには、ノゲーラの北のデーゼ河を渡るときまで待たねばなるまい。不思議なことに、第一次大戦時、あの街を守るべくこの運河近辺で戦ったのはありありと覚えているのに、実際にあの街そのものをこの目で見たことはなかったのだ。するとあるとき、ノゲーラまで撤退したとき、きょうのように寒くて晴れ渡った日だったが、初めて運河越しにあの街を目にしたのである。だが、そのときは街に入ることはなかった。それでもあれはおれの街だ、と思う。なぜならば、おれは若者の頃、あの街のために戦ったのだから。そして半世紀に等しい年齢に達したいま、あの街のために戦ったが故《ゆえ》におれがあの街のオーナーの一人であることは世人にも知られており、彼らから厚遇されてもいる。

待て、自分が厚遇されているのは本当にそのためだろうか、と大佐は自問した。そうかもしれん、と思う。おれは戦勝国の側の大佐であるが故に厚遇されるのかもしれない。が、果たしてそうだろうか。そうではないことを願いたい。ここはフランスではないのだから。

フランスでは、激戦を重ねて愛する街に入城し、何も破壊しないよう慎重に振舞ったとしても、まだ良識が残っていたら、その街に舞いもどるのは避けたほうがいいのだ。なぜなら、おまえが激戦の末に入城したことに腹を立てるフランスの軍人に必ずや出会うからだ。フランスとフライドポテト、万歳！　自由、利権、愚鈍、万歳！　明晰《めいせき》なるかな、フランス軍人の思考法。デュ・ピック以来、あの国には優れた軍事思想家は出ていない。彼はろくでもない大佐でもあったが。マンジャン、マジノ、ガムラン。諸君、次の三つの思考法の中から適切だと思うものを選びたまえ。一つ、おれは敵の鼻っ柱を殴打《おうだ》する。二つ、おれは自分の左の脇腹を守り得ない物陰に隠れる。三つ、おれはフランスの軍事力を信じ、駝鳥《だちょう》のように砂の中に頭を隠してから、逃げ出す。逃げ出す、という形容は実に適切で好もしい。ただし、と彼は思った、物事をあまりに単純化しすぎると、公正さを失うぞ。あの国のレジスタンスの面々を思い出すがいい。立派に戦い、且《か》つ組織面でも見事だったフォッシュのことを忘れちゃいかん。

あの連中がいかに優秀だったかも。良き友と死者のことを忘れるな。もっと多くのこと、親友たちのこと、稀《まれ》に見る素晴らしい連中のことを忘れるな。冷笑的になるな。愚鈍になるな。それに、ああいう体験は軍人稼業《かぎょう》それ自体とどういう関係がある？頭を切り替えろ、と彼は自分に命じた。いまのおまえは、心から楽しむための旅の途上にあるのだろうに。

「ジャクスン」彼は言った。「どうだ、いま楽しんでるか？」

「はい、大佐どの」

「ならばよし。もうすぐ、おまえに見せたかった眺望を楽しめる場所にくる。ひと目その眺めを見るだけでいい。ここまでの作戦行動の苦労は吹っ飛んでしまうから」

この人はいったい何のためにおれを引っ張りまわしているんだろう、とドライヴァーは思った。かつては准将《じゅんしょう》だったんだから、いろんなことに通じているのも道理だ。でも、准将になるくらい有能だったのなら、どうしてその地位に留まれなかったんだ？　あんまり戦闘で叩《たた》かれたんで、頭をやられたのかな？

「ほら、あれが見せたかった眺めだ、ジャクスン」大佐が言った。「その道路わきに車を止めて、じっくり楽しもうじゃないか」

大佐とドライヴァーは道路のヴェネツィア側に歩いていって、礁湖《しょうこ》の彼方《かなた》を見はるかした。礁湖は山から吹き下ろす強い寒風にさらされて波立ち、すべての建物が鋭い輪郭を刻んで、幾何学的な明晰さを示していた。

「真正面に見えるのがトルチェッロ島だ」大佐は指さした。「むかし、西ゴート族に本土を追われた人々が住み着いたところさ。あそこに見える四角い塔を備えた教会を建てたのが彼らなんだ。あそこには一時三万人もの住民がいて、主を讃《たた》え敬《うやま》うための教会を建てたんだな。その後シーレ河の河口に泥がたまったり、大洪水に襲われたりして、地形が変わってしまった。いまおれたちが通ってきた土地も洪水に襲われた結果大量の蚊が発生して、住民たちをマラリアが襲った。その結果、多くの犠牲者が出はじめたので、長老たちが協議して、ここからもっと健康な場所に移住しようと決議したんだよ。そう、船で防備することが可能で、西ゴート人やロンバルディア人その他の蛮族どもから身を守れる場所へとね。そういう蛮族たちは当時海軍を擁していなかったんだな。それに対してトルチェッロの若者たちはみんな優秀な船乗りだった。それで彼らはわが家に使われていた石材を、さっきおれたちが目にしたような平底船に積み込んで運び、ヴェネツィアの街を建てたのさ」

　そこでいったん彼は口をつぐんだ。「退屈かい、ジャクスン？」

「いいえ、大佐どの。ヴェネツィアの街をこしらえたのがどんな連中だったかなんて、ぜんぜん知りませんでした」

「トルチェッロの若者たちだったのさ。彼らはタフな上に、建物に関しても実にいい嗜好《しこう》を持っていた。ほとんどが海岸沿いのカオルレという小さな町の出身でね。しかし彼らは、西ゴート族に蹂躙された町や奥地の農場から、住民たちをみんな島に呼び寄せたんだ。当時、エジプトのアレキサンドリアに武器を輸出していた若者が一人いて、彼が聖マルコの遺骸《いがい》を探し出した。そして異教徒の税関の番兵どもに目をつけられないよう新鮮な豚肉の下に遺骸を隠して運び出した。若者は聖マルコの遺骸をヴェネツィアに運び込み、いまではそれがあの街の守護聖人となって、その名前を冠した大寺院もできているわけさ。しかし、その頃になると、彼らははるか東方との貿易も盛んに行っていたから、いきおい建築にもビザンチン様式の影響が濃くなって、おれの好みにも合わなくなった。まあ、最初にトルチェッロに建てた建築を凌駕《りょうが》するものは、その後も出なかったということだな。そのトルチェッロがあれさ」

まさしくそのとおりだった。

「聖マルコ広場っていうのは鳩《はと》がたくさんいて、映画に出てくるようなでかい寺院が建ってるところじゃありませんか?」

「そのとおりだ、ジャクスン。よくわかっているな。そういう見方もあろうよ。ところで、トルチェッロの向こうにブラーノ島の愛らしいカンパニーレが見えるだろう。あれはピサの斜塔に負けんくらい傾いているんだ。あのブラーノ島はかなり人口過剰な小さな島で、女たちは素晴らしいレース編みをつくっている。男たちはバンビーノをこしらえるのに熱心で、昼間はもう一つのカンパニーレのある隣りの島のガラス工場で働いている。その島がムラーノだ。彼らは昼間、世界中の金持ちのために素晴らしいガラス細工をこしらえ、夜になると小さなヴァポレット（海上バス）に乗って帰宅して、バンビーノづくりに励むわけだ。しかし、だれもが毎晩かみさんとすごすわけじゃない。あそこにいま見える礁湖の沼地の端で、大きな散弾銃で鴨撃ちをやるやつもいる。月の明るい晩など、一晩中銃声が聞こえるほどさ」

そこで一息ついて、彼はつづけた。「で、あのムラーノの向こうに目をやると、ヴェネツィアが見える。あれがおれの街だ。おまえに見せたいところはもっとあるが、もうそろそろ走り出したほうがよかろう。最後にもう一度よく見ておくといい。ここからだと何もかもよく見える。それなのに、ここからこうしてあの街を眺める者はほとんどおらんのさ」

「本当に美しい眺めですね。ありがとうございます、大佐どの」

「まずはよかった」大佐は言った。「さあ、出かけるとしよう」

第五章

だが、彼はなおも眺めていた。彼にとっては立ち去りがたい景観で、かつて十八歳の頃初めて見たときと変わらぬ感動を覚えていた。あのときはまだ何もわからず、ただひたすら美しいと思っただけだった。あの年の冬はことのほか寒く、平野の彼方の山々は一様に真っ白だった。シーレ河とピアーヴェ河の古い河床が味方に残された唯一の防御線で、敵のオーストリア軍にとってはそれを斜めに突破することが至上命令だった。

ピアーヴェ河の古い河床が確保できていれば、仮にその第一線を破られたとしても、二番目の備えとしてシーレ河がある。そのシーレ河を破られると、あとは素っ裸の平野と、ヴェネト平野やロンバルディア平野に続く、よく整備された道路網しかない。だからオーストリア軍は、冬の終わりにさしかかっても、何度も何度もくり返し攻撃をしかけてきた。なんとかして、いま大佐たちの走っている、ヴェネツィアに直通のこの快適な道路に到達しようと必死だったのだ。あの年の冬、大佐はまだ中尉《ちゅうい》で、外国の軍隊であるイタリア軍に属していた。その事実は、後年自国の軍隊にあって、なんとなくいかがわしい目で見られる原因となり、その後の軍歴にも益することはなかった。そして、あの冬の間中《あいだじゅう》、彼は喉《のど》をいためていたのだった。冷たい河の水に浸りすぎたせいである。どうせ体を乾かすことができないのだから、早く水に濡れて、それに慣れてしまうほうがよかったのだ。

オーストリア軍の攻撃は統制がとれていなかったものの間断なくつづき、熾烈《しれつ》をきわめた。最初に、こちらの戦意を喪失させるべく猛烈な砲撃が行われる。それが止むと、こちらは味方の陣形を点検して、残された兵員を数える。が、負傷者を介護してやる暇はない。すぐに敵が前進してくるとわかっているからだ。で、その敵を、小銃を頭上にかかげ、腰まで水に浸《つ》かってのろのろと沼を渡ってくる敵を、殺す。

いったん敵の砲撃がはじまってから、それが止まないと、当時中尉だった大佐は、これでは手の打ちようがないな、としばしば思ったものだ。が、敵はたいてい砲撃をやめ、歩兵の前進に先立って矛を収めてしまう。彼らは教本通りの攻撃を行っていたのだ。

もし味方がピアーヴェ河を失い、シーレ河の線まで撤退しても、敵は第二線、第三線に砲撃目標を移していただろう。もともと、それらの前線はまったく脆弱《ぜいじゃく》だったのに。もし敵が砲のすべてを最前線に集め、切れ目ない集中砲火を浴びせて猛攻すれば、わが軍を突破できたのだ。ところがありがたいことに、最高司令部に居すわるのはたいてい愚か者で、せっかくの砲撃も途切れ途切れにしか行われなかったのである。

その冬の間中、大佐は喉の痛みに苦しみながら、殺到する敵兵を殺しつづけた。重い子牛の革の背嚢《はいのう》を背負い、脇の下のハーネスに手榴弾《しゅりゅうだん》をぶらさげ、バケツのようなヘルメットをかぶった兵士たち。それが敵兵だった。

だが、彼は敵を憎んだことはないし、彼らにいかなる感情を抱くこともなかった。テレピン油にひたした古い靴下を喉に巻いて指揮をとり、敵の砲撃後もまだ残っていたり、使えたりした小銃や機関銃で敵の攻撃を退けた。ヨーロッパの軍隊には射撃に長《た》けた兵が本当にすくなかったため、部下には射撃を教え、敵が突撃してきたらしっかと相手を見定めることを教えた。銃撃戦の最中には必ず空白の瞬間があったから、部下も射撃に上達した。

だが、敵の砲撃がやんだら素早く部下の数を数えて、どのくらい銃手が残っているか確認する必要があった。あの冬、彼自身は三度被弾したものの、幸いみな軽傷だった。傷は肉に留まって、骨まで砕かれることはなかったのである。それで自分は不死身なのだと確信した。敵の攻勢に先立つあの熾烈な砲撃下にあっては、戦死しても当然だったからだ。だが、そんな彼も、結局はそれ相応の被弾をし、それで止《とど》めをくらった。あの重傷に比べれば、それまでの負傷など何でもなかった。その結果は、おれは不死身だという確信を失っただけだった。ある意味で、それは甚大《じんだい》な損害ではあったが。

彼にとって、この土地はかなりの、はかり知れない、他者には口外できないほどの意味を持っている。そしていま、彼は、もう三十分もすればヴェネツィアに着くのだという幸福な気分で助手席にすわっていた。ニトロマンニットを二錠服《の》んだ。一九一八年以来、いつでも唾を口中に湧《わ》かせることができたから、薬は水なしでも服むことができる。彼はジャクスンにたずねた。

「気分はどうだい、ジャクスン？」

「上々です」

「メストレに向かう分岐点にきたら、左側に折れてくれ。運河に浮かぶ船を眺めることができるし、本通りの混雑も回避できる」

「承知しました。分岐点にきたら、教えていただけますか？」

「もちろん、教えるとも」

二人はあっという間にメストレに近づいた。その昔、白雪に覆《おお》われて輝くばかりに美しいニューヨークの地を初めて踏んだときのような気分に、早くも包まれた。おれはひそかにあの街を盗んだのだ、と彼は思った。しかし、あれはまだスモッグが蔓延《まんえん》する以前のことだった。さあ、いよいよおれの街に入っていくぞ。ああ、くそ、何と愛らしい街なんだ。

二人は左に折れて、釣り船が繋留《けいりゅう》されている運河沿いの道に入った。釣り船を目にしただけで大佐は幸せだった。あの茶色の網、籐《とう》の簗《やな》、そして釣り船のボディのすっきりした美しいライン。絵に描いたように美しい、というのではない。絵なんぞどうでもいい。あの眺めはただひたすら美しい、それだけで十分だった。

ブレンタ河からゆったりと水を運ぶ運河に浮かぶ、長い釣り船の列。そのかたわらを通りすぎながら、彼は長くつづくブレンタの街並みを思い浮かべた。両側に建ち並ぶ大きな館《やかた》。その庭園や芝生。イトスギやプラタナスの木。いずれそのときがきたら、あそこに葬《ほうむ》られたいものだ、と思う。あの地のことなら、熟知している。が、そんなにうまく事が運ぶかどうか。さあ、それはわからん。自分の敷地におれを葬ってくれそうな人物なら、何人か知っている。アルベルトに頼んでみようか。しかし、それはちょっとぞっとしない、とあいつは思うかもしれんな。

かねてから彼は、自分が葬られたい、趣《おもむき》のある場所のことを考えていた。この地球のどういう場所と、自分は一体となりたいか。腐って異臭を発するような肉体の部分は長く原形をとどめない。いずれにせよ、土中に葬られれば自分は一種の腐葉土のようなものになって、骨は何かの役に立つかもしれん。できれば敷地の端でありながら古い優雅な母屋《おもや》や高い緑の木々の見えるところに葬られたいものだ。敷地の持ち主にとって、さほどの迷惑にもならんと思うのだが。自分が葬られる地の一角では夕べに子供たちが遊び戯《たわむ》れ、朝《あした》には跳ね馬を飼いならしているかもしれん。蹄《ひづめ》が芝土を踏み鳴らし、池では孵化《ふか》した水生昆虫を狙《ねら》って鱒《ます》が水面《みなも》に躍りあがるだろう。

やがてメストレからヴェネツィアに向かう土手道にさしかかると、インディアナ州のハモンドで見るような醜いブレーダ社の工場が姿を現した。

「あそこでは何を作っているんですか、大佐どの？」ジャクスンが訊《き》く。

「あの会社は、ミラノで機関車を製造している」大佐は答えた。「ここでは、冶金《やきん》関連の物をあれこれ作っているようだ」

それは現在のヴェネツィアのみじめな点景だった。だから彼は、浮標や水の流れを見ていい気分に浸るときは別にして、この土手道を走るのは嫌いだった。

「この街は自力で暮らしを立てているのさ」と、ジャクスンに言う。「ひところは

〝海の女王〟と呼ばれた時期もあったんだが。住民はみんなしたたかで、何事であれ、たいていの土地の住民たちより財布のひももかたい。よくわかってみると、シャイアンの街よりしたたかだが、それでいて住民たちはみんな親切なんだな」

「シャイアンはそれほどしたたかな街だとは思えませんが」

「そうかな、でもキャスパーよりはしたたかな街だよ」

「キャスパーって、したたかな街だと思いますか？」

「石油で栄えているし、素敵な街じゃないか」

「自分にはそう思えません。これまでだって、したたかだったためしはないし」

「まあいい、ジャクスン。たぶん、おれたちは堂々巡りをしているんだろう。したたか、という言葉の解釈の相違かもしれんしな。しかし、このヴェネツィアの街は、だれもが親切で行儀がいい。ちょうどモンタナ州のクック・シティが〝懐《なつ》かしのフィッシュ・フライの日〟を迎えたときのように」

「自分の考えるしたたかな街は、メンフィスですね」

「シカゴはまた別だしな、ジャクスン。メンフィスは、黒人にとってはしたたかな街だろう。シカゴは北区と南区はしたたかだが、あそこには東区や西区がない。マナーを心得ているやつもいないし。もしこのイタリアという国で、本当にしたたかで、食べ物も申し分ない街を知りたかったら、ボローニャにいってみるといい」

「あそこには、まだいったことがありません」

「それはそうと、あそこにフィアットのガレージがある。この車、あそこに預けるんだ」大佐は言った。「キーは受付に預けるといい。盗まれやせんから、心配いらん。おまえが二階に車を駐めているあいだに、おれはバーをのぞいてみる。鞄《かばん》を運んでくれる連中もいるしな」

「銃や射撃用の道具をトランクに入れたままにしておいて、大丈夫ですかね？」

「もちろん。あそこでは盗難の心配はない。さっき言っただろうが」

「自分は、大佐どのの貴重品を守る措置をとっておきたいと思いましたもんで」

「おまえの忠誠心は高尚すぎて、ときどき辟易《へきえき》させられるぞ。ま、耳垢《みみあか》をほじくって、おれが最初に命じることをよく聞きとってくれ」

「はい、そうします」ジャクスンは答えた。大佐は何か思案するように、冷たい目つきで彼を見た。

実際、手厳しい人だが、とジャクスンは思った、あれですごく人好きのする面もあるんだよな。

「おれの鞄とおまえの鞄をとりだして、車はあそこに駐めてくれ。オイルと水、それにタイヤのチェックを忘れんように」言ってから車を降りると、大佐はオイルとゴムの汚れのしみついたコンクリートの路面を横切って、バーの入り口に向かった。

第六章

バーに入ると、最初のテーブルにミラノの戦後成り金らしい男がすわっていた。ミラノ人ならではの肥満した強欲そうな男で、贅沢《ぜいたく》な身なりのえらく色っぽい情婦を侍《はべ》らせている。二種のヴェルモットをセルツァー炭酸水で割った、ネグローニというカクテルを二人で飲んでいた。あのほっそりとした、長いミンクのコートをまとった女や、さっきお抱え運転手が、カーヴしている長い進入路伝いに駐車場に入れにいったコンヴァーティブルを手に入れるには、あの男、どれくらいの脱税をやってのけたのかな、と大佐は思った。その二人、お里の知れる下品な目つきでじろじろとこちらを見るので、大佐はさりげなく敬礼してイタリア語で言った。「軍服姿で失礼。しかし、これは制服なのでね、舞台衣装ではなく」

そして、その言葉の効果を確かめる間も置かずに、くるっと二人に背を向けてカウンターに歩み寄った。そこからだと、あの二人の成り金《ペッシエカーニ》がそうしているように、自分の荷物を見張ることができる。

あいつはたぶん勲章でももらっているのだろう、と彼は思った。女のほうはかなりの美形だ、逸品の類だな。実際、半端《はんぱ》なく美しい。ああいう女を買うだけの金がおれにあって、ミンクのコートをまとわせたりしたらどんな気分だろう？　しかし、まあ、分不相応なことは考えまい。あの連中はいくらでも好きなことをしてくたばればいいのだ。

バーテンが彼と握手した。このバーテンはアナーキストでありながら、彼が陸軍大佐であることをまったく意に介していない。むしろそのことを喜んで、あたかもアナーキストの中にも大佐が存在して当然であるかのように誇らしげで嬉しそうだった。それればかりか、互いに知り合ったこの数か月、彼はまるで自分が大佐を発明した、とまでは言わないまでも、自分が——鐘楼だとかトルチェッロ島の古い教会の建立《こんりゅう》に参加したら味わうような喜びと共に——大佐を建立して
のけたかのようにすら思っているようだった。

さっきの会話、というか、あの二人に向けられた寸言はバーテンも耳にしていたらしく、ひどく嬉しげだった。

彼はすでに愚鈍そうなウェイターに命じて、ゴードンのジンとカンパリが届くよう手配をすませていた。「あの手動昇降装置で上がってきますから。で、どんな按配《あんばい》です、トリエステのほうは?」

「あんたの想像とそう変わらんよ」

「わたしには想像もつきませんが」

「じゃあ、無理してイキまないことだ」と言ってやる。「そうすれば痔《じ》にもならん」

「わたしが大佐でしたら、そんなことは気にしませんがね」

「おれは気にせんよ」

「では、あっと言うまに敵に蹂躙《じゅうりん》されてしまいますね」

「そんな弱気はパッチャルディ閣下*の耳に入れんようにせんとな」

二人がそんなジョークを言い交わしたのは、パッチャルディ閣下がイタリア共和国の現国防相なればこそだった。閣下は大佐と同じ歳《とし》で、第一次大戦ではよく戦い、スペインでも共和国側の国際旅団指揮官として戦った。スペインでは大佐自身もアメリカの観戦武官として赴任していたことがあり、その際閣下と知り合ったのだった。大佐もバーテンも、戦後のイタリアという、防御もままならない国の国防相を糞《くそ》まじめに務めている閣下をつい揶揄《やゆ》したくなり、それが二人を結ぶ絆《きずな》になっていた。大佐もバーテンもすこぶる現実的な人間だから、イタリア共和国を守ろうとする閣下の几帳《きちょう》面《めん》さが気になって仕方がないのである。

「お偉方たちのやることは、どうにも滑稽《こっけい》だからな」大佐は言った。「ま、それも悪いとは言わんが」

「パッチャルディ閣下ご自身を機甲師団化しないといけません」とバーテン。「とりあえず原子爆弾を与えてやりましょう」

「原爆なら、おれの車のトランクに三個入っている。把手《とって》のついた最新モデルだ。とにかく、彼にはしかるべき武器を持たせてやろう。ボツリヌス菌やら炭疽《たんそ》菌《きん》やらも」

「そう、パッチャルディ閣下を失墜させちゃいけません。羊となって百年生きるは獅《し》子《し》として一日生きるにしかず、ですよ」

「膝を屈して生きるよりは立ったまま死んだほうがまだましだ、と。もっとも、どこであろうと生き延びたけりゃ、さっさと敵前で腹ばいになるに限るがね」

「これは大佐、破滅的な言辞は控えていただきませんと」

「われわれは素手で敵の息の根を止めるんだ。そうすれば、一夜にして百万の勇士が武器を手に立ち上がろうさ」

「だれの武器を手にとるんです？」バーテンが訊く。

「すべての同志たちだ」大佐は答えた。「それこそは〝大戦略〟の一段階にすぎんのであって」

ちょうどそのとき、ドライヴァーが戸口から入ってきた。二人で埒《らち》もないジョークを交わしているあいだに、自分がつい戸口への注意をおろそかにしていたことに大佐は気づいた。毎度のことながら、寸毫《すんごう》でも安全への配慮や警戒心を怠ったことに気づくと、気になって仕方がない。

「なんでこんなに手間どったんだ、ジャクスン？　まあ、一杯やれ」

「いえ、けっこうです、大佐どの」

この業突《ごうつ》く張《ば》りめ、と大佐は思った。しかし、もう無理強いするのはやめにしよう、と自分をたしなめた。

「そろそろ出発するからな。この友人からイタリア語を教わっていたところだ」あのミラノの成り金たちはどうしたかな、と振り返ってみると、すでに二人の姿はなかった。

おれは万事反応が鈍くなっているようだ、とあらためて思う。こんなことでは、いつだれに足をすくわれてもおかしくない。あのパッチャルディ閣下にだって遅れをとるかもしれん。

「勘定はいくらになる？」思い直してバーテンに訊いた。

バーテンは答えてから、いかにもイタリア人らしい賢《さか》しらな目で大佐の顔を見た。その目尻《めじり》から放射される笑い皺《じわ》はくっきりと刻まれていたにせよ、陽気さはもう影をひそめていた。この人にいかなる災《わざわ》いも降りかからないように祈りたいな、とバーテンは思った。ああ、神にでも何にでも祈りたい、この人の身の安からんことを。

「それでは、どうぞお元気で、大佐」

「チャオ」大佐は応じた。それから、「いいか、ジャクスン、いまから長いスロープを下り、出口から北に向かって、小型のランチが係留されている場所までいくんだ。ニスで塗装されているボートだ。二つの鞄は、ポーターに運ばせる。彼らは公認の免許を持っているので、鞄も任せなきゃならんのだよ」

「わかりました」

二人は外に出たが、振り返ってみる者はだれもいない。

船着き場《インバルカデーロ》に着くと、大佐は二つの鞄を運んだポーターにチップを渡し、周囲を見まわして顔見知りの船頭をさがした。

最初に近寄ってきたランチの船頭は見知った男ではなかったが、大きな声で呼びかけた。「こんにちは、大佐。わたしが一番で」

「〈グリッティ・ホテル〉まではいくらでいく?」

「それは、わたし同様よくご存じでしょうが、大佐。割引きは致しません。公定の船賃というやつがありますんで」

「いくらだい、それは?」

「三千五百リラです」

「ヴァポレットだと、六十リラだが」

「それがお好みなら、お引止めはいたしません」初老の船頭は言った。赤ら顔だが、短気そうなところはうかがえない。「ヴァポレットは〈グリッティ〉まではいきませんが、〈ハリーズ・バー〉をすぎたところのインバルカデーロで止まってくれますよ。そこで〈グリッティ〉に電話して、だれかにお荷物をとりにこさせるとよろしいでしょう」

三千五百リラをケチったところで何が買えるというんだ。どうして良心的な爺《じい》さんじゃないか。

「どうです、あの男に案内させましょうか?」船頭が指さした相手は、船着き場をうろついては半端仕事や使い走りをしている見すぼらしい年寄りだった。押しつけがましく乗降客にまとわりつき、頼まれもしない仕事を果たそうと身がまえている男。なんとか目的を果たすと、古いフェルトの帽子を差し出してお辞儀をするのだ。「あの男がヴァポレットの乗り場まで案内してくれますよ。ヴァポレットは二十分おきに出ますから」

「やめておこう」大佐は言った。「あんたのボートで〈グリッティ〉まで頼む」

「承知しました《コン・ビアチェーレ》」

大佐とジャクスンはスピード・ボートのような外観のランチに乗り込んだ。明るいニス塗りの、手入れの行き届いたボートだった。エンジンは小型のフィアットのそれを船舶用に改良したもので、もともとはさる田舎医者の車のために一定期間お勤めを果たした。その後、いまは人口密集地のどこでも見かける、あの、機械仕掛けの巨象の墓場とでも言うべき自動車の墓場で購入され、必要な改良を施されてからランチに組み込まれて、この運河の街で新たなスタートを切ることになったのだった。

「エンジンの調子はどうだい？」大佐は訊いた。彼の耳は、パワー不足から音量が低いものの故障した戦車か戦車駆逐車のようなエンジン音をとらえていたのである。

「まあまあでさね」船頭は言って、あいているほうの手を水平に振ってみせた。

「この船だったら、ユニヴァーサルのいちばん小型のエンジンを取りつけるといいんだ。おれの知る限り、小型の船舶用エンジンとしてはあれがベストだな、重量もいちばん軽いし」

「はい」船頭は言った。「足らないものはいくらでもありますんで」

「今年はけっこう稼げるかもしれんじゃないか」

「そう願いたいもんで。リドでギャンブルをしに、成り金どもが大勢ミラノから繰り込んできますしね。ところが、最初からこの船を目当てに二度も乗ろうって客はまずいない。これはいいボートですがね。しっかり作り込まれた、快適なボートです。そりゃ、美しさではゴンドラにかないませんが。ただ、エンジンはなんとかしないと」

「ジープのエンジンを都合してやってもいいぞ。一度お払い箱にされて、修理次第でいくらでも役に立つようなやつを」

「そういう話はなさらんでください。まず、実現したためしはないので。真面目《まじめ》に考えたくもありませんや」

「いや、真面目に受け取っていいんだ。おれは本気で言ってるんだから」

「本当ですか」

「本当だとも。ただ、百パーセント保証はできんがね。やれるだけのことはやってみよう。ところで、子供は何人いる?」

「六人です。息子が二人に、娘が四人」

「ほう。というと、現政権のことはあまり信用していなかったんだ。たったの六人とは」

「そりゃ、信用できるもんですかね、あんな政府など」

「無理にそういう口はきかんでもいい。たとえおまえさんがいまの政権を信用していたとしても、非難される筋合いはないんだから。われわれが戦争に勝ったからって、そこまで増長してはおらんさ」

ボートはピアッツァーレ・ローマからカ・フォスカリにかけて、運河の退屈な区域にさしかかっていた。と言っても、ここに並ぶ建物自体、どれ一つとして退屈なわけではないのだが、と大佐は思う。

何から何まで宮殿や教会でなければならぬという法はないのだ。これだけでも十分素晴らしい。右手に目を走らせる。つまり、右舷《うげん》だな、と彼は思う。おれはいま運河上にいる。長くて低い、感じのいい建物が目に入る。隣りには軽食堂《トラットリア》がある。やっぱりここで暮らすに限る、と思う。退職金でなんとか都合がつくだろう。もちろん、グリッティ宮殿クラスの部屋など望むべくもない。ああいうところに似た家の一部屋でいい。窓からは潮の満ち干が見え、すぐ前を船が行き交う。午前中は読書についやして、昼食前に散歩に出かける。毎日のようにアカデミア美術館にティントレットを見にゆき、スクオラ・サン・ロッコにも足を運ぶ。食事は市場の裏の安くて美《う》味《ま》い店でとる。晩には家政婦が料理をこしらえてくれるかもしれない。

昼食は外でとったほうがいいだろう。足慣らしにもなる。ここは本当に歩いて楽しい街なのだ。その意味では最上の街かもしれん。この街を歩いて、つまらないと思ったことなど一度もないからな。すごい勉強にもなる。それに加えて、あの楽しみがあるし。

このヴェネツィアという街は、実に不可思議で、一筋縄ではいかない。この街のある一点から別の一点まで歩くのは、クロスワード・パズルを解くよりも面白い。この街を破壊しなかったのはわれわれの数すくない功績の一つだし、市民たちがそれを多としてきたのは彼ら自身の功績だ。

そう、おれは本当にこの街が好きなんだ、と彼は声に出して言った。まだイタリア語もろくにしゃべれない若造の頃、この街の防衛に手を貸すことができたのはなんと幸せなことだっただろう。実際、軽い傷の手当てを受けるべく前線を離れた、あの冬の冴《さ》えわたった日まで、おれはこの街を目にすることが一度もなかったというのに。あの日、おれは初めて海を背にしたこの街を見た。そうとも、と彼は思った、あの冬、あの分岐点で、おれたちは本当に素晴らしい戦いをやってのけたのだ。

できれば、あの戦いをもう一度やり直してみたい、と思う。そう、あれ以来おれが蓄えた知識、いまわれわれが備えている武器を総動員して。しかし、敵方もやはりそれだけの武器を蓄積しているだろうから、根本的な勢力関係は変わるまい。どちらが制空権を握るかは別にして。

そんなことを考えているあいだ、彼の目は終始ボートの舳先《へさき》に注がれていた。古い、美しいニス塗装の、きれいに磨かれた繊細な真鍮《しんちゅう》の縞模様《しまもよう》をまとったボートの舳先。それが褐色の水を切り裂いてゆく。そのさまを眺めながら、このボートが抱えているささやかな困難をも慮《おもんぱか》っていた。

ボートは白い橋の下をくぐり、未完成の木造の橋の下をくぐった。それから赤い橋を右手に見て、高く空に架かる最初の白い橋の下を通り抜けた。すると、黒い格子《こうし》模様の鉄製の橋が見えるのだが、それはリオ・ヌオヴォ運河に通じる支流に架かっている。ボートは二本の杭《くい》のそばを通過した。二本の杭は鎖で結ばれてはいるものの、接触してはいない。おれたちみたいだな、と大佐は思った。波に洗われている杭を見て、初めて見たとき以来、鎖のおかげでどれほど杭がすり減ったかがわかった。あれはおれたちだ、と思う。おれたちの記念碑だ。この街の運河には、おれたちの記念碑がどれくらいあることだろう?

ボートはなおもゆっくりと進んで、大運河の入り口の右手にある常夜灯の前にさしかかった。そこでエンジンは苦しげに金属的な唸《うな》り音を発しはじめ、と同時にスピードがいくぶん増した。

さらに下って、杭に架かるアカデミア橋の下をくぐったとき、積み荷を満載した黒いディーゼル機関船と触れなんばかりにすれちがった。積み荷の太い材木の束は、この〝海の都市〟のじめついた家屋を暖める薪《まき》として使われるのだ。

「あれは橅《ぶな》だろう？」船頭に訊いた。

「橅と、いまは名前を思い出せませんが、もうちょっと安価な木材ですよ」

「無煙炭がストーヴで使われるように、橅はオープンな暖炉で使われるんだ。あの橅はどこで伐《き》りだされるのかな？」

「こちとら山の人間じゃないんで。でも、バッサーノの先のほう、グラッパ山の向こう側からくるんじゃないですかね。わたしは兄の葬られた場所を確かめに、グラッパ山まで出かけたことがあります。バッサーノからけっこう歩きましたよ。大きな納骨堂《オッサリオ》にいきました。帰りはフェルトレまわりでね。山地から谷間に降りてくる途中、対岸はけっこうな山林でしたな。あの軍用道路を降りてきたんですが、大量の木材を運んでいました」

「あんたの兄さんがグラッパ山で戦死したのは、何年のことだったんだい？」

「一九一八年でした。兄は愛国者で、ダヌンツィオ*の演説を聞いてかっと血が頭にのぼってしまったんですな。まだ徴兵のお呼びがかからないうちに入隊を志願してしまったんで。あんまり若いうちに入隊しちまったものですから、わたしにはどういう人間だったのかもよくわかりません」

「兄弟は何人だったんだい？」

「六人でした。イゾンツォ河の対岸で二人戦死し、バインジッツァ高地で一人、カルソ高地で一人、死にました。それから、いま話した兄がグラッパ山で死に、わたしだけが生き残ったわけで」

「よし、あんたのために、アシスト・グリップまで完備したジープを手に入れてやろう」大佐は言った。「しめっぽい話はこれくらいにして、おれの友人たちが暮らしているところを見つけようじゃないか」

ボートはいま大運河を遡《さかのぼ》っていて、友人知己の暮らしている場所を見つけるのは造作もなかった。

「あれがダンドーロ伯爵《はくしゃく》夫人の屋敷だ」大佐は言った。

いまは彼女、八十を越えていてね、と声には出さず、頭の中で思っていた。娘っ子のように活発で、死ぬ心配などまるでしちゃいない。髪を赤く染めていて、それが実に似合っているのだ。付き合って面白い女丈夫《じょじょうふ》だ。

その邸宅も見るからに美麗で、運河からかなり引っ込んで建っており、前面に庭園を擁している。専用の船着き場もあって、多くのゴンドラが折々に客を運んできた。元気いっぱいの快活な客もいれば、悲しげで沈鬱《ちんうつ》な客もいた。が、そもそもダンドーロ伯爵夫人に会いにくるのだから、客の大半は陽気だった。

いま、ボートは山から吹き下ろす寒風に抗《さか》らって運河を遡上《そじょう》し、家々はまさしく今日のような冬の日ならではの鮮明な像を結んで、彼らの目はこの街の時古《ときふ》りた魔法と美をとらえていた。大佐はそれらの邸宅で暮らした多くの人々を知っていたし、仮にそこが現在空き家だとしても、過去にどういう使われ方をしたか承知していたから、感じる魔法にも濃淡があった。

あれはアルヴァリートの母親の屋敷だ、と頭では思ったものの、口には出さなかった。

彼女はここではめったに暮らさず、樹木の多いトレヴィーゾ近郊の別荘ですごしている。緑に乏しいヴェネツィアで暮らすことに飽いてしまったのだ。愛し合った男を失って以来、いまでは何事であれ効率にしか関心を示さない。

だが、あの家族はかつてあの家をバイロン卿、*ジョージ・ゴードンに貸していた。いまはバイロンのベッドに寝る者はいないし、その二階下の、バイロンがゴンドリエ（ゴンドラの漕《こ》ぎ手）の妻と寝ていたベッドに寝る者もいない。特に神聖視されているわけでもなければ、歴史的な遺物と見なされているわけでもない。単に、さまざまな理由でその後使用されていないベッドであるにすぎない。あるいはそこには、この街で多くの過《あやま》ちをおかしたにもかかわらず、ことのほか愛されたバイロン卿に対する敬意がひそんでいるのかもしれない。この街で愛されるには〝タフ・ボーイ〟でなければならぬのだ、と大佐は思う。たとえば、詩人のロバート・ブラウニングやその夫人の場合、二人の飼い犬を含めて、決して愛されることはなかった。どんなにこの街を美しく歌いあげようとも、彼らはヴェネツィア人ではなかったのだ。では、〝タフ・ボーイ〟とはなんだろう、と大佐は自問した。あまり大雑把にこの言葉を使うのは控えて、もっと厳密にその意味を定義すべきかもしれない。自分を演じて、それを行動で立証する男、だろうか。それとも、単に自分を演じ通す男、だろうか。といって、おれは演劇のことを考えているわけではない。演劇は演劇で、愛すべきものであるだろうけれども。

それはともかく、と彼は水際《みずぎわ》に建つ小さな屋敷を眺めながら考えた。その家は、ル・アーヴルやシェルブールを発《た》った汽船連絡列車がパリ近郊にさしかかる際に車窓から見える郊外の家々のように醜悪だった。手入れを怠った植栽が野方図に伸びていて、なろうことなら住むのを遠慮したいような住まいだ。ところが、あの男はここに住んでいたのである。

彼はその才能のゆえに、その非行のゆえに、またその勇敢さのゆえに、人々から愛された。身に寸鉄も帯びないユダヤ人の若者ながら、その文才とレトリックでこの国を席巻した。彼はおれの知るだれよりもいじましく、剣呑《けんのん》な人物だった。が、彼に比《ひ》肩《けん》すると思われる男たちでも、彼のようにわが身を危険にさらして戦争に加わろうとする者は皆無だった。そして、その男、ガブリエーレ・ダヌンツィオは（おれはいつも、彼の本名は何なのだろうと思っていた。実在する国でダヌンツィオという名を持つ人間などまずいないからだ。それとユダヤ人だという説も怪しいのだが、それはこの際不問にしよう）、幾人もの女性たちの腕に抱かれては逃れたように、いくつもの軍隊を渡り歩いたのだった。

ダヌンツィオの仕えた軍隊はみな苦労知らずで、その作戦任務も、歩兵部隊を除けば、迅速且《か》つ容易に遂行された。これも大佐は覚えているのだが、あるときダヌンツィオは、トリエステかポーラの上空を観戦武官として飛行中に墜落し、片目を失っている。その後彼は常に眼帯を着用し、事情を知らない人々は——当時はそれがほとんどだったのだが——彼はたぶんヴェリキかサン・ミケーレ山、もしくはカルソ高地の奥の、部隊が全滅するか戦闘不能に陥ったような激戦地でその傷を負ったのだろうと見なしたものだった。が、実のところダヌンツィオは、他のもろもろのこと同様、単に英雄的なジェスチャーをして見せたにすぎなかったのである。歩兵というやつは変わった便法を心得ているものだ、と大佐は思う。そう、おそらくはだれの目も欺《あざむ》けるような便法を。ダヌンツィオは飛行機を飛ばしたが、正規の飛行士ではなかった。歩兵隊の一員だったが、真の歩兵ではなかった。外見は常に変わらなかったが。

そして大佐は自分がある冬の日、攻撃部隊の一小隊を指揮して雨中に立っていたときのことを思い出した。いつ果てるとも知れぬ長い冬で、雨が四六時中——すくなくとも閲兵や部隊訓示のあるときは必ず——降っていた。そのときダヌンツィオは眼帯をして隻眼《せきがん》を光らせ、市場に出たばかりで死後三十時間と経ていないシタビラメの、まだ茶色味を帯びていない腹のように白い顔で、「モリーレ・ノン・エ・バスタ（死ぬだけじゃ足りんぞ）！」と怒号していた。それを聞いて、当時中尉だった大佐は思ったものだった。やつら、これ以上おれたちにどうしろというんだ？

だが、彼は演説に背を向けることはなかった。そして彼自身は英雄なるものを信じていなかったものの、この世に英雄が不可欠だというなら正真正銘の英雄にして作家であるダヌンツィオ中佐が、われらが栄光ある戦死者のためにしばしの黙禱《もくとう》を、と言ったときは、堅苦しく気をつけの姿勢で応《こた》えた。だが、当時はラウド・スピーカーなどというものが存在しなかったため演説についていけず、この雄弁家の声を聞きとれずにいた大佐の部下たちは、栄光の死者たちへの黙禱のために沈黙が訪れた瞬間、あたりに鳴り響くような声で一斉に「エッヴィーヴァ・ダヌンツィオ（ダヌンツィオ万歳）！」と叫んだものである。

彼らは勝利の後、あるいは敗北に先立って、ダヌンツィオの演説を聞き馴《な》れていたから、この雄弁家が一息ついたときはどう叫べばいいか心得ていたのだ。

当時一中尉だった大佐は指揮下の小隊を愛していたから、彼らに和して命令口調で〝ダヌンツィオ万歳〟と唱和した。そうすることで、あの講演だか演説だか説教だかを聞きとれなかった連中の肩の荷を軽くすると同時に――防御困難な陣地を死守するか攻撃時の自分の役割をわかりやすく伝える場合は別として――彼らの罪を共有すべく、一中尉に可能なささやかな義務を果たしたのである。

だが、彼はいま、あの落魄《らくはく》の老作家が、一度としてその身にふさわしい愛を得られなかった薄幸の大女優*と暮らしていた家の前を通りすぎようとしている。頭に浮かぶのは彼女の素晴らしい手と、美形とは言えないにせよ深い情愛と栄光、喜びと悲哀を伝えてくれた変幻自在の容貌《ようぼう》と、見る人の心をかきむしらずにおかなかった優美な二の腕の曲線だった。そして彼は思った、あの二人はすでにこの世になく、それぞれどこに葬られているのかもおれは知らない。けれども、あの家では二人が歓楽を尽くしたことをおれは願ってやまない。

「ジャクスン」彼は声をかけた。「左側の、あの小さな屋敷には、大作家のガブリエーレ・ダヌンツィオが暮らしていたんだ」

「そうですか。ありがとうございます、教えていただいて。自分は名前も聞いたことがありませんでしたが」

「読みたい気があるなら、適当な作品を調べておいてやろう。よくできた英訳もあるしな」

「ありがとうございます。時間があれば読んでみたいですね。なかなか暮らしやすそうな家じゃありませんか。ええと、なんていいましたっけ、名前は?」

「ダヌンツィオだ、作家のな」

彼の素性については、その日何度もジャクスンを混乱させたり、自身、面倒なやつと思われたりした轍《てつ》を踏みたくなかったから、大佐は胸の中であの男の数ある通称を付け加えた――作家、詩人、国民的英雄、ファシズムの弁証法鼓吹者、奇怪な自己中心主義者、飛行家、初期高速水雷艇の艇長もしくは艇員、中隊や小隊の適切な指揮法も知らなかった歩兵中佐、そしてわれわれの敬愛し反発する『夜想曲《ノットゥルノ》』の愛すべき作者。

前方にゴンドラの行き交うサンタ・マリア・デル・ジリオの波止場が現れ、その向こうに〈グリッティ・ホテル〉の木造の船着き場が見えてきた。

「あれがおれたちの泊まるホテルだ、ジャクスン」

大運河に面した三階建ての、薔薇色《ばらいろ》でこぢんまりとした、感じのいい建物を大佐は指さした。そこは元〈グランド・ホテル〉の別館だったのだが、いまは独立した、すこぶる上等なホテルになっている。優秀なホテルの集まるこの街にあって、特に誉《ほ》めそやされたり、騒ぎ立てられたり、お追従《ついしょう》を言われたりすることはないにしても、おそらく最上のホテルだろうと大佐は思っており、ことのほかこのホテルを愛していた。

「あれならオーケイなんじゃないですか」ジャクスンが応じる。

「ああ、オーケイだとも」大佐は言った。

ボートは雄々しく船着き場に接舷した。このボートの見せるどんな動きも、老朽化した雄々しい機械の勝利の証《あか》しだな、と大佐は思った。あのアイラウの会戦で孤軍奮闘したトラヴェラーとかマルボ将軍のリゼットのごとき老軍馬のような働きは、いまは期待すべくもない。ただ、擦り減りたりといえどもなお雄々しく活動をつづける部品には事欠かない。そう、断固として破損を拒むコネクティング・ロッドとか、炸裂《ブロウ》して当然なのにブロウしないシリンダー・ヘッドとか。

「船着き場に着きました、大佐どの」と、ジャクスン。

「他のどこに着くというんだい、ジャクスン。先にあがって待っててくれ、おれはこのスポーツマンと話がある」

船頭のほうを向いて、大佐は言った。「料金は三千五百リラだったな」

「さようで、大佐」

「老いぼれジープのエンジンを融通してやる件、しかと覚えておくからな。さあ、この金であんたの馬に食わせる燕麦《えんばく》でも買ってくれ」

ジャクスンから荷物を受け取っていたポーターが、それを聞いて笑い声をあげた。

「どんな獣医でも、この馬を活気づけることなんかできんでしょう」

「まだまだしっかり走るんだぞ、このボートは」船頭が抗弁する。

「だからって、もうどんなレースでも勝てんだろうがよ」と、ポーター。「あ、お元気ですか、大佐どの？」

「上々さ。〈騎士団〉の面々はどうだい？」

「はい、皆さん、お元気で」

「それはよかった。まずは中に入って、〝団長〟と会うとするか」

「もうお待ちかねですよ、大佐どの」

「そう待たせちゃいかんからな。ジャクスン、おまえはこの紳士とフロントにいって、おれのチェック・インの手続きをすませてくれ」ポーターのほうを向いて、「この軍曹の部屋も頼む。泊まるのは今晩だけだ」

「アルヴァリート男爵がお探しでしたよ」

「彼とは〈ハリーズ・バー〉で会えるだろう」

「かしこまりました、大佐どの」

「〝団長〟はどこにいる？」

「探してきます」

「おれはバーにいるからと伝えてくれ」

第七章

バーは〈グリッティ・ホテル〉のロビーの真向かいにあった。ただし、ロビーという言葉ではあの優雅なエントランスを言い表すには不十分だな、と大佐は思う。円の何たるかについて、あのジオットは何か言及していなかっただろうか？　いや、あれは数学の問題だったか。あの画家について、彼が記憶しているいちばん好きなエピソードは、あるとき完璧《かんぺき》な円弧を描きながら、「なに、こんなのは造作もないさ」とジオットが言い放ったという一件だ。あの話は、どこで、だれが紹介してくれたのだったか？

「今晩は、〝顧問官〟」大佐はバーテンに言った。バーテンは〈騎士団〉の正式なメンバーではないのだが、その気分を害するようなことを大佐は言いたくなかったのだ。

「何かお役に立てるようなことはあるかい？」

「それはもう、飲んでいただくことです、大佐どの」

大佐はバーの窓と扉ごしに大運河を眺めた。ゴンドラを繋《つな》ぎ止める大きな黒い柱と、冬の午後の日差しを浴びて風に波立つ水面が見えた。運河の対岸には古い宮殿も見える。黒く幅広い一艘《そう》の木造の艀《はしけ》が運河をさかのぼっていて、追い風を受けているにもかかわらず、鋭く切り立ったような舳先に波をかぶっている。

「とびきりドライなマティーニにしてくれ」大佐は言った。「ダブルで」

ちょうどそのとき、〝団長《グラン・マエストロ》〟がバーに入ってきた。給仕頭の正式な制服をまとっている。この男はその魅力が内側から滲《にじ》み出るような、掛け値のない好男子で、その笑みは心臓というか、とにかく体の中心部から発して、何の衒《てら》いもなく晴れやかに、表面、すなわち顔に浮かんでくる。

ヴェネト地方の男特有の、鼻筋の通った、きりっとした顔立ち。優しく、陽気な、誠実みのこもった目。その年齢にふさわしい、貫禄《かんろく》のある白髪は、大佐のそれより二年老《ふ》けていた。

彼はにこやかに近寄ってきた。その表情が共謀者めいているのは、二人が多くの秘密を共有しているからだ。差し出された手は大きく、長く、逞《たくま》しく、篦《へら》のような指を備えている。それはいまの職務にふさわしく、またその要請に応えるべく、よく手入れされていた。大佐も自分の手を差し出したが、それは二度銃弾に貫通されて、わずかに変形していた。かくしてヴェネトの古き住民二人は契《ちぎ》りを交わした。彼らは共に会費を払っている唯一《ゆいいつ》のクラブたる〝人類〟の一員であるという意味で兄弟であり、ある古い国を共に愛しているという意味でも兄弟だった。二人は共に青春をその国の防衛のためにささげ、幾たびも戦って敗北のうちに凱歌《がいか》をあげてきたのである。

短い握手だったが、二人の契りと再会の喜びを確認するには十分だった。そして、給仕頭は言った。「ようこそ、大佐」

大佐も応じた。「しばらくだったな、〝グラン・マエストロ〟」

彼はとりあえず一杯付き合ってくれと〝グラン・マエストロ〟に頼んだが、いまは勤務中なので、と給仕頭は言う。それは職務上禁じられていて、できないことなのだ。

「罰則なんぞ糞くらえだ」大佐が言うと、

「おっしゃる通り」〝グラン・マエストロ〟は応じた。「しかし、人間だれしも義務には従わなければなりませんし、当ホテルの規則はみな妥当なので、従業員はすべからくそれを守りませんと。わたしは特別、みなの手前もありますから」

「さすが〝グラン・マエストロ〟だな」

すると相手は、「カルパーノ・プント・エ・メッツォを軽く一杯たのむ」とバーテンに言った。このバーテンは何か些細《ささい》な、それとははっきり明示されてはいない理由で、まだ〈騎士団〉の正式メンバーにはなっていない。「では、〈騎士団〉のために祝杯を」

こうしてホテルの規則と上官たる者の模範令も破って、〝グラン・マエストロ〟と大佐は素早く一杯干した。二人とも心急《こころせ》いていたわけではなく、〝グラン・マエストロ〟も焦《あせ》っていたわけではない。二人はただきっと飲み干したのだ。

「さてさて、それでは〈騎士団〉の現状を話し合おうか」大佐は言った。「われわれはいま、秘密室にいるんだろうね？」

「はい」〝グラン・マエストロ〟は応じた。「ここは秘密室だと宣言いたしましょう」

「では、つづけよう」

この〈騎士団〉なるものは純粋に架空の結社であって、大佐と給仕頭が親しい会話を重ねているうちに自然と出来上がったのだった。その正式な名称を、〝エル・オルデン・ミリタール・ノビレ・イ・エスピリトゥオソ・デ・ロス・カバジェーロ・デ・ブルサデッリ（高貴にして崇高なブルサデッリ騎士団の軍事結社）〟という。大佐も給仕頭もスペイン語に通じており、なお且つスペイン語は結社の命名には最適の言語なので、それを用いたのである。この名称はまたミラノの悪名高い脱税億万長者の擁する団体名にもちなんでいる。この億万長者は財産譲渡をめぐる訴訟の過程で、公然且つ合法的に若い妻を糾弾するにあたって、自分は彼女の異常な性的欲求によって判断を狂わされたのだ、と主張したことがある。

「ところで〝グラン・マエストロ〟」大佐は言った。「最近、われらが指導者の〝長老〟から連絡はあるかい？」

「それがまったく。このところ音沙汰《おとさた》なしです」

「何か考え事をしているんだな」

「間違いなく」

「おそらく、新たに犯した、目覚ましい愚行について瞑想《めいそう》しているのだろうよ」

「ええ、おそらく。わたしには一言の連絡もありません」

「しかし、彼に対するわれわれの信頼は微塵《みじん》もゆるがんぞ」

「ええ、彼の生きている限り。しかし、ひとたびあの世にいったら地獄で照り焼きにされればいいのです。われわれは彼の思い出を胸に抱きしめることになるでしょう」

「ジョルジョ」大佐はバーテンに声をかけた。「軽めのカルパーノをもう一杯〝グラン・マエストロ〟に出してくれ」

「あなたのご命令とあらば」〝グラン・マエストロ〟は言った。「従わざるを得ませんな」

二人はカチンとグラスを触れ合わせた。

「ジャクスン」と、こんどは従兵のドライヴァーに向かって大佐は声をかけた。「おまえの面倒はこの街に任せた。食事代はツケにしてかまわんぞ。明日の午前十一時、ロビーで合流するまでおまえの顔は見たくない。何か面倒ごとが起きた場合は別だが。金は持ってるか？」

「はい、大佐どの」ジャクスンは答えてから心中で舌打ちした。このおやじときたら、まったく評判通りの変人だぜ。でも、おれを呼びつけるのに、あんなに声を張り上げなくたってよさそうなもんだ。

「おまえの顔はもう見たくない」大佐は言った。

バーに入ってきたジャクスンは、気をつけ、に似た姿勢で大佐の前に立っている。

「おまえときたら、気をまわしてばかりいて楽しもうとしない。つくづく飽きたんだよ、おまえの顔を見るのは。いいか、せいぜい楽しんでくれ」

「はい」

「わかったか、おれの言ったことが？」

「はい、了解しました」

「復唱してみろ」

「ロナルド・ジャクスン、五等技術軍曹、軍籍番号一〇〇六七八は、正確な日にちはわかりませんが明日午前十一時、この〈グリッティ・ホテル〉のロビーに出頭いたします。それまで大佐どのの前から姿を消して、何か楽しいことを致します。というか」彼はつけ加えた。「その目的を達成すべくあらゆる合理的な試みを致します」

「すまんな、ジャクスン」大佐は言った。「おれは人でなし野郎だよ」

「そのお言葉には同意しかねます、大佐どの」

「ありがとう、ジャクスン。もしかしたら、おれは間違っているかもしれん。おまえの見解が正しいといいが。さあ、もういっていいぞ。おまえの部屋はこのホテルにとってあるはずだ。とってかまわん。食事はツケで食べてかまわんからな。よし、とにかく楽しんでこい」

「わかりました」

ジャクスンが消えると、〝グラン・マエストロ〟が言った。「あの若者はどんなふうですか？　やっぱり、頼りないアメリカ人の一人ですかな？」

「そうだな。残念ながら、ああいうのがわんさといるんだ。頼りなく、独善的で、栄養過多で、しかも訓練不足のやつらが。訓練不足なのはおれの責任だがね。しかし、もっとましな連中もいないわけじゃない」

「あの連中も、かつてのわれわれのように、グラッパやパズービオやバッソ・ピアーヴェで善戦できたとお思いですか？」

「ましな連中ならできただろう。われわれをしのいだかもしれん。しかしな、いまどきのわが軍の兵隊どもときたら、自傷を狙って自ら撃つことすらせんのだ」

「それは驚きですな」〝グラン・マエストロ〟は言った。かつては、こんな戦いで死にたくないと腹をくくった連中がいたことを、彼も大佐も覚えているのだ。そういう連中は、木曜日に死ねば金曜日に死なずにすむ、とは考えなかった。で、一人の兵士がもう一人の兵士のゲートルを巻いた脚を——火傷《やけど》しないように——砂嚢《さのう》でくるんでおいてから、骨に当てずにふくらはぎを撃てると踏んだ距離から、脚を目がけて撃つのである。そして、アリバイをつくるため胸壁越しに二発ほど銃弾を放っておく。大佐と〝グラン・マエストロ〟は共にこの事実を知っていた。それに加えて、戦争で私腹を肥やす連中を心底《しんそこ》憎むが故《ゆえ》に、二人は〈騎士団〉という結社を創《つく》ったのだった。

互いに敬愛し合っている二人は、死ぬのを欲しなかった哀れな兵士たちが、次の悲惨な正面攻撃を免れるべく淋病《りんびょう》に感染しようとして、その膿《うみ》をマッチ箱に入れて持ち歩いていたことを知っている。

またなんとか黄疸《おうだん》になろうと、大きな十サンチーム銅貨を脇《わき》の下に挟んでいた兵士たちがいたことも二人は知っている。そしてまた、さまざまな街の裕福な若者たちが徴兵を免れようと膝頭《ひざがしら》にパラフィンを注射していたことも。

突撃を免れるためにはニンニクが効果的なことも二人は知っているし、それ以外のトリックのすべて、もしくはそのあらましを二人は知っている。なぜなら、二人のうち一人は陸軍軍曹、もう一人は陸軍中尉《ちゅうい》として、パズービオ、グラッパ、ピアーヴェ河畔という三つの肝心かなめの重要拠点で戦ったことがあるからだ。

二人はまた第一次大戦初期のイゾンツォ河とカルソ高地の殺戮戦《さつりくせん》でも戦った。しかし、その戦闘を命じた者たちを二人は共に軽蔑《けいべつ》しており、その戦いを単に忘却すべき愚劣でおぞましいものとしてしか考えていない。大佐はその戦いを、そこから技術的な教訓を得るべき何物かとして記憶している。かくして二人は〈ブルサデッリ騎士団〉を創ったのだった。高貴にして軍事的且つ宗教的なその結社の正式メンバーは、いまのところ五人しかいない。

「〈騎士団〉に関する最新ニュースは何かあるかい?」大佐は〝グラン・マエストロ〟に訊《き》いた。

「〈マグニフィセント・ホテル〉の調理人をコンメンダトーレに昇格させました。あの男、五十歳の誕生日に三回も雄々しい振舞いをして見せたので。わたしは彼の説明を額面通りに受け容《い》れました。あの男は決して嘘《うそ》をつきませんのでね」

「たしかに。あやつは決して嘘をつかん。しかし、そういう話題になると、あんた自身の信頼性に意を用いなければならんぞ」

「わたしはあの男を信じていますから。精魂尽き果てたように見えましたよ」

「あやつがタフな若者で、〝処女殺し《アンキィーオ》〟と呼ばれていたことを思いだすよ」

「わたしもです」

「この冬に際して、何か具体的なプランはあるかい、〈騎士団〉のことで？」

「ありません、最高司令官」

「パッチャルディ閣下を表敬訪問すべきかな？」

「ご随意に」

「ま、それは延期しよう」すこし考えてから、大佐はドライ・マティーニをもう一杯、手真似《てまね》でオーダーした。

「どうだろう、われらの偉大な後援者、ブルサデッリ長老の意を体して、サン・マルコ広場とかトルチェッロ島の古い教会のような歴史的な場所で、篤《あつ》い崇敬の行事を催すというのは？」

「さあ、いまの時点で教会側がそれを認めてくれますかどうか」

「じゃあ、この冬は対外的行事プランを一切破棄して、われらが〈騎士団〉のための内部活動だけに専念しようか」

「ええ、それが何よりかと。部隊の再編成という仕事も待っていますし」

「ところで、あんた自身の最近の調子はどうだい？」

「ひどいもんです。低血圧に加えて胃潰瘍《いかいよう》にも悩まされておりますし、借金もかさんでおりますから」

「毎日は楽しいか？」

「ええ、それは今日となく、明日となく。いまの仕事は大いに気に入っていますし、規格外の興味深い人たちにも会えますから。それと、最近はベルギー人にたくさんお目にかかりますね。今年は蝗《いなご》の代わりにベルギー人が襲来しているようで。ひと頃は最もドイツ人たちでしたが。かのシーザーはなんと言ったんでしたっけ、〝しこうして最も勇敢なるはベルギー人なり〟でしたか。でも、彼らの身なりのよさは抜群だ、とは言いませんでしたね。いかがです？」

「ブリュッセルでは上等な服を着ている連中をかなり見かけたぞ。食うものに事欠かない活発な首都だ。勝っても負けても、あるいは引き分けに終わっても。ただし、彼らが戦うところは一度も見たことがない、風評に反して」

「われわれはフランダースで戦うべきでしたな、ずっと昔に」

「ずっと昔には、われわれは生まれていなかったからな。だから、戦いようもなかったさ」

「あなたの作戦がみごと敵の傭兵隊《ようへいたい》を出し抜いて、先方が負けを認めるような、そんな戦《いくさ》をしたかったですな。あなたが作戦を考案し、わたしがそれを伝達するんです」

「われわれの作戦の優位性を敵に認めさせるには、主要な街の二つ三つ占領しなければならんだろう」

「敵が防御しようとしたら、破壊することになるでしょうね。どの街を奪取しましょうか？」

「このヴェネツィアではないな。ヴィチェンツァ、ベルガモ、それにヴェローナあたりがいい。必ずしもその順番でなくてもいいが」

「それに加えて、もう二つくらいの街を奪《と》りたいですな」

「そうだな」大佐は言った。いまはまた将軍に立ち戻ったので、幸せな気分だった。

「ブレーシアは迂回《うかい》してよかろうと思う。あの街はそれ自体の重みで陥落するだろうから」

「で、あなたは最近どんな調子ですか、最高司令官？」空想の戦争談義が街を奪取するところまで発展すると、いささか現実に引きもどされて〝グラン・マエストロ〟は言った。

それまで彼はトレヴィーゾの、古い城壁の下の急流に近い、小さなわが家にいるような気分だったのだ。流れの中では雑草が揺らぎ、その中に隠れていた魚が、黄昏《たそがれ》に水面に降りる昆虫目がけてライズする。そのとき彼が馴染《なじ》んでいたのは、せいぜい中隊程度が参加する作戦であって、それならば小さなダイニングルーム、もしくは大きなダイニングルームで給仕をこなすとき同様に、はっきりと掌握できていたのである。だが、大佐が再び元の将官にもどり、算術の知識しかない男にとっては微分ほどもかけ離れた用語で作戦を練りはじめると、彼には縁遠くなった。語らいは重荷になって、かつて二人が中尉と軍曹であったときのようなわかりやすい戦術談義に大佐がもどってくれることを願った。

「マントヴァの街はどうする？」大佐が訊く。

「それはわかりかねます、大佐。その場合戦う相手がだれなのか、その敵はどんな兵力を擁しているかもわかりませんし、あなたがどれだけの兵力を掌中に握っているのかもわかりません」

「われわれは傭兵隊じゃなかったのか。マントヴァかパドヴァに本拠を置いている傭兵隊だ」

「大佐」〝グラン・マエストロ〟は言い、尻込《しりご》みせずにつづけた。「実のところ、傭兵隊に関して、わたしは何も知らんのです。当時の傭兵たちの戦い方も知りません。わたしはただ、ああいう時代にあなたの指揮の下で戦いたかったと申し上げたまでで」

「ああいう時代はもう二度とこないぞ」大佐は言った。その瞬間、二人がひたっていた幻想の魅惑はすっと消えてしまった。

だからどうした、幻想などなかったのかもしれんさ、と大佐は思った。しっかりしろ、と胸中に呟《つぶや》く。現実にもどって並みの人間になるんだ、もう半世紀分も歳《とし》をとったおまえなんだから。

「カルパーノをもう一杯どうだい」〝グラン・マエストロ〟に言った。

「それは勘弁していただけますか、大佐、胃潰瘍にこたえますので」

「ああ、そうだ、そうだったな。それはそうと、おい、そっちのおまえの名前は何だ、ジョルジョだったか？　ドライ・マティーニをもう一杯くれ、かなりドライ《セッコ》な、倍《モルト・セッコ・エ・ドッピオ》もドライなやつを頼む」

幻想破りか、と彼は思った。もともと幻想なんぞ、おれの柄じゃない。おれの得手《えて》は武装した男たちを殺すことだ。おれに破られたきゃ、幻想の側も武装してなきゃならん。しかし、実のところおれたちは、武装していない連中もわんさと殺してきた。よし、幻想破りはこの辺で退場するんだ。

「〝グラン・マエストロ〟」と、彼は言った。「おまえさんはやっぱり〝グラン・マエストロ〟なんだから、傭兵なんぞ根絶やしにしてしまえ」

「連中はもうずいぶん昔に根絶やしにされています、最高司令官」

「まさしくな」

しかし、幻想は破られたのだ。

「夕食のときに、また会おう」大佐は言った。「で、きょうの料理は何だい？」

「何なりとお望みのものを用意いたします。こちらで用意できないものは取り寄せますから」

「新鮮なアスパラガスはあるかな？」

「いまの季節ではご用意できませんな。あれは四月に、バッサーノから取り寄せますんで」

「では、いつものもので我慢するか。そちらで何か考えてくれれば、それを食べるよ」

「お席は何人さまで？」

「二人だ」大佐は答えた。「で、ビストロは何時に閉めるのかな？」

「何時になろうと、お望みの時間まであけておきます、大佐」

「では、まっとうな時間に席に着くようにしよう。失礼するよ、〝グラン・マエストロ〟」大佐は微笑《ほほえ》んで、わずかに変形した手を〝団長〟に差し出した。

「失礼します、最高司令官」〝グラン・マエストロ〟が応じ、またしても幻想がほぼ元に復した。

だが、それは完璧に元にもどったわけではなかった。大佐もそれは承知していて、胸に呟いていた——どうしておれはこういうろくでなしなんだ。なぜこんな堅苦しい軍人気質《かたぎ》を脱ぎ捨てて、長年望んでいるような思いやりのある善良な男になれんのだろう。

もっとまともになりたいのだが、ぶっきらぼうで粗放な言動は改められない。それは、上司や世間様に媚《こ》びへつらわぬよう鎧《よろい》を固めた結果というわけでもない。とにかく、この先、残りすくない人生では、猪《いのしし》のような血気に流されない、もっとましな人間にならんと。それはさっそく今夜から試してみよう。だれと、どこで、と彼は思う。とにかく、もっとましな人間になれるよう祈りたいものだ。

「ジョルジョ」と、彼はバーテンに声をかけた。このバーテンは業病《ごうびょう》やみのように青白い顔をしているが、余分な脂肪はついていないし、ぎらぎらした精気を放ってもいない。

ジョルジョのほうでは大佐にさほど好感を抱いてはいなかった。というか、ピエモンテ出身なので、もともと人間嫌いなのだろう。国境の州出身の冷静な人間にはありがちなことだ。国境の州生まれの人間は、元来人をめったに信頼しない。大佐はそれを承知していたから、他に与えることをしない人間に何かを期待しようとは思わなかった。

「ジョルジョ」彼は青白い顔のバーテンに言った。「ここの払いはツケにしておいてくれ」

バーを出ると、例のごとく、その必要もないのに多少とも誇張した自信を漂わせて彼は歩いていった。そして、いつものように、優しく、上品に、善良であろうと心新たに決めて、友人であるコンシェルジュに挨拶《あいさつ》し、副支配人とも挨拶を交わした。この副支配人は第二次大戦中ケニアで捕虜となった経験からスワヒリ語に堪能《たんのう》で、若々しく、ハンサムで、いつも元気いっぱいの好漢だった。まだ〈騎士団〉の正規メンバーではないはずだが、世故には長《た》けていた。

「で、このホテルを差配している正騎士勲章受章者《カヴァリエーレ・ウフィチャーレ》はどうしてるね？」大佐は訊いた。

「もちろん、すぐにもどるはずですが」

「いまはおりません」と答えてから、副支配人は付け加えた。「もちろん、すぐにもどるはずですが」

「わが友よ」

「彼によろしくと伝えてくれ。じゃあ、おれの部屋に案内してもらおうか」

「いつものお部屋でございますが。それでよろしいですね？」

「ああ。軍曹の世話はしてもらってるかな？」

「はい、遺漏なく」

「すまんな」

大佐は鞄《かばん》を持ったボーイに付き添われて自分の部屋に向かった。

「こちらです、大佐どの」最上階に着いてボーイが言ったとき、エレベーターは油圧作動の不備でガクンと止まった。

「エレベーターも満足に運転できんのかい？」大佐が訊くと、

「いえ、大佐どの」ボーイは答えた。「電流が不安定なものですから」

第八章

大佐は無言のままボーイに先立って廊下を進んだ。大きな、幅の広い、天井の高い廊下だった。大運河に面した側の各客室の扉の間隔は、目だって大きい。ここはもと宮殿だったのだからそれも道理で、使用人用の部屋以外はみな眺めのいい部屋だった。

ごく短い距離だったにもかかわらず、大佐はずいぶんと歩いたような気がした。その後現れた部屋付きの給仕は背が低くて色浅黒く、左の眼窩《がんか》にガラス玉の目が光っており、そのため笑うときも心からにこやかに笑えない男だった。が、その給仕がドアの錠に大きな鍵《かぎ》をさしこんで苦戦しているのを見ると、何をぐずぐずしているのだ、と大佐は思った。

「さっさとあけんか」

「そのつもりなのですが、大佐どの」給仕は答える。「この鍵が言うことをきかなくて」

そうだろうな、と大佐は思った。それはわかっているが、早くあけてくれ。ドアを大きくあけ放った給仕に、「家族のみんなは元気か？」と声をかけて、大佐は中に入った。格調のある鏡を備えた、背の高い、漆黒の衣装箪笥《だんす》が目に入る。そして、上等なツイン・ベッドと大きなシャンデリア。まだ閉じたままの窓越しに、風に波うつ大運河の水面が見える。

いま、運河はうつろいやすい冬の日差しを浴びて鋼鉄のような鈍色《にびいろ》に見える。大佐は言った。「窓をあけてくれ、アルナルド」

「だいぶ風が強いようですが、大佐どの。それに電力不足で暖房もあまりよく効いておりませんし」

「雨不足の影響もあるんだろう。かまわん、窓をあけろ。みんなあけるんだ」

「ではお望みどおりに、大佐どの」

給仕が窓をあけ放つと、北風が吹き込んできた。

「フロントに連絡して、この番号に電話するように言ってくれ」

大佐が浴室にいるあいだに給仕は電話をかけた。

「伯爵《はくしゃく》令嬢はご不在のようです、大佐どの。〈ハリーズ・バー〉にいけばお会いできるはずだそうで」

「きょうび、〈ハリーズ・バー〉にいけば何でも見つかるようだな」

「さようで、大佐どの。ただし、〝幸福〟だけは別なようですが」

「なに、〝幸福〟だって見つかるさ」自信たっぷりに大佐は言った。「〝幸福〟ってやつも、移動祝祭日なんだから」

「ええ、存じております。それはそうと、カンパリ・ビターとゴードン・ジンのボトルを用意してございます。カンパリ・ジン・ソーダをおつくりいたしましょうか？」

「それはでかした。どこから持ってきたんだ、バーか？」

「いえ。バーで余計な出費をせずにすむよう、あなたがおいでになる前に、自分で持ち込んでおきました。バーは高くつきますから」

「もっともだ」大佐は肯《うべな》った。「しかし、こういう作戦に自分の金を使っちゃいかんな」

「ここはぜひとも、と思ったものですから。こういう機会がずいぶんあったじゃありませんか、大佐どのとわたしのあいだでは。ジンは三千二百リラで法定価格です。カンパリは八百リラでした」

「それにしても感心だよ。それはそうと、あの鴨《かも》はどうだった？」

「うちの家内、いまだにその話をしますよ。野鴨ってやつはとても値が張るし、そもそもわたしたちの暮らしの埒外《らちがい》にあるものですから、食べたことがありませんでした。ところが近所に住む者が料理の仕方を家内に教えてくれて、みんなで一緒に食べたんです。この世にあれほど美味《うま》いものがあるなんて、知りませんでした。肉の小さな一切れを噛《か》みしめたときは、天にも昇るような心地でしたね」

「そうだろう。あの、脂《あぶら》の乗り切った鉄のカーテンの鴨くらい美味いものはない。あの鴨どもはダニューブ河沿いの広大な麦畑を突っ切って飛んでくるんだ。こっちに飛んでくるのは連中の一部だが、やつら、ショットガンが発明される以前から同じルートで飛んでくるのさ」

「わたしは鴨猟のことは何も存じません。家が貧乏もいいところでしたので」

「しかし、ヴェネト地方じゃ貧乏な連中も大勢鴨撃ちをしているぞ」

「ええ。たしかに。その銃声が一晩中聞こえますからね。でも、わたしどもはもっと貧乏だったんです。大佐どのが想像もできないくらいに」

「いや、想像くらいはできるさ」

「ええ、あるいは。それはそうと、家内は羽毛も残らず保存しておりまして、大佐どのにお礼を言うよう頼まれました」

「明後日、もし運がよければ鴨をたくさん獲《と》れるだろう。緑色の頭の、大きな鴨をな。細君に伝えてくれ、運に恵まれれば美味い鴨がたくさんとれるはずだ、と。それこそ、ロシアの作物をたらふく食って豚のように太った、美しい羽毛を備えた鴨をな」

「こういうことをうかがってはなんですが、大佐どのはロシア人のことをどう思われていますか？」

「ロシア人は、われわれの潜在的な敵だ。だから、一兵士として、いつでも彼らと戦う用意はある。しかし、おれはあの連中が嫌いじゃない。あれくらい朴訥《ぼくとつ》で、われわれとよく似た連中もすくないと思っている」

「残念ながら、わたしはロシア人をよく知る機会がありませんでした」

「いずれはそういう機会があろうさ、いずれはな。ただし、われらがパッチャルディ閣下がピアーヴェ河の線で彼らの進撃を食い止めれば別だが。ピアーヴェ河にはもう水が流れておらん。水力発電計画のために、水が吸い上げられてしまったんだ。おそらく、パッチャルディ閣下はあそこで最後の一戦を試みるだろうよ。それも長くはつづかんだろうが」

「わたしはパッチャルディ閣下のことはよく存じ上げないので」

「おれはよく知ってるんだがね」言ってから、大佐はつづけた。「そうだ、〈ハリーズ・バー〉に電話をして、伯爵令嬢が見えているかどうか確かめてくれ。見えていないようだったら、伯爵家のほうにもう一度問い合わせてもらえんかな」

大佐はガラスの目玉の給仕、アルナルドがこしらえたドリンクを飲んだ。さして飲みたい気はせず、体に良くないことも承知してはいたのだが。

それでも彼は、生涯を通じて万事そう対処してきたように、持ち前の猪突《ちょとつ》猛進の意気でそれを飲んだ。そして、いまだに猫のような——とは言え、いまは老いたる猫の——しなやかさで身をひるがえすと、ひらいた窓に歩み寄って、大運河を眺めやった。運河の水面はいま、灰色を最も好んだときのドガの描いたような灰色に染まりかけていた。

「ありがとう、うまい酒だった」大佐が言うと、受話器に話しかけていたアルナルドはうなずいて、ガラス玉の目で微笑した。

あんな義眼にならずにすめばよかったのに、と大佐は思った。実際に戦場に立ったか、そのため不具になった男たちが、おれは大好きなんだ。

もちろん、そうではない連中にも、好感の持てる立派な男たちはいるし、事実、そういう友人たちもいる。しかし、実際に戦場に立って、長期の軍務に耐えた男なればこその業苦を受けた男を見ると、おれは心から優しい親愛の情にほだされてしまう。

　要するにおれは不具者に弱いんだ、と飲みたくない酒を飲みながら大佐は思った。長期間戦場にいればだれしも重傷を負うものだが、そんなやつを見ると、おれは好感を抱かずにいられない。

　そうさ、と彼の善良な部分が言う、おまえはそういう連中に惚《ほ》れ込むんだ。いや、だれかに惚れ込むなんぞはご免だね、と大佐は思う。それよりは好き勝手なことをしたほうがいい。

　しかし、と彼の善良な部分が言う、だれかを好きになれなけりゃこの世に面白いことなどないぞ。

　わかったよ、おれはこの世のどんな大馬鹿野郎《おおばか》よりも惚れっぽいのさ、と大佐は胸中で呟いた。

　声に出して彼は言った。「電話のほうはどんな具合だ、アルナルド？」

「店主のチプリアーニさんがまだおいでになってないそうです。もういつきてもおかしくないそうなので、こうしてつなぎっ放しにしているんですが」

「それじゃ料金がかさむだろう。時間が無駄だから、とりあえず、どんな連中が店にきているのか教えてくれ。どんな面々が顔をそろえているのか、正確なところを知っておきたいんだ」

アルナルドは声をひそめて送話口に話しかける。

ややあって、送話口を手でふさぎながら彼は言った。「いま、電話口にはエットーレが出ているんですが、アルヴァリート男爵はまだ見えていないそうです。アンドレア伯爵が見えていて、エットーレの話では、ご酩酊《めいてい》はされているものの、大佐どののお相手になれないほどの酔い加減ではないとか。毎日午後にいらっしゃるご婦人方も見えており、中には大佐もご存じのギリシャの公女もいらっしゃれば、大佐のご存じない方も何人かいらっしゃるらしいです。それとアメリカ領事館の下級職員たちがお昼からずっと居残っているそうで」

「その下《した》っ端《ぱ》連中が帰ってしまったら教えろ、と言ってくれ。そうしたらおれも出向くから」

電話で何か言ってから、アルナルドは大佐のほうを振り返った。大佐は窓の外のサンタ・マリア・デッラ・サルーテ教会のドームを眺めているところだった。「彼らがそうそうに引き揚げるように仕向けてみる、とエットーレは言っています。ただ、そうするとチプリアーニさんが渋い顔をするんじゃないか、と心配していますが」

「領事館の連中を追い立てるには及ばん、と伝えてくれ。きょうの午後は、連中もきっと暇なんだろう。他の客のように酔っ払ってはならんという法もないからな。おれはただ、連中の顔を見たくないだけなんだ」

「では追って電話をしますと、エットーレは言っています。敵陣は放っておいても陥落するだろうと伝えてほしい、とのことで」

「面倒だろうが電話をもらえると助かる、そう言ってくれ」大佐は答えた。

風にさからって運河を遡《さかのぼ》ってゆくゴンドラを眺めながら、思う。酒を飲んでいるアメリカ人とは同席したくない。領事館の下っ端連中は退屈しているのだ、せっかくこの街で暮らしているというのに。そう、これほどの街で退屈しているのだ、連中は。ここは寒いし、連中のサラリーは安いし、ガソリンも高いときている。連中の細君どもときたら、アイオワ州キーアカックの生活習慣をそのままこのヴェネツィアに持ち込むのだから、その大胆さには恐れ入る。それに子供たちも、もうヴェネツィアの子供たち同様にイタリア語をしゃべっている。しかし、きょうはスナップ写真の撮り合いはなしにしてほしいものだ。きょうはスナップ写真も、酒場での打ち明け話も、酒の無理強いも、領事館勤務の退屈な嘆き節も、なしにしてもらいたい。

「きょうは二等副領事も、三等副領事も、四等副領事もなしだ、アルナルド」

「領事館勤務の方々の中にも、好感の持てる方々はいらっしゃいますがね」

「それはそうだ。一九一八年にこの街で領事を務めていた男は、なかなかの人物だったよ。だれからも好かれていたしな。さて、名前は何だったか」

「ずいぶん昔のことを思いだされるんですね、大佐どのは」

「あまりに昔すぎて、ちと興ざめだな」

「昔のことは何でも覚えていらっしゃいますか？」

「ああ、覚えているとも。たしかキャロルという名前だったよ、あの領事は」

「聞いたことがあります、その名前は」

「あの頃、あんたはまだ生まれていなかっただろう」

「あの頃に生まれていないと、当時この街で起きたことはわからないものでしょうか、大佐どの？」

「これは一本とられたな。どうだい、この街の連中はだれでも、ここで起きることをなんでも承知しているのかな？」

「だれでも、ということはございませんね。でも、たいがいの人間は承知していると思います。所詮《しょせん》、シーツはシーツで、だれかがそれを交換しなければなりませんし、洗わなければなりませんので。もちろん、このホテルで使われているシーツとなると、また別ですが」

「おれには、シーツなしでも楽しく暮らせた時代があったが」

「それはそうでしょうとも。しかし、このあたりのゴンドリエなど、わたしにとってはだれよりも協力的で、素晴らしい連中ですが、やはり仲間同士で噂話《うわさばなし》に興じることがありましょう」

「当然あるだろうな」

「司祭の方々にしてもそうです。もちろん、懺悔《ざんげ》に訪れた人たちの秘密を漏らすことはないでしょうが、司祭同士で語り合うことくらいはあるのでは」

「考えられる話だ」

「司祭付きの家政婦なども、やはり仲間内で噂し合うでしょう」

「それは連中の勝手だろうから」

「それから、わたしども給仕にしても」アルナルドは言った。「テーブルのお客さま方は、給仕には耳がないと決め込んでいるかのようなお話しのなされようです。もちろん、給仕には給仕のモラルがありますから、お客様の会話を盗み聞きしようとはいたしません。けれども、ときにはどうしても耳に入ってしまうこともございます。で、当然、給仕は給仕同士でいろいろ噂し合うこともございます。もちろん、このホテルではあり得ないことですが。こういう例はまだいくらでもございます」

「わかってきたよ、あんたの言いたいことが」

「ホテル付きの理髪師や美容師などについては、申し上げるまでもございません」

「で、リアルト橋界隈《かいわい》のニュースは何かあるか?」

「それは〈ハリーズ・バー〉でお聞きになれるでしょう、大佐どのの関わっている話以外は」

「おれの関わっている話?」

「人の口に戸は立てられません」

「なるほど、これは面白い話だ」

「トルチェッロ方面の話になると、すんなりとは通じない連中もいるようで」

「おれだって、ピンとこないことがあるからな」

「失礼でなければ大佐どの、いまおいくつですか?」

「五十プラス一だ。どうしてコンシェルジュに訊かなかったんだ? 警察《クエストゥーラ》に出す書類に、ちゃんと書き込んでおいたぞ」

「いえ、あなたご自身の口から伺いたかったものですから。その上でお祝いを申し上げたいと」

「わからんな、それはどういうつもりなのか」

「とにかく、お祝いを申し上げさせてください」

「それは受け容れられんね」

「あなたはこの街で大変好かれていらっしゃいます」

「ありがとう。それは身に余る誉《ほ》め言葉だ」

ちょうどそのとき、電話が鳴った。

「おれがとろう」大佐が言って受話器を耳に押し当てると、エットーレの声が言った。

「そちらは？」

「キャントウェル大佐だ」

「陣地は陥落いたしました、大佐どの」

「どっちに向かった、連中は？」

「広場《ピアッツァ》のほうに」

「よし。じゃあ、すぐそっちにいく」

「テーブル席をご所望ですか？」

「隅のほうのな」大佐は電話を切った。

「〈ハリーズ・バー〉にいってくる」

「いい猟果が得られますように」

「おれは明後日の日の出前に、沼地の樽《ボッテ》で鴨撃ちをするんだ」

「まだ寒いでしょうに」

「まあな」大佐はトレンチコートを着て帽子をかぶりながら、縦長の鏡に映る自分の顔を見た。

「醜い顔《つら》だ」鏡に向かって言う。「これよりもっと醜い顔を見たことがあるか?」

「はい」アルナルドは答えた。「わたしの顔です。毎朝、ひげを剃《そ》るときに」

「おまえもおれも暗いところで剃ったほうがいいな」大佐は言い置いて、ドアの外に出た。

第九章

〈グリッティ・ホテル〉の玄関を出ると、キャントウェル大佐はその日の最後の日差しの中に踏み出した。広場の向こう側はまだ陽が当たっているのだが、ゴンドリエたちは、そっちの側で風に吹かれつつ太陽の余熱に抱かれるよりは、〈グリッティ〉の建物の陰に船を寄せて寒風をしのぐほうを好むらしい。

それを目に留めてから、大佐は右に折れて広場沿いに進み、さらに右に曲がる舗道に出た。その際ちょっと立ち止まって、サンタ・マリア・デル・ジリオ教会を眺めた。なんと秀抜で、コンパクトな建物だろう、と思う。いまにも空に飛び立たんばかりに見える。まさかこの世にP47戦闘機ばりに見える小さな教会があろうなどとは、夢にも思っていなかった。いつ、だれによって建てられたのか、調べてみなければ。実際、自分の一生をついやしてでも、この街を存分に歩きまわってみたいものだ。自分の一生か、とあらためて思う。なんたるギャグだ。猿轡《ギャグ》を嚙ませたいようなギャグだな。自分を煽りたてるためのスロットル・ペダルだ。おい、どうした、と自分に言い聞かせる。〝病身《スロットル》〟などという名の馬が競馬で勝ったためしはないぞ。

それに、と思いつつ、彼は通りすぎるさまざまなショップのウィンドウを覗《のぞ》き込んでゆく――パルメザン・チーズやサン・ダニエーレ産のハム、猟師風のソーセージを並べた豚肉屋、良質のスコッチ・ウィスキーや本物のゴードン・ジンを並べた酒屋、銀製食器店、良質の骨董品《こっとうひん》や古地図や版画を並べた骨董品店、最高級レストランと見まがうほど外観に金をかけた二流レストラン、ときて、支流の運河に架かる最初の橋の階段をのぼりながら、そうだ、それに、と彼は思う、おれはまだそんなに弱ってはいない。ジーンという耳鳴りがするだけだ。あれがはじまったときは、たぶん木立の中に巣くった生後七年の蝗《いなご》の羽音だろうと思った。で、若い副官のラウリーに――訊きたくなかったのだが――訊いてみた。するとあやつはこう答えたのだ――いいえ、閣下、わたしにはコオロギのすだく音も生後七年の蝗の羽音も聞こえませんが。今夜は本当に静かで、いつもの物音以外には何の音もしませんがね。

すると、橋の階段をのぼる途中で、ずきんと胸の痛みを覚えた。そして橋の向こう側に降りかけたところで、若い娘の二人連れが目に入った。二人とも帽子はかぶっておらず、美しい顔立ちで、質素ながらセンスのいい装《よそお》いをしている。互いに早口でしゃべっていて、風に髪をなびかせながら、ヴェネツィア娘ならではの長い脚でなんなく橋をのぼってくる。おれもこの辺でウィンドウを覗くのはやめて次の橋へ急ごう、と大佐は思った。それから二つの広場を通り抜けて右へ曲がり、そのまま進めば〈ハリーズ・バー〉だ。

彼はそのとおりにした。橋の上で胸の痛みを覚えながらも、いつものように大股《おおまた》で歩き、すれちがう通行人だけにちらっと目をくれた。この空気は酸素をたっぷり含んでいるな、と思いながら風に向かい、深く息を吸い込む。

それから〈ハリーズ・バー〉の扉を手前に引いて、中に足を踏み入れた。またやってきた。わが家にもどった気分だった。

カウンターには長身の、すこぶる長身の、男がいた。家柄の良さのにじむ、退廃の気を漂わせた顔。愉《たの》しげな青い瞳《ひとみ》。野生の狼《おおかみ》に通じる、ゆらりと箍《たが》のゆるんだ体軀《たいく》のその男が声をかけてくる。「ようこそ、わが古馴染みの悪徳大佐」

「会いたかったよ、邪《よこし》まなアンドレア」

二人は抱擁を交わし、大佐はアンドレアの洒落《しゃれ》たツイードの粗い手触りを感じた。それはおろしてからすくなくとも二十年はたっているに相違ない。

「元気そうだな、アンドレア」

それは嘘で、嘘であることは二人とも承知していた。

「ええ、元気ですとも」アンドレアは言って、嘘を返した。「これほど体調のいいことはついぞないくらいでね。大佐もいつになくお元気そうでいらっしゃる」

「ありがとう、アンドレア。われわれ元気旺盛《おうせい》な悪党どもこそ、この世を継がんとな」

「なんたる名案でしょう。わたしも当今、この世の何かを継ぐにやぶさかではありません」

「それに対してはどこからも苦情は出まい。身長六フィート四インチを優に超す分くらい継ぐといい」

「六フィート六インチです」アンドレアは言った。「で、わが悪徳大佐は依然として軍隊生活《ラ・ヴィ・ミリテール》をあくせく続けておられる?」

「あくせくはしておらんね。こんどにしてからが、どんちゃん祭り《サン・レラホ》を楽しみにきているんだから」

「ええ、そうでしょうとも。しかし、こんな早い時間にスペイン語で冗談をおっしゃるのは控えたほうがよろしい。そうそう、アルヴァリートがあなたを捜しておりました。すぐにもどると言っていましたが」

「わかった。それはそうとあんたの麗《うるわ》しき奥方とお子さん方は息災かね？」

「ええ、このうえもなく。あなたに会ったら、よろしくと伝えてほしい、と申しておりましたよ。いま、ローマにいっておりましてね。ほうら、あなたの恋人のお出ましだ。いや、恋人たちの一人でしたか」アンドレアはとびきり長身なので、暗くなりかけた街路も見透かすことができるのだ。が、この娘ならば、もっと暗くなってもそれと見きわめがついただろう。

「あなたが隅のテーブルに彼女を拉致《らち》する前に、ここでわれわれと一杯やるように言ってくれませんかね。いつ見ても素敵な娘ですな」

「まったく」

そう語り合っているうちに、その若い女性は店内に入ってきた。髪は風にほつれて、すらりとした長身の、輝くばかりの若さにあふれた娘だった。オリーヴ色と言ってよい、かすかに青みを帯びた透き通った肌。その横顔を見ればだれしも、どんな男も、平静ではいられまい。乱れた、なめらかな黒髪が肩にたれさがっている。

「よお、おれの別嬪《べっぴん》さん」大佐は言った。

「ああよかった。今晩は。もしかしたら会えないかと思っていたの。ごめんなさい、遅れちゃって」

柔らかな、低い声で、用心深く英語をしゃべる。

アンドレアに向かって、「チャオ、アンドレア。エミリーとお子さんたちはお元気?」

「たぶん、お昼に同じことを訊《き》かれたときと変わらないと思うがね」

「あら、ごめんなさい」ぽっと頰を赤らめた。「わたしって、興奮すると、きまって場違いなことを言ってしまうの。どう言えばいいのかな。あれから午後いっぱい、楽しくすごしていらした?」

「ああ」アンドレアは答えた。「わたしの古き友人と辛辣《しんらつ》な批評家を相手にね」

「だあれ、それ?」

「スコッチ・ウィスキーと水さ」

「アンドレアって、わたしをからかうときは容赦しないんだから」大佐に向かって、「でも、あなたはわたしをからかったりはしないわよね?」

するとアンドレアが言う。「大佐を隅のテーブルにお連れして、おしゃべりするといい。わたしはもうきみら二人には飽き飽きしたから」

「おれはまだあんたには飽きていないぞ」大佐はアンドレアに言った。「しかし、それはいいアイデアだ。あそこでゆっくり寛《くつろ》いで飲むとするか、レナータ?」

「ええ、もしアンドレアが怒っていなければ」

「わたしは怒りとは無縁な男だよ」

「どうだい、あんたも一緒に飲まないか、アンドレア?」

「いえ、どうぞあちらのテーブルへ。あのテーブルがあいているところは、もう見飽きたので」

「じゃあ、またな、カーロ。あんたと、飲めずに終わった酒に礼を言うよ」

「チャオ、リカルド」アンドレアは言い、それでピリオドが打たれた。

姿のいい、ひょろっとした長身の背中を二人に向けると、客に飲みすぎたことを教えるべくカウンターの背後に置かれている鏡に、アンドレアは見入った。映っている像が気に入らず、「エットーレ」と声をかけた。「いまのから騒ぎの分、わたしの勘定につけておいてくれ」

自分のコートを辛抱強く待ち、それに腕を通すと、それを持ってきてくれた男に本来の額に加えて二割増しのチップを払ってから、外に出ていった。

隅のテーブルでレナータが言った。「彼、気分を害したかしら?」

「いや。やつはきみを愛しているし、おれのことも好いてくれている」

「アンドレアって、本当に素敵な人。あなたもそうだけど」

「給仕《ウェイター》」呼びかけておいてから、大佐は訊いた。「きみもドライ・マティーニをやるか？」

「ええ。いただくわ」

「とびきりドライなマティーニを二つ。例の、〝モンゴメリー〟だ。ジン十五に、ヴェルモット一の割合で」

自分もモンゴメリー将軍*と同じく砂漠で戦ったことのある給仕は、微笑を浮かべて去っていった。大佐はレナータのほうに向き直った。

「相変わらず素敵だ。とても美しいし、可愛《かわい》らしい。愛しているよ」

「いつもそれね。本当のところの意味はわからないけど、嬉《うれ》しいわ、そう言われると」

「いくつになった？」

「もうすこしで十九だけど。どうして？」

「それなのに、本当の意味がわからんのかい？」

「ええ。おかしい、わからないと？　アメリカ人って、友だちと別れ際《ぎわ》に決まってそう言うんじゃなかった？　それが決まり文句なのよね。でも、あたしもあなたを愛している、それがどういう意味合いだろうと」

「とにかく、楽しくすごそうじゃないか。むずかしいことは考えずに」

「そうよね。どうせわたし、この時間だと、頭がうまく働かないの」

「さあ、ドリンクがきた。乾杯《チンチン》はなしだぞ」

「ええ、覚えてる。チンチンは言っちゃだめだし、〝here's to you（きみのために）〟も、〝bottoms up（ぐっとやろう）〟も、だめ」

「そう、互いにグラスを掲げ合うだけでいいんだ。お望みならグラスを触れ合わせてもいい」

「それ、いいわね」

マティーニは氷のように冷たく、まぎれもない〝モンゴメリー〟だった。グラスを触れ合わせた後、二人は上半身が心地よくほてってくるのを覚えた。

「で、どんなふうにすごしていた？」大佐は訊いた。

「特に、これということもなく。学校に通いたい気持ちは変わらないんだけど」

「こんどはどんな学校だ？」

「さあ。英語を学べるところなら、どこでもいいんだけど」

「たのむ、頭をちょっとかしげて顎《あご》を上向けてくれないか」

「わたしをからかっているんじゃないでしょうね？」

「いや。からかってなどいないさ」

レナータは驕《おご》るでもなく媚びるでもなく、ただ頭をかしげて、顎を上向けてみせる。それを見て大佐は胸の中で心臓がひっくり返りそうな気がした。それはあたかも巣穴の中で眠っていた動物が寝返りを打った拍子に、隣りにいた動物がぞくりと震えあがったような瞬間に似ていた。

「きみって娘は」彼は言った。「どうだい、〝天国の女王〟コンテストなんかに応募してみては？」

「それって、神をも畏《おそ》れない行為じゃない」

「そうか。それもそうだな、いまの提案は引っ込めよう」

「ねえ、リチャード」言いかけてから、「だめ、言えない」

「なんだい、言ってみろ」

「だめ、言えない」

命令だ、言ってみろ、と大佐が頭の中で思ったとき、レナータは口をひらいた。

「じゃあ言うけど、そんな目でわたしを見ないでほしい」

「これはすまん。つい無意識のうちに職業的な癖が出てしまった」

「もしわたしたちが夫と妻のような存在だったら、やっぱり職業的な癖を出す？　毎日の暮らしで？」

「いや。誓ってもいい。そんな癖は出さんさ。心の底から誓う」

「相手がだれであっても？」

「相手がどんな異性であっても」

「その〝異性〟という言葉、好きじゃない。やっぱり職業的な癖が出ているみたいで」

「じゃあ、この職業的な癖というやつ、あのろくでもない窓から大運河に放り投げてやる」

「ほらね。すぐに乱暴な癖が出るでしょう？」

「わかった。きみを愛している限り、おれの軍人癖はつつましく退場させることにしよう」

「ねえ、その手、さわらせて。いいのよ。ただテーブルに置いてくれれば」

「それは助かる」

「何でもないんだってば。さわりたくなったのは、先週、毎晩、というか毎晩のように、その夢を見たから。とっても奇妙な、まとまりのない夢なんだけど、その手があの天主さまの手のように見えたの」

「それはいかん。そんな夢を見るもんじゃない」

「そうよね。でも、そういう夢だったんだもの」

「まさか麻薬でもやってるんじゃあるまいな？」

「どういうつもりか知らないけど、わたしが本心から話しているときに、からかうのはやめて。本当にそういう夢を見たんだもの」

「で、その手は何をしたんだ？」

「なんにも。でも、そうね、そう言ったら嘘になるわね。要するに、ふつうの手だったの」

「この手に似てたのかい？」大佐は訊いて、変形した手を不快そうに見ながら、その手をそういう形にした二度の機会を思い出していた。

「そういうわけでもないんだけど。でも、その手だった。ねえ、もし痛まなければ、指でそっとさわってもいい？」

「痛みはしない。痛むのは頭や脛《すね》や足だ。この手にはもうたいした感覚は残っちゃいない」

「ううん、ちがうと思う。ねえ、リチャード。その手にはまだ感覚がたくさん残ってるわよ」

「この手をまともに見つめるのは苦手でね。この話はこれくらいにできないか」

「ええ、いいけど。あなたはそういう夢を見ちゃだめよ」

「見るもんか。見たい夢は他にある」

「そうね、そうにきまってる。でも、わたしはこのところ、この手の夢ばっかり見ていたの。いいわ、もうそうっとさわってしまったし、こんどはもっと面白い話をしたいな。ねえ、二人で面白がれる話って、どんなことがある？」

「まわりの連中を見て、品定めをする、というのはどうだい？」

「面白そう。でも、意地悪はやめましょうね。わたしたちの最良のウィットをきかせるの。あなたとわたしとで」

「よかろう」大佐は言った。「給仕《ウェイター》、マティーニをもう二杯《アンコーラ・デュ・マティーニ》」

　隣りのテーブルに一目でイギリス人と知れる二人連れがいるので、〝モンゴメリー〟という言葉を聞えよがしに使いたくはなかった。

　男のほうは戦傷者かもしれない、と大佐は思った。ただ、その顔つきからはちがうようにも見えるが。だが神よ、いまは粗野な言葉を使うのを避けさせたまえ。それよりもレナータの目を見るがいい、と彼は思った。おそらくは、この娘に備わるあらゆる美しいものの中でも最高に美しいではないか。あんなに美しく一途《いちず》な睫毛《まつげ》をおれは見たことがないし、この娘はまた一途に真正面からおれを見るとき以外にあの睫毛を使うこともない。なんと素晴らしい娘だ。そしておれはここで何をしている？　これは邪まなことだ。が、この娘はおれの最後の、嘘いつわりのない、唯一《ゆいいつ》の愛の対象なのだから、邪まであるはずがない。ただ不幸なだけだ。いや、これはまぎれもなく幸運なことで、おれはだれよりも幸運な男なのだ。

二人がすわっているのは隅の小さなテーブルで、右側のひとまわり大きなテーブルは四人の女性が占めていた。そのうちの一人は喪服姿だった。が、あまりにもこれ見よがしの喪服姿なので、大佐はマックス・ラインハルトの『奇跡』で尼僧《にそう》を演じていたレイディ・ダイアナ・マナーズを思いだした。この女性のほうはふっくらとした、生来陽気そうな、魅力的な顔をしていて、喪服は似合わなかった。

同じテーブルのもう一人の女性の白髪は、通例の三倍も白そうだ、と大佐は思った。その女性もやはり感じのいい顔をしている。残る二人の女性の顔立ちは、何の興趣も大佐に与えなかった。

「あの連中、レズビアンかな？」と、レナータにたずねた。

「さあ。みんな、とても感じのいい人たちだけど」

「きっとレズビアンだな。しかし、単なるいい友だち同士なのかもしれん。もしくはその両方か。だからどうだというわけではないし、おれは別に彼女たちをくさして言ったわけじゃない」

「あなたはね、おだやかなときがとても素敵」

「ジェントルマンという言葉は、ジェントルという言葉からきていると思うかい？」

「さあ、どうかしら」大佐の変形した手をごく軽く撫《な》でて、「でも、ジェントル《ジェントル》なときのあなたって、とても素敵よ」

「よし、せいぜいジェントルであるべく努めよう。しかし、彼女たちの向こうのテーブルにいる、いけすかない野郎はだれだと思う？」

「ジェントルなあなたは長続きしないのね。エットーレに訊いてみましょうよ」

二人の視線は三番目のテーブルにいる男に注がれた。その男は落胆したイタチかフェレットのような、やけに細長い奇妙な顔をしていた。安っぽい望遠鏡で見る月の噴火口を思わせるごつい痘痕面《あばたづら》で、あのゲッベルス*みたいな顔だな、と大佐は思った。そう、もしゲッベルスが炎上した飛行機に乗っていて、炎に包まれないうちに脱出できなかったらああなるだろうと思わせる顔だ。

その目は、何であれ直視して問いかければ即《そく》答えが知れるとでも思っているのか、絶えずじろじろと周囲を見まわしていたが、頭にはおよそ人類とは何の関連もないよたようなな頭だ。実に興味深い、と大佐は思った。いったん頭皮を剝《は》ぎ取られて、そこに髪が植えつけられたような頭だ。実に興味深い、と大佐は思った。あいつも同じアメリカ人だろうか？ ああ、きっとそうだ。

口の端からすこしよだれを垂らしつつ、あちこち視線を走らせながら、その男は同席の健康そうな中年の女性と話し合っている。あの女性は『レイディーズ・ホーム・ジャーナル』誌の挿絵に登場する、アメリカの典型的な母親のイメージそのものだな、と大佐は思った。あの雑誌はトリエステの将校クラブが毎号取り寄せている定期刊行物の一つで、新しい号が届くたびに大佐は目を通していた。素晴らしい雑誌だと彼は思っている。セックスと美味い食べ物を巧みに融合させているからで、彼はその両方に官能を刺激されるのだ。

しかし、あの男はいったい何者だろう？ 肉挽《にくひ》き機に半分かけられてから油で軽く炒《いた》められたような、アメリカ人の戯画《カリカチュア》に見えるのだが。いかん、おれはまたジェントルではなくなりかけてるぞ。

エットーレという男は、頰のこけた、冗談好きで、徹底して人を人と思わない男だが、それが近くに寄ってきたので大佐は訊いた。「あそこにいる人間離れした人物は何者だい？」

エットーレは首を振る。

　とにかく、あの浅黒い小柄な男のつやつやした黒髪は、奇妙な顔つきに似つかわしくない。歳《とし》に合わせて鬘《かつら》を変えるのを忘れたかのように見える。とはいえ、なかなか味のある顔だ、と大佐は思った。ヴェルダン近郊の丘陵などを思わせるな。ゲッベルスにはなり得まい。彼はおそらくあの顔を、ナチスの連中がこぞって『神々のたそがれ』を演じていた断末魔の日々に獲得したのだ。〝来たれ、甘き死よ《コム・ズュサー・トート》〟だな。ああ、やつらはみんな最後に〝甘き死《ズュサー・トート》〟の素敵な分け前を贖《あがな》ったのだ。

「きみは美味《おい》しい〝甘き死《ズュサー・トート》〟のサンドイッチを欲しくないか、ミス・レナータ?」

「ううん、いらない。わたしはバッハが好きだし、きっとチプリアーニさんがそういうサンドイッチをつくってくれると思うけど」

「おれはバッハをおとしめているわけじゃない」

「わかってます」

「つまるところ」大佐は言った。「バッハも実質的にはわれわれと共に戦ったんだ。きみもそうだったように」

「わたしを引き合いに出すことはないと思うけど」

「ドーター*」大佐は言った。「おれがきみをからかうのは、きみを愛しているからなんだ。いつになったらわかってもらえるのかな？」

「いまよ。いまわかった。でも、あまり乱暴なジョークは言わないほうがいいと思うけど」

「なるほど。いまわかったよ」

「あなた、一週間に何度くらいわたしのことを思ってくれている？」

「一週間、絶え間なくさ」

「嘘《うそ》。本当のことを言って」

「一週間、絶え間なくだ。嘘じゃない」

「こういうことって、だれでもこんなに思い悩むのかしら？」

「さあ、どうかな。それはあまり知りたくないことの一つだが」

「みんな、そんなに悩まずにすめばいいのに。こんなに苦しいことだなんて、知らなかった」

「いまはわかったわけだな」

「ええ。いまはわかってる。心から、この先もずっと。こういう言い回しって、間違ってない？」

「いまはわかった、で十分だろう」大佐は言った。「おい、エットーレ、あの印象的な顔の男と、感じのいい連れの女性は〈グリッティ〉に泊まってるんじゃあるまいな?」

「いいえ。ここの隣りにお泊りですが、〈グリッティ〉にもときどきお食事にいかれるようです」

「それはよかった。まあ、こっちの気分が沈んでいるときなら、見かけても面白いだろうが。連れの女性はだれなんだい? 彼の細君か? 母親か? それとも娘かい?」

「これは弱りましたね」エットーレは言った。「こちらはヴェネツィア中、あの方をつけまわしているわけじゃありませんから。あの方はこれといって親愛の情も、憎しみも、嫌悪《けんお》や恐怖、はては疑惑も、振りまいているわけじゃありませんから。本当にあの方について、何か知りたいんですか? でしたら、チプリアーニさんに訊いてみますが」

「ねえ、あの人のことはとばしましょうよ」レナータが言う。「こういう言い方をするんでしょう、こういうときは?」

「わかった、あの男はとばすことにしよう」

「わたしたちにはあまり時間がないんですもの、リチャード。時間の無駄よ、あの人にこだわるのは」

「おれはゴヤの絵を見るように、あの男を見ていたんだ。人間の顔というやつも、絵の一種だからな」

「だったら、わたしの顔を見て。わたしもあなたの顔を見る。あの人のことはとばして。そもそもあの人だって、だれかに害をなすためにここにきているんじゃないでしょうし」

「じゃあ、おれはきみの顔を見る。が、きみはおれの顔を見ない。そういうことにしようじゃないか」

「だめ、それじゃ不公平だもの。わたしはあなたの顔を、一週間ずっと覚えていなくちゃ」

「じゃあ、おれはどうすればいいんだ？」

そのとき、謀《はか》り事には目がないエットーレが、ヴェネツィアっ子らしくたちまちのうちに情報を収集してやってきた。

「あの方が泊まっていらっしゃるホテルで働くわたしの仲間の話では、あの方はハイボールを三、四杯飲んでから夜遅くまで手広く、途切れなく、書き物をなさるそうです」

「それを読んだらさぞかし面白いだろうな」

「ええ、さだめし。でも、そういう書き方はダンテの創作作法とは大違いですよね」

「ダンテもまたフニャチン野郎《ヴューコン》だったな。男としては、という意味だぞ。作家として、ではなく」

「おっしゃるとおりで。フィレンツェの人間は別として、彼の生涯を研究したことのある人間で、それに同意しない者は一人もいますまい」

「フィレンツェなどぶっ潰《つぶ》してしまえ」

「それは至難の業でしょうね。試みた者は大勢いても、成功した者はごくわずかです。でも、どうしてあの街をそう毛嫌いなさるんですか、大佐どのは？」

「一言では説明できんな、その理由は。しかし、あそこには、おれが若造の頃属していた連隊の訓練基地があったんだ」訓練基地《デポ》という言葉に、彼は deposito というイタリア語を用いた。

「なるほど、それならわかります。わたしも、あの街が嫌いなわたしなりの理由がありますから。じゃあ、お好きな街はありますか？」

「そりゃあるとも。この街しかり、ミラノの一部もそうだし、あとはボローニャ、それにベルガモというところかな」

「チプリアーニさんはロシア軍が攻めてきたときに備えて、大量のウォッカを備蓄してるんですよ」荒っぽいジョークを言いたくなって、エットーレは言った。

「なに、やつらは自分のウォッカを持ち込んでくるさ、タックス・フリーで」

「でも、やっぱりチプリアーニさんはウォッカの準備をしていると思いますよ」

「だとしたら彼くらいだろうな、そんな準備に余念がないのは。じゃあ、ロシア軍の下士官が振りだすオデッサ銀行の小切手は絶対受けとるな、と彼に言ってやれ。あのテーブルのアメリカ人に関するデータの収集には礼を言うぞ。よし、これ以上おまえさんの貴重な時間を潰させはせんから」

エットーレが立ち去るとレナータは大佐のほうを向き、その鋼鉄のような目を覗き込んで、変形した手に両手を重ねた。「とってもジェントルだったわ、あなた」

「そしてきみは実に美しい。きみに首ったけだよ、おれは」

「やっぱり嬉しいな、その言葉を耳にすると」

「さて、ディナーをどうしようか」

「うちに電話して、外で食事をしていいかどうか訊いてみないと」

「なんで悲しそうな顔をしているんだい？」

「わたしが？」

「ああ」

「悲しくなんかない、本当に。こんなに幸せなことってないくらい。本当よ。嘘なんかじゃないから、リチャード。でも、ほんの十九歳の娘が、もうじき死ぬとわかっている五十すぎの男性に恋をしているとしたら、どんな気がすると思う？」

「それはちょっと身も蓋《ふた》もない言い方だな。しかし、そう言ってのけるときのきみはとてもきれいだ」

「わたしは絶対に泣かないの。絶対に。もう、そう決めたから。でも、いまは泣きたい気持ち」

「泣かんでくれよ。おれはいまジェントルだし、それ以外のことはどうでもいい」

「わたしが好きだって、もう一度言って」

「ああ、好きだとも。好きだ。好きだよ」

「絶対死なないように、できる限り努めてくれる？」

「ああ」

「軍医さんは何て言ったの？」

「まああだ、と」

「悪くなってはいないって？」

「ああ」彼は嘘をついた。

「じゃあ、マティーニをもう一杯飲みましょうよ。わたし、あなたと出会うまでマティーニなんか飲んだことなかったんだから」

「そうだったな。しかし、最近はすごく飲みっぷりがいいじゃないか」

「ねえ、お薬を服《の》まないといけないんじゃない？」

「ああ。薬は服んだほうがいいんだ」

「わたしが服ませてあげましょうか？」

「ああ。きみに服ませてもらおう」

二人がそのまま隅のテーブルにいる間、出ていく客もいれば入ってくる客もいた。薬の副作用で大佐はすこし眩暈《めまい》を覚えたが、成り行きに任せた。毎度のことだ、と彼は思う。どうとでもなれ。

レナータがじっとこちらを見つめているのに気づいて、彼女に微笑《わら》いかけた。生まれて初めて微笑して以来、この五十年、折りに触れて浮かべてきた笑みだった。それはいまも、祖父が所有していたパーディ・ショットガンのように狙《ねら》いが正確だった。あの銃はいま、兄の手に渡っているのだろう。まあ、兄のほうがおれより射撃は達者だったから、それはそれでかまわないが。

「なあ、ドーター」大佐は言った。「おれに憐《あわ》れみはかけんでくれ」

「だれが憐れみなんか。わたしはただあなたを愛しているだけだもの」

「それはたいした手間じゃあるまい?」〝手間〟と言うとき、彼は英語の〝trade〟ではなく〝oficio〟という言葉を使った。なぜなら、人前で英語で話したくないとき、フランス語に距離を置いていた二人は、スペイン語をよく使っていたからだ。スペイン語というやつは無骨な、トウモロコシの茎よりも無骨な言葉だが——と大佐は思う——言いたいことは明瞭《めいりょう》に、誤解の余地なく伝えられる。

「Es un oficio bastante malo(たいした手間かな)」と彼はくり返した。「おれを愛するということは」

「そうね。でも、わたしにはそれしかないんだもの」

「最近、詩は書かんのかい?」

「ああ、あれはね、よく小さな女の子が書くたぐいの詩だったの。女の子のお絵描きと同じよ。だれでもそれくらいはこなせるのよね、ある年齢になると」

この国ではいくつになると人は老いるのだろう、と大佐は思う。ヴェネツィアには老人らしい老人はいないが、人が成長するのはとても速い。おれ自身、ヴェネト地方で軍務についたときは急速に成長したが、二十一になって以降はすこしも歳をとらなかった。

「お母さんは元気かい？」優しい口調で大佐は訊いた。

「ええ、とっても。ただ、何か悲しいことがあるみたいで、家にこもったきり、ほとんどだれとも会おうとしないの」

「おれたちに赤ん坊ができたら、気になさるかな？」

「さあ。とにかく、とても頭のまわる人だから。でも、わたしは結局だれかと結婚することになるんだろうな。そんなのいやだけど」

「おれと結婚するという手もあるぞ」

「だめ。それについてはわたし、よくよく考えたの。で、それはなしと決めたの。もう泣かないと決めたように、そう決めたんだから」

「ひとは間違った決断を下すこともあるからな。おれにしてからが、いくつか間違った決断を下したことがある。その結果、ずいぶんたくさんの部下を死なせてしまった」

「それって大袈裟《おおげさ》に言ってるのよね、きっと。あなたがそんなにたくさん間違った決断を下すとは思えないもの」

「たくさんではないが、充分な数ではあったよ。おれの稼業《かぎょう》では三回もミスを犯せば足元がぐらつくが、おれはその三回をやってしまったのさ」

「そのお話、聞かせてほしい」

「退屈するに決まっている。おれだってうんざりなんだ、思いだすのは。部外者が聞いたって面白いはずがない」

「わたしは部外者？」

「いや。おれが心から惚《ほ》れ込んでいる女さ。おれの最後の、かけがえのない、嘘いつわりのない恋人だ」

「あなたは早かったの、それとも遅かったの？　決断を下すのが」

「早かったこともあれば、遅かったこともある。その中間だったこともあるし」

「そのお話、聞かせてくれない？　わたしも、あなたの悲しい職業の仲間入りをしたいから」

「くだらん話さ。誤った決断が下され、そのすべてが相応の報いを受けた。きみだけだ、報いを受けなくてすむのは」

「それってどうしてなのか、教えて」

「だめだ」大佐は言った。それで、この話には終止符が打たれた。

「じゃあ、何か楽しいことをしましょうよ」

「そうしよう。たった一つしかない人生だから」

「他にもあるかもよ。別の人生が」

「それはどうかな。それより、顔をちょっと横に向けてくれないか、いい子だから」

「こんなふうに？」

「そう、それでいい」大佐は言った。「そうしてくれ」

　こうして、と大佐は思った。おれたちは人生の最終ラウンドに入るわけだ。それが何ラウンド目にあたるのかも、おれは知らん。これまでに愛した女は三人しかいないが、その三人すべてをおれは失っている。

　いわば大隊を失うように。判断のミス、遂行不可能な命令、そして過酷な状況によって。それに、野蛮な情動、というやつを付け加えてもいい。

　おれは生涯に三つの大隊と三人の女を失い、いまは四人目の、最も愛《いと》おしい女と付き合っている。この関係はどういう終わりを迎えるのか？

　教えていただけないだろうか、将軍。それと、いい機会だからお尋ねするのだが、この問題を論じるにあたってあなたもたびたび指摘されたとおり、これは決して正規の作戦会議ではなく、率直な戦況論議なのだが、あなたの騎兵隊はいまどこに待機しているのか、い、い、い、い、い、い、い、い、い、い、い？

　やっぱりそうなのだ、と彼は胸に独りごちた。概して司令官は麾下《きか》の騎兵隊の所在地を知らない。そして騎兵隊のほうでは必ずしも自己の置かれた状況や任務を正確に把握してはおらず、なべて騎兵隊という存在が、大きな馬を所有して以来あらゆる戦争できまってドジを踏んだように、やはりドジを踏んでしまうのだ。

「レナータ」彼は言った。「わが麗しくも恋しい娘《マ・トレ・シェール・エ・ビアン・エメ》よ。すまんな、おれときたら、こんな退屈な男で」

「とんでもない、退屈だなんて。あなたって大好きだし、今夜は朗らかにすごせればそれでいいの」

「よし、そうしよう。何か特別朗らかに向き合いたいことってあるかい？」

「まずわたしたち自身よね。それから、この街。たいていの場合、あなたは朗らかだったじゃない」

「そうだな。たしかに」

「だったら、また朗らかになれるんじゃない？」

「ああ。もちろんそうだ。そうなれないはずはない」

「ねえ、あそこにウェイヴした髪の若い男性がいるでしょう？　あのウェイヴは生まれつきなの。彼、うまくそれを上にかき上げているからよけいハンサムに見えるんだけど」

「ああ、あいつだな」

「あの人、前歯が一本義歯なんだけど、それは以前、彼、ちょっと男色《ペデラスト》の気があって、ある満月の晩リドで、他の男色の人たちに殴られたからなの」

「きみはいくつになるんだったかな？」

「もうすこしで十九よ」

「その話はどうして知ったんだ？」

「ゴンドリエから聞いたんだけど。いまはね、彼、とても上手な絵描きになっているの。最近は本当に優秀な絵描きってあまりいないでしょう。たとえ歯が一本義歯だって、いまは二十五になってるんだし、どうってことないわよね」

「だからおれは、きみがしんそこ好きなんだ」

「わたしもあなたがしんそこ好き。アメリカ語では、それ、どういう意味になるのかな。イタリア語でも好きよ、どう考えてもそれはよくない願いごとだってわかっていても」

「願いごとはあまりしないほうがいい。おれたちの場合、何でも成就《じょうじゅ》してしまいそうだから」

「それもそうね。でも、いまはわたし、願いごとがかなってほしい」

しばしつづいた沈黙を、やがてレナータが破った。「あの若い男性ね、いまはもちろん立派な大人なんだけど、自分の本性を隠そうとして、それは大勢の女性と付き合ってるの。あるとき、わたしの肖像画を描いてくれたのよ。もしよかったら差し上げるけど」

「それはすまんね。ぜひ頂戴《ちょうだい》したいな」

「すごくロマンティックな絵なんだから。髪がふだんの二倍も長くてね、いままさに海から上がってきたような絵柄なんだけど、髪はぜんぜん濡《ぬ》れてないの。本当は、もし海から上がったら、髪はぺったり頭に貼《は》りついていて、先端がとがった感じになってるわよね。ところがその絵のわたしときたら、いまにも死にそうな濡れネズミみたい。でもパパは、たいそうなお金を彼に払ったの。本当のわたしとはちがうけど、あなたが好みそうなわたしの絵になってるわ」

「おれも、海から上がってくるきみの姿をよく思い描くことがある」

「でしょうね。見ちゃいられない絵。でも、記念のお土産代わりにはいいかもしれない」

「きみの優しい母上は気にせんかな？」

「気にしないと思う。あれがなくなると、かえって嬉しがるかも。うちにはもっといい絵があるし」

「大好きだよ、きみと母上」

「ママにそう言っておかなくちゃ」

「あそこにいる痘痕面の唐変木《ジャーク》は、本当に作家だと思うかい？」

「ええ。エットーレがそう言ってるのなら。エットーレは冗談好きだけど、嘘はつかない人だから。ねえ、リチャード、ジャーク（jerk）って、どういう意味？　本当のこと教えて」

「ちょっと大雑把な説明になるがね。自分の任務《オフィシオ》に真面目《まじめ》に取り組んだことがない、いい加減ではた迷惑なやつ、といったところかな」

「その言葉の正しい使い方、覚えなくちゃ」

「いや、使っちゃいかんよ、きみは」言ってから、大佐は付け加えた。「で、その肖像画はいつもらえるんだろう？」

「お望みなら、今夜にでも。だれかに包装させて、うちから送らせるわ。それで、どこにかけておくつもり？」

「おれの執務室にでも」

「だれかがそこに入ってきて、勝手な感想を言ったり、わたしをけなしたりするんじゃない?」

「いや。そんなことはさせんさ。それに、それはおれの娘の肖像画なんだ、と言ってやるから」

「あなたにはお嬢さんがいたの?」

「いや。ずっと、欲しいとは思っていたが」

「わたし、お嬢さんになってあげる、他のだれにでも」

「それじゃ、近親相姦《そうかん》になってしまう」

「このヴェネツィアのように古くて、たいていのことを目撃してきた街では、それは別に大したことじゃないのよ」

「まあ、聞きなさい、ドーター」

「いいな。とてもいい響き、ドーターって。わたし、好きだな」

「そうか」大佐の声はすこしくぐもっていた。「おれも好きだ」

「理屈ではいけないとわかっていても、あなたを好きにならずにいられないわけ、これでわかった?」

「なあ、ドーター。ディナーはどこでとろうか?」

「どこででも、お好きなところで」

「〈グリッティ〉はどうだろう?」

「ええ、素敵」

「ううん。もう許可はもらわずに、許可をもらうといい」

「じゃあ、お宅に電話して、許可をもらうといい」

「ううん。もう許可はもらわずに、ただ、食事をする場所だけを伝えることにしたの。そうすれば心配しないでしょうから」

「本当に〈グリッティ〉でいいのかい?」

「ええ、あそこはとても感じのいいレストランだし、あなたが暮らしているところでもあるし、わたしたちを見たい人にはだれにでも見せてあげられるから」

「いつからそういう気持ちになったんだい?」

「前からずっとそうよ。わたし、他人にどう思われるかなんて、気にしたことがないの。自分で恥ずかしいと思うこともしたことがないし。まだちっちゃかった頃、ちょっとした嘘をついたり、他の人に意地悪したことを除けば」

「きみと夫婦になって、息子を五人ほども持てたらいいが」

「わたしも。で、その子たちを世界の五つの果てにいかせてやるの」

「世界には五つの果てがあるのかい?」

「さあ、どうかしら。でも、そう言ってみたら、あるような気がしてきた。ほら、また楽しくなってきたんじゃない？」

「もう一度言って。いま言ったとおりに」

「たしかにな、ドーター」

「ああ」レナータは言った。「人間って、本当に複雑な動物なんだわ。ねえ、その手をとっていい？」

「こいつは本当にぶざまでな。見たくもない」

「あなたは自分の手のこと、わかってないのよ」

「それは見解の相違ってやつだな。きみのほうが間違ってるぞ、ドーター」

「そうかもしれない。でも、ほら、わたしたち、また楽しんでるじゃない。いやなことはみんな消えてしまって」

「日が昇って、炸裂《さくれつ》した地面を覆《おお》っていた霧がきれいに拭《ぬぐ》い去られたようにな。きみがその太陽だ」

「わたし、お月さまにもなりたい」

「いまだってそうじゃないか。それだけじゃない、どんな特定の惑星にもなれようさ。おれがその惑星の正確な位置を教えてやろう。そうとも、ドーター、どんな星座(コンステレーション)にだってなれるはずだよ。もっとも、"コンステレーション"といや、いまは飛行機の名前だが」

「わたし、お月さまになりたい。お月さまもいろいろ悩みごとを抱えているから」

「たしかにな。月の悲しみは定期的に訪れる。もっとも、欠ける前には必ず満ちるが」

「ときどき、運河を渡るお月さまがとても悲しげで、見ちゃいられないときがある」

「ずいぶん前から旅をしているからね、月は」

「ねえ、〝モンゴメリー〟をもう一杯飲まない?」レナータはたずね、あのイギリス人たちがもう消えていることに大佐は気づいた。

　彼はそれまで、レナータの愛らしい顔しか眼中になかったのだ。おれはいつかこうして油断したところを殺されるのだろう。もっとも、これもまた精神集中の一つの形と言えはしまいか。が、不注意であることに変わりはない。

「そうだな。そうしよう」

「あれを飲むと、とてもいい心地になるの」

「おれにも一定の効果を及ぼすよ、あれは。チプリアーニのつくり方がいいんだ」

「とても頭がいい人ね、チプリアーニさんて」

「それだけじゃないな。なかなか有能な男だよ、彼は」

「いつかヴェネツィアのすべてを征服してしまうんじゃない」

「すべて、はないだろう。きみまで征服することはあるまいから」

「そうね。あなたがわたしを必要としてくれる限り、他のだれにも征服されたりしないもの」

「おれにはきみが必要だ、ドーター。しかし、きみを所有したいとは思わん」

「わかってる。それもわたし、あなたを愛しているもう一つの理由だから」

「エットーレを呼んで、きみのお宅に電話させよう。そうしたら、例の肖像画の件、お宅の方に話してくれんかな」

「それがいいわね。もし今夜にもあの絵をお手元に置きたかったら、わたし、執事と話して、あの絵を包装させて送らせるから。それと、ママとも話すわ。どこで夕食をとるか話して、もしあなたが是非にというなら、ママの許しも得るから」

「いや、その必要はあるまい」大佐は言った。「エットーレ、〝モンゴメリー〟を二杯たのむ。〝スーパー・モンゴメリー〟をな。小さなものでいいから、ガーリック・オリーヴを添えて。それからこの令嬢のお宅に電話をして、つながったら教えてくれ。以上、大急ぎでたのむ」

「かしこまりました、大佐どの」

「さて、ドーター、今宵、また楽しくすごそうじゃないか」

「あなたが口をひらいたときから、もう楽しい宵にもどっていたわ」レナータは言った。

第十章

二人はいま、〈グリッティ〉に至る道路の右側を歩いていた。背中に風が吹きつけていて、レナータの髪を前方になびかせている。髪は後ろで二つに分かれ、彼女の顔を両側から覆うように前になびいていた。そうしてウィンドウ・ショッピングをしているうちに、レナータはある宝石店の明るいウィンドウの前で立ち止まった。

そこには古い宝石の逸品がいくつも展示されており、二人はつないでいた手をほどいて、いいと思うものを互いに指さし合った。

「何か本当に欲しいものがあるかい？　明日の朝には買ってあげられるぞ。チプリアーニが金を貸してくれるだろうから」

「ううん、いい。何も欲しいものはないから。でも、そう言えば、これまであなたから何かプレゼントされたことってなかったわね」

「きみのほうがおれよりずっと裕福だからな。それでおれはＰＸ＊からちょっとしたものを調達したり、酒や食事代を持ったりしているんだが」

「それからゴンドラに乗せてくれて、田舎の景色のいい場所につれてってくれたり」

「きみが宝石のプレゼントを欲しがっていようとは、考えもしなかったな」

「わたしだって。人に何かを贈ろうとするときって、ただそれを見て、それを相手が身につけたところを想像してあれこれ楽しむ——それだけのことだと思う」

「なるほど、わかってきた。しかし、陸軍の薄給では、きみの、あのエメラルドに匹敵するようなものは買ってやれんし」

「あら、気がつかなかった？　あれはみんな代々譲り受けたものなの。わたしはあれを祖母から譲られたんだけど、その祖母は曾祖母《そうそぼ》から、曾祖母はまた彼女のお母さんから譲られたわけ。死んだ人たちから譲られた宝石でも、身につけた感じは変わらないと思う？」

「そんなことは考えたこともなかったよ」

「あなたに差し上げてもいいわ、宝石がお好きなら。わたしの場合、宝石ってパリから届くドレスと似たようなもので、ただ身にまとうものにすぎないんだもの。あなた、礼装用の軍服を着るのは嫌いでしょう？」

「ああ」

「剣を腰に佩《お》びるのも嫌いでしょう?」

「嫌いだ。何度でも言うが、嫌いだよ」

「ね、あなたはあんなタイプの軍人じゃないし、わたしもあんなタイプの女のコじゃないの。でも、いつか、何か永く持てるもので、身につけるたびに幸せな気分になれるようなものをいただけたら嬉《うれ》しいけど」

「わかった。覚えておこう」

「あなたって、知らないことを覚えるのがすごく速い。素敵な決断を下すのも速いし。わたしのエメラルド、ぜひ受け取ってよ。それをお守りみたいにポケットに入れて、寂しいと思ったときにさわってほしいな」

「仕事中のおれは、あまりポケットに手を突っ込まないけどな。たいていは指揮棒か何かをくるくる回すか、鉛筆で何かを指したりしている」

「でも、たまにはポケットに手を入れて、さわったりしてもいいじゃない」

「軍務についているときのおれは、寂しさなど感じている暇がないんだ。考えることが多すぎて、寂しさを感じるゆとりもない」

「でも、いまは軍務中じゃないでしょう」

「ああ。名誉ある敗北に備えているところだよ」

「ともかく、エメラルドをあなたに差し上げるつもり。ママもわかってくれると思うし。それに、しばらくはママに打ち明ける必要もないしね。ママはわたしの持ち物に目を光らせることもないの。わたしのメイドが告げ口することもないだろうし」

「しかし、もらうわけにはいかんよ」

「お願いだから受けとって。わたしを喜ばせると思って」

「それは果たして、栄誉ある行為なのかどうか」

「そんなの、童貞であることが栄誉ある行為かどうか、と言ってるようなものじゃない。それが愛する人に喜びを与えるなら、最高に栄誉ある行為だと思うけど」

「わかった」大佐は言った。「いいか悪いかはともかく、いただくことにしよう」

「じゃあお次は、ありがとう、って言う番ね」言うが早いか、レナータは宝石泥棒のように素早く、巧みに、大佐のポケットにエメラルドをすべり込ませた。「この一週間、ずっと考えに考えて、そのあげくにきっぱり決めて、こうして持ってきておいたの」

「おれの手のことばかり考えてくれていたのかと思っていたが」

「怒っちゃだめよ、リチャード。愚かしいことも言わないで。エメラルドにさわるのは、あなたの、その手なんだから。そのことは頭に浮かばなかった？」

「浮かばなかったな。おれはつくづく馬鹿《ばか》な男だよ。あのウィンドウに並んでいるものでは、どれがいちばんいい？」

「そうね、あの小さな黒人かしら。真っ黒な顔をして、ダイヤのかけらでできたターバンを巻いて、ターバンのてっぺんに小さなルビーが嵌《は》めこんであるやつ。あれならピン代わりに使えると思う。ひと昔前のこの街では、だれもがあれを身につけていたの。で、それぞれの黒人の顔はその人の最も信頼のおける召使のもので。わたしね、ずいぶん前からあれが欲しかった。でも、それをあなたから贈ってもらいたくて」

「よし、明日の朝にでも届けさせよう」

「ううん。あなたとお別れするランチの席で贈ってほしい」

「わかった」

「さあ、いきましょう。ディナーの時刻に遅れちゃう」

二人は腕をからめて歩きだした。最初の橋をのぼりかけたとき、いきなり突風に見舞われた。

胸に例の痛みが走ったとき、大佐は独りごちた。なんだ、これしき。

「リチャード」レナータが言う。「ポケットに手を入れて、あれをさわってくれると嬉しいんだけどな」

大佐はそうした。

「素晴らしい手ざわりだ」と、口に出た。

第十一章

二人は風と寒気をのがれ、〈グリッティ・パレス・ホテル〉の正面入り口を通って明るい暖かなロビーに入った。

「いらっしゃいませ、伯爵令嬢《コンテッサ》」コンシェルジュが声をかける。「お帰りなさい、大佐。外はお寒かったでしょう」

「ああ」とだけ大佐は答え、ふだんなら寒気や風の強さをなじる、乱暴で猥雑《わいざつ》な文句は付け加えなかった。それはコンシェルジュと二人きりで話すときの共通の楽しみだったからだ。

二人が右側のバーの入り口や大運河への出口やダイニングルームの入り口の前を通って、大階段とエレベーターに通じる長い廊下に達したとき、〝グラン・マエストロ〟がバーから出てきた。

きょうは給仕頭の正式な裾《すそ》の長い白い制服を着ていて、二人に笑いかけながら、

「今晩は、お嬢さま。今晩は、大佐どの」

「やあ、〝グラン・マエストロ〟」大佐は一礼しながら言った。「お食事はいちばん奥のバーで召しあがっていただきます。冬季はお客さまがいらっしゃらなくて、ダイニングルームは広すぎますので。お席は用意してございます。よろしければ、最初は素敵なロブスターから召し上がっていただけますが」

「本当に新鮮なんだろうね？」

「けさ、市場から籠《かご》で運ばれてきたのを確かめました。まだ生きておりましてね、濃い緑色で、威勢よく暴れていましたよ」

「ロブスターからディナーをはじめるというのはどうだい、〝ドーター？」

大佐は意識して〝ドーター〟という言葉を使った。〝グラン・マエストロ〟もレナータもそれを意識していたが、解釈の仕方は三人三様だった。

「だれか新興成り金《ペッシエカーニ》が入ってきても、大佐どのに召し上がっていただきたいと思っていました。連中、いまはリドでギャンブルに興じています。連中に出す気はなかったので」

「ロブスター、美味《おい》しそうね」と、レナータ。「冷たくしたのにマヨネーズをかけて食べるの。マヨネーズはねっとりしたのがいいわ」その部分はイタリア語で言った。

　それから大佐に向かって、真剣な面持ちで言う。「でも、かなりのお値段じゃない？」

「なんの、なんの《アイ・イハ・ミア》」

「ねえ、右のポケットをさぐってみて」

「お値段のほうはご心配要りません」〝グラン・マエストロ〟が言った。「わたしが贖《あがな》ってもいいくらいですから。わたしの一週間分の給料で楽に手に入れられます」

「〝トラスト〟に肩代わりさせればいい」〝トラスト〟とはトリエステに進駐しているアメリカ軍機動部隊を指す隠語だった。「おれだって一日分の給料で買えるさ」

「ねえ、右のポケットをさぐってみて。すごくリッチな気分になるから」

　それは二人だけのジョークなのだと覚《さと》って、〝グラン・マエストロ〟は音もなくその場を離れていた。ひそかに尊敬し、賛美しているレナータを迎えることができて、彼は嬉しかった。敬愛している大佐のためにも、嬉しかった。

「ああ、おれはリッチだよ」大佐は言った。「しかし、そのことでおれをからかう気なら、あれはお返ししよう。公然と、テーブルクロスにのせて」

　こんどは彼のほうで無遠慮にからかっていた。ほとんど反射的にお返しをしていたのだ。

「それはないと思うけど。だって、あなたはもうすごく気に入っているんだから、あれを」

「どんなに気に入っていようと、きみが見たこともないような高い絶壁から放り投げて、それが弾む音も聞かずに立ち去っているさ」

「ううん、まさか。だって、このわたしを高い絶壁から放り投げたりするわけがないもの」

「ああ、もちろん、しないとも。すまん、乱暴なことを言って」

「あら、ちっとも乱暴なことなんか言ってない。わたし、本気になんかしなかったし。それよりわたしね、この髪を直して、人前でも恥ずかしくないようにしたいの。化粧室にいこうかしら、それともあなたのお部屋にいったほうがいい？」

「どっちがいい？」

「そりゃ、あなたのお部屋にきまってるじゃない。あなたがどんなふうにそこですごしているのか、お部屋がどんな様子か、知りたいし」

「ホテルの連中はどう思うかな？」

「あのね、このヴェネツィアではなんでも知れ渡ってしまうの。でも、同時に、わたしの家柄も、わたしがまともな女性だということも、知れ渡っているし。あなたがだれで、わたしがだれかということもね。こんなことでわたしたちの信用が失墜することはないと思う」

「よし」大佐は言った。「階段をのぼろうか、それともエレベーターでいこうか」

「エレベーターがいい」レナータの、その声音の変化を大佐は聞きとっていた。「ボーイを呼んでもいいし。わたしたちでも動かせるわよね」

「おれたちで動かそう。ずいぶん前だが、こいつの動かし方を調べたことがある」

ガツンというショックもすくない、スムーズな上昇ながら、最後には動きを調節する必要があった。動かし方を調べた、とはよくも言ったな、と大佐は思った。おまえ自身の頭をもう一度調べたほうがいいぞ。

きょう目に映る廊下は、単に美麗であるのみならず、気持ちを弾ませるものがあった。錠に鍵《かぎ》をさしこむ動作も、単なる手順ではなく一つの儀式だった。

「さあ、ここだ」ドアを大きくあけ放って大佐は言った。「こういうところさ」

「とても素敵。でも窓があいてるから、すごく寒い」

「よし、閉めよう」

「ううん、いいの。このほうがお好みなら、あけたままにしておいて」

大佐はレナータにキスした。長身の、若々しく、しなやかで均整のとれた肢体が、彼の堅牢《けんろう》ながらくたびれた体に押しつけられる。キスをするあいだ、頭には何も浮かばなかった。

大運河に向かって窓があけ放たれた寒い部屋で、立ったままの、心の底からのキスはいつまでもつづいた。

「ああ」吐息がレナータの口から洩《も》れた。「ああ」

「この世に、おれたちは何の借りもない。何一つない」

「結婚してくれる？　結婚して五人の男の子をこしらえる？」

「そうしよう！　それがいい！」

「じゃあ決まりね、後悔しない？」

「もちろん」

「もう一度キスして。軍服のボタンが痛くてもかまわないから。でも、あまり痛くはしないでね」

そこに立ったまま、二人はすべてを忘れて唇を重ねた。「わたしね、いずれあなたをがっかりさせると思うの、リチャード。いろんなことでがっかりさせると思う」

歴然たる事実を述べるように彼女は言い、それを受けた大佐の耳に、その言葉はあのときの三つの大隊の一つからの報告、絶対的な真実にして最悪の事実を報告してきた大隊長の声音のように聞こえた。

「本当かい、それは？」

「ええ」

「おれの、可哀《かわい》そうなドーター」

その言葉にいまや暗い影は微塵《みじん》もなく、レナータはまぎれもなく彼の〝娘〟であり、彼はレナータを憐《あわ》れみ、愛《いと》しいと思った。

「心配要らん。髪を梳《す》いて、口元を直すなどするがいい。それからディナーを楽しもう」

「じゃあその前に、愛している、ってもう一度言って。あなたのボタンをぎゅっと押しつけて」

「愛しているとも」ごく形式ばった口調で大佐は言った。

それから彼は限りなく優しい口調で、そう、その昔まだ若き中尉《ちゅうい》だった頃、哨戒中《しょうかい》に十五フィート離れた味方の兵にささやきかけたような念の入った口調で、ささやいた。「愛しているのはきみしかいない。きみはおれの最高にして最後の、だれよりも大切な、かけがえのない恋人だ」

「うれしい」レナータは彼の唇をむさぼった――甘美にも酸《す》っぱい血の味が唇の内側に感じられるほどに激しく。そう、おれはこの味わいも好きなんだ、と大佐は思った。

「じゃあ髪をすいて、口紅も新しく塗り直すから、ちゃんと見てね」

「窓を閉めようか？」

「ううん、いいの。わたしたち、何もかも、この寒さの中でするんだから」

「きみが愛しているのはだれだ？」

「あなたにきまってるじゃない。でも、わたしたち、あまり幸運に恵まれてもいなさそうね？」

「わからんな、それは。さあ、きみの美しい髪をすくといい」

大佐は晩餐《ばんさん》に備えて顔を洗おうと浴室に足を運んだ。浴室はその部屋で唯一《ゆいいつ》気に入らない箇所だった。〈グリッティ〉は当初宮殿として建てられるという特殊事情があったため、建造当時浴室に当てられるスペースがなく、後に導入されたときは廊下の奥に設けられた。それを使用する資格のある者が前もって通知すると、温水が整い、タオルも用意されるという仕組みだった。

この浴室は部屋の隅を任意に切り取って設けられた。いわば攻撃的というより防御的な浴室だな、と大佐は感じている。顔を洗い、口紅の跡が残っていないかどうかチエックする必要上、大佐はやむなく鏡を覗《のぞ》き込んだ。

いい加減な職人が木を削ってこしらえたような顔だな、と思う。

整形外科の手術を受ける前からみみず腫《ば》れのようにあちこちに出現していた、皮膚の変形の跡を見つめ、頭部の負傷の後に受けた見事な整形手術が残した、事情通のみがそれと気づき得る細い線に目を凝らす。

これが gueule（顔）や façade（うわべ）、つまりは顔として人前にさらしているものなのだ、と思う。なんとお粗末な代物《しろもの》か。せめてもの慰めは日焼けしていることで、そのため呪《のろ》われた部分も幾分かは抹消されている。それにしても、くそ、なんという醜男《ぶおとこ》だろう。

使い古された鋼鉄のような色の瞳《ひとみ》や、目尻《めじり》に刻まれた細長い笑い皺《じわ》、あるいは古い剣闘士の彫刻を思わせる潰《つぶ》れた鼻には目をくれなかった。ときに酷薄になる、本来優しい口元にも目をくれなかった。

貴様なぞどうとでもなれ、と鏡に向かって言った。この、くたびれ果てた、哀れなポンコツ野郎め。それがご婦人方に合わせる顔《つら》か？

浴室を出て、部屋にもどる。とたんに彼は、初めて戦場で突撃したときのように若々しくなった。ろくでもないものはすべて浴室に置き去られたのだ。ああ、いつものようにな、と彼は思う。あそこはそのための場所だ。

Où sont les neiges d'antan?（去年《こぞ》の雪いまいずこ）と、フランス語のフレーズが頭に浮かぶ。Où sont les neiges d'autrefois?（昔の雪いまいずこ）。Dans le pissoir toute la chose comme ça.（便所の中ではみなこんなもの）。

レナータは背の高い衣装箪笥《だんす》の扉を大きくあけ放っていた。内側は鏡張りになっており、彼女はその前で髪をくしけずっていた。

それは見せびらかすためではなく、大佐に与える効果を計算して行っているのでもなかった。レナータは苦労して、遠慮会釈《えしゃく》もなくくしけずっていた。もともと重たい髪で、農婦や大貴族の息女たちのそれのように生気に満ちているため、櫛《くし》にもさからうのだ。

「風に吹かれて、すっかりほつれちゃった。こんなわたしでも好き？」

「もちろん。どうだい、手を貸そうか？」

「いいえ、いいの。物心ついたときから、こうしてやってきたんですもの」

「横向きに立って、やってみたらどうだい」

「いいの。どんな形になろうと、わたしたちの五人の息子のため、それと、あなたの頭をのせてあげるためなんだから」

「おれは顔のことしか考えていなかった。注意を呼び覚ましてくれて助かったよ。おれはまたしても注意力が散漫になっていたんだ」

「わたしがもっと丁寧にすけばいいのよね」

「いや、ちがうな。アメリカでは、戦車の座席に用いるような、針金とスポンジゴムでそういうものがつくられている。ま、それが本当かどうかは、きみがおれのような不良でない限りはわからんだろうが」

「このイタリアでは、事情がちがうのよね」二つに分かれていた髪を前のほうにすいたので、髪の先端が頰の下まで届いた。それをまた背後にすいたため、髪は肩の上に流れた。

「もっときちんとしていたほうがいい？」

「すこしラフだが、とても素敵だよ」

「きちんとしたスタイルがお好きなら、上のほうにまとめたりもできるんだけど。でも、わたし、ヘアピンがうまく使えないし、すごくわざとらしい気がして」

澄んだその声の響きを耳にすると、大佐はいつもパブロ・カザルスが奏《かな》でるチェロの調べを思いだす。さながら耐えがたい傷口の痛みを感じさせるようなその響き。しかし、おれは何にでも耐えられるのだ。

「おれは在るがままのきみが好きなんだ。そして、きみくらい美しい女性は知らんし、見たこともない。名うての画家の描いた肖像画を思いだしてもな」

「どうしてわたしの肖像画、届かないのかな」

「そりゃ肖像画をもらうのは嬉しいが」大佐は言い、知らぬ間に軍人気質《かたぎ》にもどって付け加えていた。「あれは、もう生きちゃいない馬から剝《は》ぎ取った皮のようなものだし」

「お願いだから乱暴な言い方はやめて。今夜はそう乱暴な気分じゃないの、わたし」

「すまん、つい薄汚い稼業《サル・メティエ》ならではのしゃべり方にもどってしまった」

「それはいや。お願い、わたしを抱いて。優しく、しっかりと。お願いだから。それに、あなたのお仕事、薄汚い稼業《かぎょう》なんかじゃないわ。それに従事している人の大半はそれに相応《ふさわ》しい人たちじゃないかもしれないけれど、でも、それはこの世の何よりも古くて、いちばん価値のあるお仕事だと思う」

　なるべく苦痛を与えないよう注意しながら、大佐はきつくレナータを抱きしめた。レナータは言った。「あなたが弁護士であっても司祭であっても、いやだわ。セールスマンであってもね。華々しい成功者でもあってほしくない。いまのお仕事についているあなたが、わたしは好きなの。心から愛している。ね、耳にささやいて」

大佐はささやいた。レナータをきつく抱きしめ、心から、正直に、音を立てない犬笛のように、耳元でかろうじて聞こえるくらいの声でささやいた。「愛しているよ、このやんちゃ娘め。そしてきみはおれの娘も同然なんだ。これから何を失おうとかまいやしない、月はおれたちの母であり父なのだから。さあ、下にいってディナーを楽しもう」

最後のささやきはあまりに低かったから、自分を愛してくれる者にしか聞こえなかった。

「ええ」レナータは答えた。「いいわ。でも、その前にもう一度キスして」

第十二章

二人はバーの最奥端のテーブルについた。そこだと大佐は両側面を掩護《えんご》されるため、部屋の隅にどっしりとかまえていられた。〝グラン・マエストロ〟はむかし第一級の連隊の精強な歩兵中隊に属する優秀な軍曹だったから、そのことはよく心得ていた。大佐を部屋の真ん中に着座させないことは、戦闘において不利な防御陣形をとらないことに通じるのだ。

「ロブスターです」〝グラン・マエストロ〟が言う。

貫禄《かんろく》十分なロブスターだった。並みのサイズの倍はあっただろう。ボイルされた結果不敵な面魂《つらだましい》は消えていて、いまは死んだ自己の記念碑のように見える。飛びだした目といい、長い優美なひげといい完璧《かんぺき》だった。ひげは、ややもすると愚かな目ではつかめなかった情報を、ロブスター自身に伝えていたのである。

こいつ、ジョージ・パットン*にちょっと似ているな、と大佐は思った。しかし、こいつはおそらく感動して泣いたことなど一度もなかっただろう。

「こいつは手ごわそうかな？」イタリア語でレナータに訊《き》いた。

それを〝グラン・マエストロ〟が引き取って、ロブスターを捧《ささ》げ持ったまま一礼しながら言った。「手ごわいことはありません。ただ大柄なだけで。そういうタイプはご存じだと思いますが」

「わかった。じゃあ、サーヴしてくれ」

「で、お飲み物のほうは？」

「きみは何が飲みたい、ドーター？」

「あなたがお好きなものを」

「じゃあ、カプリ・ビアンコをたのむ。辛口《セッコ》で、きりっと冷えたやつを」

「もう準備ができております」

「ねえ、楽しいわね」と、レナータ。「また楽しくなってきた、悲しみは忘れて。それにしても、貫禄のあるロブスターじゃない？」

「まったく。味のほうは優しいといいが」

「優しいにきまってるわよ。〝グラン・マエストロ〟は嘘《うそ》をつかないもの。正直者がそばにいるって、素晴らしくない？」

「まったくだ、めったにないことだが。おれはいまジョージ・パットンという将軍のことを考えていたんだが、あいつはおそらく、生涯で本当のことをしゃべったことは一度もなかっただろう」

「あなたは嘘をつく？」

「四回あるよ、嘘をついたことは。四回とも、ひどく疲れているときだった」言ってから、「言い訳にはならんが」と、付け加える。

「わたしはずいぶんある、まだ小さかったときに。でも、ほとんどは面白い作り話をするときだった。と思うんだけど。何か自分で得しようと思って嘘をついたことは一度もなかったと思う」

「おれはあるね。四回が四回ともそうだった」

「もし嘘をついていなかったら、将官になっていたと思う？」

「逆に、もし他の連中のような嘘をついていたら、いまごろは三つ星の将軍になっていたさ」

「三つ星の将軍になっていたら、いまより幸せだった？」

「いや。それはないな」

「ねえ、あなたの右手、本物の手をポケットに入れて、さわり心地を教えてくれない」

　大佐はそうした。

「素晴らしいよ。しかし、このエメラルドは返さなきゃいかんな」

「だめ。お願いだから」

「いまはやめておこう、この話は」

　そのとき、ロブスターがサーヴされた。あの、尻尾《しっぽ》を跳ね上げる筋肉、その部分の歯ざわりがとてもなめらかで美味だった。爪《つめ》の部分も痩《や》せてはおらず、太りすぎてもいなくて見事だった。

「ロブスターってやつは月の満ち欠けに応じて太るんだ」と、レナータに教えてやる。「月が暗いときのロブスターは、食べる価値がない」

「知らなかった、そんなこと」

「満月の夜のロブスターは一晩中餌《えさ》を食うからね。もしくは、満月がロブスターに餌をもたらすのかもしれん」

「ロブスターって、ダルマチアの沿岸で獲《と》れるんじゃない？」

「そうだ。あのあたりはきみの国でも漁獲が盛んなところだろう。いや、おれたちの国、と言うべきかな」

「もう一度言って。言葉で言い表されたことって、ここではとても大切なんだから」

「紙に書き写されたほうがもっと大切だろうね」

「ううん、それはちがうと思う。心から言ったことでなければ、紙に書かれようとどうしようと無意味だもの」

「だとしても、心がなければ、元の心臓が役立たずだったら、何の意味もあるまい」

「あなたには心臓があるし、それはちゃんと役に立っているじゃない」

できればその心臓を新しいものと取り替えたいのだが、と大佐は思った。人体のあらゆる筋肉の中で、どうしてよりによって、心臓がおれの足を引っ張るのかわからん。

だが、彼はそれを言葉には出さず、ポケットに手を突っ込んだ。

「素晴らしい手ざわりだ。きみも素晴らしいよ」

「ありがとう。その言葉、一週間ずっと覚えておく」

「鏡を覗けばいつだってわかるさ、きみの素晴らしさは」

「でもね、鏡を見るとうんざりしちゃうの。口紅を塗って、きれいに広がるように唇をもぐもぐさせたり、重たい髪をくしけずったり、そんなのって、だれかを愛している女性、というか若い女性に限っても、面白くもなんともないもの。お月さまとかいろんな星になりたい、愛する男性と一緒に暮らして五人の息子に恵まれたいと願っているとき、鏡に映る自分を見て女の武器に磨きをかけたところで、ちっとも気持ちが弾まないし」

「ならば、すぐに結婚しようじゃないか」

「だめ。それについては、他のいろんなことと一緒に、自分なりに考えて決めたんだから。わたし、何かを決めるのに一週間たっぷりかかっちゃうの」

「おれもそうだよ。ただ、その点になると、おれはからきし意気地がないんだが」

「ねえ、やめましょう、こんな話。なんだか切ない気持ちになるから。それより〝グラン・マエストロ〟が用意してくれるお肉の料理のことを考えたほうがずっといい。ねえ、あなた、ワインを飲んだら。まだ一滴も飲んでないんじゃない」

「これから飲むところさ」彼はグラスを口に運んだ。青白く澄んで、きりっと冷えている。ギリシャのワインに似ていたが、樹脂っぽくはない。レナータのようにこくがあって、うまかった。

「きみに似ているな、この味わいは」

「そうでしょう、わかっている。だから味わってほしかったの」

「いま味わっているよ。さあ、一杯飲み干すぞ」

「いい人なんだから、あなたって」

「ありがとう。その言葉を一週間頭に留めて、そういう人物になるように努めよう」

それから、口調を変えて、「おい、〝グラン・マエストロ〟」

〝グラン・マエストロ〟が近寄ってきた。潰瘍《かいよう》のことなど忘れた、嬉しげな、いかにも何かを企《たくら》んでいるような顔つきで。それを見て大佐は言った。「おれたちにふさわしい肉料理というと、どんなのがあるかな？」

「しかとは確かめておりません」〝グラン・マエストロ〟は答えた。「すぐ調べます。それはそうと、あなたのお国の方があちらにいらして、ここで話していることも耳に入るのでは。遠くの席にご案内しようとしても、ご承諾なさらないんですよ」

「そうか。じゃあ、何か書く材料を進呈してやろう」

「毎晩書き物をしていらっしゃるそうで。あの方のホテルに勤める同業の者から聞きました」

「けっこうじゃないか。それはつまり、あの男の才能が枯渇《こかつ》していたとしても、勤勉さは残っているということだな」

「わたしどもみんな、勤勉な者ぞろいで」

「それぞれがちがう流儀でな」

「では厨房《ちゅうぼう》にいって、今夜はどんな肉の用意があるのか調べてまいります」

「念入りに調べてくれよ」

「わたしは勤勉ですから」

「と同時に、ずば抜けた智慧者《ちえしゃ》だよ、あんたは」

〝グラン・マエストロ〟が消えると、レナータが言った。「いい人ね、彼。あなたに惚《ほ》れ込んでいるところが好き」

「腐れ縁だからな、あいつとは。きみにいいステーキを用意してくれるといいが」

「とても上等な肉がございました」もどってくるなり〝グラン・マエストロ〟が言う。

「きみが食べるといい、ドーター。肉ならおれはしょっちゅう基地の食堂で食べている。レアがいいかい？」

「そうね、とびきりレアで」

「血のしたたるような《アル・サンゲ》やつ。ジョンがフランス語のつもりで給仕に言いつけたときにはそう言ってたな。ブルーでもいいか。イタリア語ならクルード。とにかく、とびきりレアでたのむ」

「はい、レアで。かしこまりました。で、大佐どのはどうされます？」

「マルサーラ酒風味のスカロッピーネに、バターで炒《いた》めたカリフラワー。それと、もしあればだが、ビネグレット・ソース添えのアーティチョークがいい。きみは何にする、ドーター？」

「マッシュポテトにプレイン・サラダ」

「育ちざかりなのに、それか」

「ええ。だって、あまり育ってもいやだし、余計な部分ばかり育っても困っちゃう」

「そういう心がまえでいれば大丈夫さ」大佐は言った。それから〝グラン・マエストロ〟に向かって、「ヴァルポリチェッラをフィアスコで、どうかな？」

「フィアスコの用意はございません。わたしども、上級のホテルですので。ボトルでご用意させていただきます」

「これはうっかりした。どうだい、あれが一リットル、三十チェンテージミだったときのこと、覚えているか？」

「で、わたしたち、軍用列車から空のフィアスコを駅の警備兵に投げつけましたな？」

「それからおれたち、グラッパ山から引き揚げる際、余った手榴弾《しゅりゅうだん》を残らず放り投げる、するとそいつが坂を転がっていったりしてな」

「で、それが炸裂《さくれつ》するのを見て、土地の者は突破作戦でも始まったかと思ったようでした。あなたは髭《ひげ》など剃《そ》ったこともなく、わたしどもは灰色のセーターの上から突撃隊の黒い襟章《フィアンメ・ネーレ》のついた灰色の開襟軍服を着ていましたっけ」

「おれはグラッパをいくら飲んでも味がわからなかったしな。あの頃はみんなタフだったんだ」

「タフだったし、ワルでもありましたね。あなたはワルの中でも最高のワルでした」

「ああ、どちらかと言えばワルだっただろう。すまんな、こんな話、退屈だろう、ドーター？」

「その人たちの写真は残ってないの？」

「ああ。残っているとしても、ダヌンツィオ氏と一緒に撮った写真ばかりだ。それにたいていの者は、その後残念な運命をたどったし」

「そうですね、あなたとわたしを除いて。さて、ステーキの進行具合を見てまいります」

いまはまた少尉にもどった大佐は、顔中埃《ほこり》だらけでトラックに乗っており、血走った、鋼鉄のような色の目だけをぎらつかせて考えていた。

重要拠点が三つある、と彼は思った。アッサローネに接するグラッパの大山塊、ペルティカ、それと名前を思いだせない右手の丘陵。おれはあそこで成長したのだ。一晩中汗をかきながら、トラックから部下を下ろしてやれない夢を見ていた。もちろん、部下は決して下ろしてはいけなかったのだ。しかし、何たる稼業だ、まったく。

「おれたちの軍では」レナータに向かって、「実際に戦闘に加わった将軍はほとんど一人もいないのさ。けったいな話だが、組織のトップの連中は実際に戦闘に加わった者には冷たくてな」

「本来、将官たちは実戦に加わるものなの？」

「そりゃそうさ。事実、連中も大尉や中尉の頃は実戦に加わるんだから。ところが、のちのち出世すると、退却するとき以外は実戦に加わらん。馬鹿な話だ」

「あなたはたくさん実戦に参加したの？　そうなのよね。そのときの体験、教えてほしいな」

「ああ、偉大な戦史家から愚か者と銘打たれるくらいは戦ったな」

「そのときのこと、聞かせて」

「第一次大戦の際は、コルティナとグラッパ山の中間点で、エルヴィン・ロンメル*と闘ったものさ。そこをおれたちは守っていたんでね。当時のロンメルは大尉で、おれは大尉補佐、実際は少尉だったんだが」

「ロンメルとは面識があったの？」

「いや。戦争が終わって、初めて言葉を交わすことができたんだ。実にいいやつだったよ。おれは好感を抱いた。よく一緒にスキーを楽しんだものさ」

「あなたの好きなドイツ人は大勢いたの？」

「かなりいたな。エルンスト・ウーデット*がいちばん好きだったが」

「でも、ドイツ人たちは間違った側にいたわ」

「まさしく。しかし、間違いを犯さない人間もおらんだろう？」

「わたしはあの人たちに好感を抱いたことなんてないし、あなたみたいに寛容な態度もとれないな。父を殺したのも、ブレンタ河沿いのうちの別荘に火をつけたのも、ドイツ軍だから。それに、銃をかまえたドイツ軍の将校がサン・マルコ広場で鳩《はと》を撃ち殺すのを見たときも、腹が立ったし」

「それはわかる。しかし、ドーター、おれの気持ちも理解してくれ。あまりにも大勢の敵を殺すと、人間の心には惻隠《そくいん》の情も生まれるものなんだ」

「あなたは何人ぐらいの敵を殺したの？」

「確実なところで百二十二人。殺した可能性のある人間は除外して」

「それで、何の後悔も覚えなかった？」

「ああ、一度も」

「そのことで悪い夢にうなされることもなかった？」

「なかったな。ただ奇妙な夢を見ることはしょっちゅうだったが。きまって戦闘の夢なんだ。一つの戦闘が終わってしばらくのあいだ。たいていは戦場に関する奇妙な夢でね。われわれの人生は、地形にまつわる不運な出来事に左右される。だから、夢見る心に地形が残るのさ」

「わたしの夢を見ることはないの？」

「見ようとはするんだが、うまくいかん」

「もしかしたら、あの肖像画が役に立つかも」

「そうだといいが。それと、おれがエメラルドを返却するのを忘れんように、言葉をかけてくれ」

「できないわよ、そんなひどいこと」

「おれたちはお互いを包み込む大きな愛情を抱いている。が、それと同じ割合いで、おれの中には名誉を保持したいというささやかな欲求も厳としてあるんだよ。その二つを一つに絞ることはできんのさ」

「でも、わたしだけには特権を与えてくれてもいいんじゃない」

「現に与えているじゃないか。だから、エメラルドはおれのポケットの中にある」

そのとき〝グラン・マエストロ〟が料理と共に入ってきた。ステーキとスカロッピーネと野菜を運んできたのは、髪をきれいに撫《な》でつけたボーイだった。彼はこの世の何も信じていなかったが、優秀な二番給仕になろうと懸命に努めていて、〈騎士団〉の正式メンバーでもある。〝グラン・マエストロ〟が、料理とそれを食べる者、双方に敬意をこめて器用に皿にとり分けた。

「さあ、召し上がれ」それからボーイに向かって、「ヴァルポリチェッラの栓を抜いてくれ」

ボーイは疑り深いスパニエルのような目をしていた。

「あの人物については、その後何がわかった？」大佐は痘痕《あばた》面の同国人を指して〝グラン・マエストロ〟にたずねた。その人物はいま自分の料理を食べており、連れの中年の女性は田舎風の淑《しと》やかさで食事をしている。

「こちらのほうであなたにお訊きしたいですな、わたしがお教えするというより」

「きょう初めて目にする男であることは確かだよ。食べるのに苦労しているようだが」

「わたしには偉ぶった態度をとりますね。下手なイタリア語を根気強くしゃべります。ガイドブックの『ベデカー』に載っている場所をくまなく回っておいでのようで。料理にもワインにも、これといったお好みはありません。ご婦人のほうは素敵な方です。きっとあの方の叔母さまなんでしょう。正確な情報はこれといってありませんが」

「おれたちとは縁のない人物のようだが」

「でしょうね。とりわけ危急の際には」

「おれたちのことを何か訊いたりするかい？」

「お二人の素性について、訊いてきました。お嬢さまの名はご承知のようで、ご一家のいくつかのご邸宅は書物でお調べになったようです。すこし感心させてやろうと思ってわたしがお嬢さまの名前を口にしたところ、たいへん感銘を受けたようです」

「あの男、おれたちのことを本に書くだろうか？」

「まず間違いありませんね。どんなことでも本に盛り込むようですから」

「本に書かれて当然だな。きみはいやか、ドーター？」

「もちろん、いやじゃないけど、どうせならダンテに書いてほしい」

「それは無理な相談だ」

「ねえ、こんどの戦争について、何か話してくれない？　何でもいいの、わたしに聞かせてもいいようなことなら」

「そりゃかまわんさ。きみが知りたいことならどんなことでも」

「アイゼンハワー将軍＊って、どんな人だった？」

「エプワース・リーグ＊を地でいってる男だよ。そう言っては少々酷かもしれんが。他にもいろいろと複雑な影響を受けている。優れた政略家でもある。政治的な将軍と言っていいだろう。その限りにおいては、とても有能な人物だ」

「それ以外のリーダーたちは?」

「名前を言うのは控えておこう。彼ら自身、回顧録を書いて名前を公表しているが。きみは聞いたことがないだろうが、ロータリー・クラブという団体があって、大半の連中はその団体流のもっともらしい主張をしているな。このクラブに入ると、各自ファースト・ネームを記したエナメル塗装のバッジをつけるきまりで、その人物に名字で呼びかけようものなら、即罰金だ。この連中はまず実戦には加わらんのさ。絶対に」

「じゃあ、もっとまともな将軍たちはいなかったの?」

「いや、すくなからずいたよ。〝校長〟と仇名《あだな》されたブラッドレー*。他にも大勢いたな。〝稲妻《ライトニング》ジョー〟も、一例としてあげておこう。彼は非常に優秀な軍人だった」

「どういう人だったの?」

「おれが第七軍団にいたときの司令官だ。実に賢明で果断、万事に正確。いまは参謀長の任にある」

「でも、モンゴメリー将軍とかパットン将軍とか、わたしたちがよく耳にする偉い軍人たちはどうなの?」

「たいしたことないよ、ドーター。モンゴメリーなどは十五対一の優勢でなければ動かず、いざ動いてものろくさと進むんだ」

「すごく偉い将軍だと思っていたけど」

「それはちがうな。最悪なのは、本人自身がそれを承知していたということだ。これは実際にこの目で見たんだが、あるときホテルに入った彼は、軍服からわざわざ大衆受けする身なりに着換えたのちに、夜になって街に繰りだしたもんだよ、群衆を感激させようとして」

「モンゴメリーが嫌いなのね、あなたは?」

「いや。おれはただ、やつはイギリスの将軍にすぎないと思っているだけさ。どういう意味かはともかく。きみはそういう言葉は使わんほうがいい」

「でも、ロンメル将軍を負かしたんじゃなかった、あの人」

「たしかに。だが、それに先立って他のだれかがすでにロンメルの軍の力を殺《そ》いでいたとは考えんのかい? それに、そもそも十五対一の優勢で勝てないやつなどいるかな? おれたち、〝グラン・マエストロ〟とおれがまだ若造だった頃、このイタリアで戦った当時、おれたちは一年を通して、三ないし四対一の兵力で戦い、それでどうにかどの戦闘でも勝利をおさめた。そのうち三度の戦闘は辛勝だったがね。だからおれたちはもっぱら冗談を言って、真面目《まじめ》な話はしないんだ。あの年、わが方の戦死者は十四万人を超えた。だからおれたちは陽気に話し合っても、威張ったりしないのさ」

「それって、悲しい数学ね。もし数学と呼べるなら。わたし、戦争の記念碑って嫌いなの、敬意は払うけど」

「おれも嫌いだ。その建立《こんりゅう》に至る経緯を含めて。ああいうものがどういう最期《さいご》をたどるか、自分の目で確かめたことはあるかい？」

「ううん。知りたいとは思うけど」

「いや、知らないほうがいい」大佐は言った。「さ、ステーキがさめないうちに食べてくれ。すまなかった、おれの稼業の打ち明け話などして」

「好きじゃないけど、でも面白い」

「その気持ちは、おれたち、共有しているらしいな。しかし、三つ離れたテーブルにいる、痘痕面のおれの同国人はいま何を考えているんだろう？」

「次に書く本のことじゃない。さもなきゃ、『ベデカー』に載《の》っていることとか」

「どうだい、食事が終わったら、寒風もものかは、ゴンドラに乗ってみるというのは？」

「素敵ね」

「おれたちが出かけること、あの痘痕面の男に知らせてやろうか？　あの男はきっと心臓にも、魂にも、ひょっとすると好奇心にも痘痕ができているんじゃあるまいか」

「知らせる必要なんかないわよ。何かあの人に伝えたかったら、〝グラン・マエストロ〟に頼めばいいんだし」

それからレナータはステーキに向かった。よく噛《か》み、しっかり食べてから、「ねえ、男の人は五十をすぎてから本当の自分の顔になるって、当たっている？」

「そうではないことを願うね。おれはこんな顔《つら》の男の保証人にはなりたくないから」

「あなたったら」レナータは言った。「あなたという人は」

「ステーキは合格かい？」

「ええ、すごく美味《おい》しい。あなたのスカロッピーネは？」

「とても柔らかくて、ソースも甘ったるくないのがいい。野菜はどうだい？」

「カリフラワーはパリパリしてるの。セロリみたいに」

「そうか、セロリもとるんだったな。しかし、いまは出まわっていないんだろう。さもなきゃ〝グラン・マエストロ〟が用意したろうから」

「楽しいわね、こうしてお食事していると。いつもこうして一緒に食べていられたら、どうかしら」

「だからさっき、おれが言っただろうに」

「やめましょう、その話は」

「わかった。そう言えば、おれも一つ決めたことがある。遠からず陸軍におさらばして、この街で暮らすんだ。退職金で、つつましくな」

「素敵ね、それ。でも、私服のあなたって、どんなふうに見えるのかな?」

「見たことがあるはずだぞ」

「わかってるわよ。ジョーク、ジョーク。あなただって、ときどき乱暴なジョークを飛ばすくせに」

「おれはいい男に見えるにきまっている。ただし、腕のいい仕立て屋がこの街にいれば、の話だが」

「この街にはいないけれど、ローマにはいると思う。ねえ、服を仕立てに、一緒に車でローマまでいったっていいじゃない?」

「そうだな。で、郊外のヴィテルボの町に泊まって、服を仕立てるときと夕食をとるときだけローマの街に入るんだ。それから、夜になったらまたもどってくる」

「きっと映画界の人たちと出会って、あけすけにその人たちの棚卸しをしたりする。でも一緒にお酒を飲んだりはしないのよね？」

「ああ、そういう連中にはいくらでもお目にかかるだろうよ」

「その人たちって、結婚するのも二度目や三度目で、それでも法王さまの祝福を受けたりするところなんか、見られるのかしら」

「そういう目的でいけばな」

「それはないけど。あなたと結婚したくない理由の一つは、そういうことがいやだからなの」

「なるほど。それはありがたい」

「でも、どんな意味にしろ、あなたへの愛は変わらないわ。わたしたちのどちらかが生きている限り、死んでからだって。それはよくわかっていると思うし」

「きみが、きみ自身が死んでしまったら、愛を貫くのは無理だと思うがね」

大佐はアーティチョークを食べはじめた。葉を一枚ずつ剝がし、重い側を下にしてヴィネグレット・ソースの深い皿にひたして口に運ぶ。

「あなただってそうだと思うけど。でも、わたしはやってみる。人に愛されるって、いい気持ちじゃない？」

「それはそうだ。たとえば、おれはどこかの禿《は》げ山にいる。そこは岩だらけで掘ることもできない。硬い岩ばかりで、身を隠す岩もなければ突出している箇所もない。そこにおれは素っ裸でいる。と思ったら、突然鎧《よろい》を着て守られている。そう、鎧を着ていて、ドイツ軍の八十八ミリ砲にも狙《ねら》われていない。そんな気持ちかな、人に愛されるのは」

「そのお話、月の表面のような顔をした、あの物書きの方にしてあげたら、今夜さっそく書けるように」

「どうせならダンテに話してやりたいところだ、もし近くにいれば」それから突然、スコールに襲われた海のように荒々しい口調に変わって、大佐はつづけた。「ああ、もしおれが配置転換されるか、昇格するかして、そういう状況で装甲車に乗り込むようなことがあったらどうするか、それを話してやりたいね」

そのとき、アルヴァリート男爵《だんしゃく》がダイニングルームに入ってきた。熟練のハンターだけあって、大佐とレナータを捜しにきた彼はたちどころに二人を見つけた。

二人のテーブルに近寄ってくると、レナータの手にキスして言う。「チャオ、レナータ」ほぼ長身と言っていい、均整のとれた体軀《たいく》を平服に包んでいる。が、この男くらい内気なはにかみ屋を大佐は見たことがないのだ。その恥じらいは無知からきているのでも、過敏な神経からきているのでも、何らかの精神的欠陥からきているのでもない。生まれつきそういう性格なのだ。ある種の動物、たとえば、ジャングルでは決して自ら姿を見せず、猟犬に狩りだされて初めてその存在が知れるボンゴという羚羊《れいよう》のように。

「どうも、大佐」と言って、根っからのはにかみ屋だけが浮かべ得る笑みを浮かべる。それは自信家の浮かべる安気《あんき》な笑みでも、やたらと辛抱強い人間や邪悪な人間が一瞬ひらめかせる笑みでもない。高級売春婦や政治家がさりげなく浮かべる、とりつくろった笑みともちがう。それは彼の内奥《ないおう》の、井戸よりも深い暗い深淵《しんえん》から浮かびあがる、不思議な、めったに見られない笑みだ。

「申し訳ありませんが、長居はできません。明日は最高の猟ができそうだということを、お伝えしにきました。北から鴨《かも》が大挙して飛来してきましてね。大柄な鴨が相当数まじっていまして。大佐のお好みの鴨が」そこでまた笑みを浮かべる。

「まあ、かけないか、アルヴァリート。さあ」

「いいえ」アルヴァリート男爵は答えた。「明日の午後二時半に、ガレージでお会いできますね？　車はお持ちですか？」

「ああ」

「それは何よりです。その時刻に出発すれば、夕方には余裕をもって鴨に出会えるでしょう」

「それは素晴らしいね」

「じゃあ、チャオ、レナータ。失礼します、大佐。明日の二時半に、また」

男爵の後ろ姿を見送って、レナータが言った。「彼とは子供のときからの知り合いなの。彼のほうが三つ年上だけど。あの人、子供のときから大人びていて」

「ああ、そうだろう。いまじゃ、おれの親友の一人さ」

「例の、あなたの同国人の人、男爵のことも『ベデカー』で調べたかしら？」

「さあ、どうかな」言ってから、〝グラン・マエストロ〟に向かって、「なあ、どうだい、おれのあの高名なる同国人は男爵のことも『ベデカー』で調べたと思うか？」

「本当のところ大佐、あの方が食事中に『ベデカー』をとりだすところは見たことがございません」

「ならば彼には満点をつけてやれ」大佐は言った。「ところでだ、ヴァルポリチェッラはヴィンテージの新しいもののほうがうまい。そこがフランスの〝グラン・ヴァン〟とはちがうところでな。ボトルに詰めて何年おこうと滓《おり》がたまるだけだ。そう思わないか？」

「おっしゃるとおりです」

「では、どうすればいい？」

「ご存じだと思いますが、大佐、上級のホテルではワインは高くつきます。リッツ・ホテルで安物のピナールを飲むことはできません。そこで提案なのですが、良質のワインをフィアスコに分けて飲むのはいかがでしょうか。レナータ嬢のご領地から出荷されるワインなどは名品ですからね。それをわたしがデキャントしてさしあげます。そうすれば良質のワインをかなりお安くお飲みいただけるはずです。お望みなら、わたしどもの支配人にもその旨《むね》説明しておきますが。彼はたいそう物わかりのいい人物です」

「そうだな、そうしてもらおうか。あの支配人もラベルを頼りにワインを飲む男ではなかろうから」

「承知いたしました。で、とりあえずはこのワインを召し上がっていただけますか。これもなかなかの逸品ですから」

「そのとおり。ただし、シャンベルタン級とまではいくまいが」

「昔はわたしたち、どんなワインを飲みましたっけ？」

「ワインと名のつくものなら見境なく飲んだな。しかし、いまはおれも完璧を求めるんだ。といっても絶対的な完璧ではなく、おれの財布に見合った完璧だが」

「それはわたしもご同様で」〝グラン・マエストロ〟は言った。「ただし、そこには見栄《みえ》もまじっていますが。で、お食事の後には何を召し上がりますか？」

「チーズにしよう。きみはどうする、ドータ？」

アルヴァリート男爵に会ってからレナータは口数もすくなく、すこし沈み込んでいた。何か気がかりなことがあるらしく、それを隠そうとしている。ほんのつかの間、大佐と〝グラン・マエストロ〟のやりとりは彼女の耳を素通りしていた。

「チーズにして。おねがい」

「チーズはどれにいたしましょう？」

「みんな持ってきてくれ。それを見た上で決めるから」大佐は言った。

〝グラン・マエストロ〟がその場を離れると、レナータに向かって、

「どうかしたのかい？」

「別に。なんでもない。なんでもないのよ、いつもどおり」

「何か気がかりなことがあるなら、気持ちを切り替えたほうがいい。いまのおれたちには、悩み事に身を委《ゆだ》ねるような贅沢《ぜいたく》にふける暇はないんだから」

「そうね、そうよ。チーズに全身全霊をこめなくちゃ」

「いまの言葉、トウモロコシの丸かじりのように受け止めなきゃならんのかい？」

「ううん」大佐のスラングめいた言い回しは理解できなくとも、言わんとしていることは察しがついて、レナータは答えた。考え込んでいたのは彼女だったからだ。「ねえ、右手をポケットにつっこんでみて」

「よかろう。こうだな」

彼は右手をポケットにつっこんで、そこにあるものをまさぐった。最初は指先で、次に指の内側で、そして最後に掌《てのひら》で。変形した手の掌で。

「ごめんなさい」レナータは言った。「さあ、楽しいことにもどりましょう。心楽しくチーズに没頭するの」

「よかろう。どんなチーズを用意してくれたのかな、あの男は？」

「ねえ、こんどの戦争についてお話ししてくれない。それがすんだら、冷たい風にめげずにゴンドラに乗るの」

「そう面白い話はないぞ。もちろん、おれたちにとっては常に興味深い話だがね。それでも、おれが本当に興味を覚える局面は、せいぜい三つ、もしくは四つしかなかった」

「どうして？」

「おれたちが戦っていた相手は、すでに通信線を破壊された敗残の敵だったんだ。記録上は多くの敵ドイツ師団を殲滅《せんめつ》したことになっているが、本当のところ、相手は幽霊師団にすぎなかった。本物の師団ではなかったのさ。彼らは立ち上がる前に、わが方の戦略爆撃で叩《たた》きつぶされていた。本当に困難だったのはノルマンディーだけだな。あのときは地形がおれたちにとって不利だったし、パットンの機甲部隊を通すために、両側面をあけておかなければならなかったから」

「機甲部隊を通すためには、どういう軍事行動が必要だったの？　教えて」

「最初に、主な幹線道路の要《かなめ》になっている町を占拠する必要がある。たとえばサン・ローという町だ。それから、それらの道路を通行可能にするために、他の町や村を占拠しなければならない。敵は主要な抵抗線をかまえているものの、反撃のために師団を動員することはできない。なぜなら、わが方の戦闘爆撃機が路上の彼らを狙い撃ちするからだ。こんな話、退屈じゃないか？　おれは死ぬほど退屈なんだが」

「ううん、退屈じゃない。そういうわかりやすい解説をしてもらうのって、初めてだから」

「そう言ってもらうと嬉《うれ》しいが。この悲しい科学の話、本当にもっと聞きたいか？」

「おねがい。わたし、あなたを愛しているから、そういう話も分かち合いたいのよ」

「そもそも、この稼業《かぎょう》はだれかと分かち合うものじゃない。おれはただ軍隊というものの仕組みを話しているだけなんだ。話を面白くする、もしくはもっともらしくするために、いろいろなエピソードを挟むことは可能だがね」

「じゃあ、そうして。おねがい」

「たとえば、パリの解放などはたいしたことじゃなかった。いわば感情的な体験であって、軍事作戦とは言えない。ドイツ軍は――これは撤退作戦を掩護するための常道なんだが――このときもタイピストや掩蔽《えんぺい》用の小部隊をすくなからず残していった。おれたちは彼らを大勢殺したよ。ドイツ軍は、軍政用の事務要員はもう必要ないと見て、兵士として置き去りにしたんだろう」

「それだって、見すごせないことなんじゃない？」

「自由フランス軍を指揮したルクレール＊といえば、第三級か四級の阿呆者《あほうもの》で、おれなんぞはやつが死んだとき、ペリエ・ジュエ・ブリュ一九四二のマグナム壜《びん》で祝ったもんだが、このルクレールはパリ解放に際して、いかにも大作戦を遂行しているかのように見せかけるため、大量の弾丸をぶっ放したもんだ。まあ、おれたちが大量の弾丸をやつらに与えたので、そうせざるを得なかった面もあったろうがね。しかし、あれは大作戦なんてものじゃなかったのは確かだよ」

「あなたもそれに参加したの？」

「ああ」大佐は答えた。「そう言っても、どこからも文句は出まい」

「そういう体験をして、あなたはぞくっとするような感動を覚えたりしなかったの？　だって、なんといってもそこは天下のパリなんだし、だれでもその解放に立ち会えるわけでもなかったでしょうに」

「実を言うと、その四日前に、正規のフランス軍がパリに入城していたんだ。ところがここに、連合国遠征軍最高司令部というやつがあって、いいかい、〝最高司令部〟だぞ、略称ＳＨＡＥＦというんだが、これには後方に控える政治的軍人どもが全員加わっていて、おれたちが四つ葉のクローバーの徽章《きしょう》をつけているところを、こいつらは何かが燃え上がっているようなデザインの恥ずべきバッジを佩《お》びていたんだが、こいつらはすでにパリを接収するマスター・プランを作り上げていた。そのため、おれたちはあっさりとパリに入城するわけにはいかなかったのさ。それに加えて、おれたちはバーナード・ロー・モンゴメリー大将だか元帥《げんすい》だかの到着を待たなければならない事情もあった。モンゴメリーはノルマンディーのファレーズにおける防衛線の隙間《すきま》を閉じることすらできず、進軍は容易でないと見て、予定通りに到着することもできなかったんだ」

「さぞ待ち遠しかったんじゃない、それじゃ」

「ああ、待ち遠しかったとも。際限なく」

「戦争には高潔なものとか、本当に喜ばしいものとかって、まったくないのかしら?」

「そりゃ、あるとも」大佐は言った。「おれたちはバ・ムドンから進撃して、ポルト・ド・サン・クルーまで到達した。馴染《なじ》みの深い、愛着のある街路を通ってな。戦死者は一人も出さず、損害も可能な限り最小にとどめることができた。エトワール広場では、ゴシップ・コラムニスト、エルザ・マクスウェルの従僕を捕虜にしたよ。実に込み入った作戦だったがね。そいつは日本人スナイパーとして糾弾されていた。めったにない話だ。数人のパリジャンがそいつの犠牲になったという話も広まっていた。で、おれたちはそいつが逃げ込んだという建物の屋上に三人の兵士を送り込んだのさ。そいつは結局インドシナ人の若者と判明したんだがね」

「すこしわかりかけてきた。でも、心が休まるような話じゃないわね」

「ああ、心が休まるなんてもんじゃない。そもそもこの稼業では、心なんぞは無用の長物なんだ」

「ナポレオン戦争の時代でも、事情は変わらなかったのかな?」

「もっと劣悪だったただろう」

「でも、あなたの手は名誉を損ないはしなかったんでしょう?」

「ああ。名誉の負傷さ。岩だらけの禿山の上で」

「ちょっとさわらせて」

「真ん中のあたり、気をつけてくれ。裂傷を負ったところだが、まだ完全には治っちゃいないんだ」

「あなた、絶対に手記かなんかを書くべきよ。すべて、ありのままに。真実が世間に伝わるように」

「いや」大佐は拒んだ。「おれにはそういう才能はないし、事実を知りすぎているからな。実際、現場にいた者より、いい加減な嘘《うそ》つきのほうが、すべてもっともらしく書いてのけるものさ」

「でも、本当の軍人で手記を書き残した人っているわよね」

「ああ。モーリス・ド・サックス。*フレデリック大王。それに中国の孫子とか」

「ううん、わたしたちの時代の軍人という意味で」

「きみは〝わたしたち〟という言葉をそつなく使うな。おれもその言葉は嫌いじゃないが」

「でも、いまの時代の軍人で、手記を書いた人って大勢いない?」

「ああ、たしかに。しかし、きみはそういうものを読んだことがあるか？」

「ううん。わたしが読むものって古典が大部分だから。スキャンダルが売りのタブロイド紙なんかも読むけど。あなたからのお手紙も読む」

「そんなものは焼いてしまってくれ。くその役にも立たんのだから」

「また乱暴な口をきく」

「すまん。じゃあ、きみを退屈させない話というと、どんなものがあるかな？」

「あなたが将官だった頃の話がいい」

「ああ、それか」と大佐は言い、〝グラン・マエストロ〟を手招きしてシャンペンを持ってこさせた。彼の好きなレーデラー・ブリュの四十二年物だった。

「将官に昇進すると、まずはトレーラーに寝泊まりすることになる。副官もトレーラーで寝起きする。それから、他の連中が飲めないようなバーボン・ウィスキーを入手できるしな。幕僚部の連中は指揮所で寝泊まりする。幕僚とは何か説明してもいいが、きみは退屈するだろう。幕僚部人事部長、諜報《ちょうほう》部長、作戦・訓練部長、兵站《へいたん》部長、軍政部長等についても説明してもいいが、ドイツ側にも信号作戦部長があったりして、きみは退屈するにきまっている。それはそれとして、ビニールのカヴァーをした地図があって、そこには各々三つの大隊から成る三つの連隊の所在が記されている。それはみんな色鉛筆で記されているんだがね。

地図には境界線も描かれているが、それは各大隊が移動する際同士討ちを防ぐための措置だ。各大隊は五つの中隊から成っている。全中隊が精強であるのが理想だが、現実には精強な中隊もあればそうでもない中隊もある。それ以外にも砲兵師団、戦車大隊、多くの予備部隊がある。各部隊が適宜連携して行動するのさ」

彼はそこで一息ついた。その間に〝グラン・マエストロ〟がレーデラー・ブリュの四十二年物をつぐ。

「それから軍団というやつがあるが」〝軍団〟という言葉を、彼は気乗りしない口調で〝コルポ・ダルマータ（corpo d'Armata）〟と翻訳した。「この軍団からは、とるべき軍事作戦を指示してくる。それを受け取った将官は、それをいかに行動に移すかを決定して、命令を部下に口述する。実際には電話で伝えることが多いがね。彼は自分の愛する部下を督励して、行動に移させる。それはほとんど不可能なことがわかっている行動なのだが、命令は命令なんだ。将官は頭脳を酷使し、夜遅くまで起きていて、朝は早く床を離れる」

「そういうことを、洗いざらい書こうという気はない？　わたしを喜ばせる、ただそれだけのためにも？」

「ないな」大佐は答えた。「本を書くのは、敏感且《か》つ意識過剰で、実戦を見た最初の日、もしくはその後三日間、あるいは四日間にもわたって第一印象が頭から離れないような若者たちさ。そいつらの書く本は内容がよくても、実際にその戦場にいた者が読めば退屈きわまりないということも有り得る。それから、実戦など経験していないのに手早く金を稼ごうとして本を書く連中もいる。大急ぎで娑婆《しゃば》にもどって、ニュースを触れまわるやつらだな。そんな連中の伝える戦況など間違いだらけなのだが、早い者勝ちで名を売るわけだ。それと、他の仕事の都合で戦場にいけなかったプロの作家たちが、あたかも自分で体験したかのように、自分でもわけのわからない戦記をものすることもある。そういう行為はどういう罪の範疇《はんちゅう》に入るのか、わからんがね。それからまた、一枚帆の小型ボートすら満足に操れない、口先ばかり達者な海軍大《たい》尉《い》が、掛け値なしの大海戦の内幕を書いたような例もあるしな。つまりはだれもが遅かれ早かれ自分の戦記を書くことになるわけだ。その中にはいいものだってあるかもしれん。しかし、おれは本など書かんのだよ、ドーター」

〝グラン・マエストロ〟に合図して、シャンペンをつがせた。

「なあ、〝グラン・マエストロ〟。あんたは戦争が好きか？」

「いいえ」

「それでも、おれたちは戦ったよな？」

「はい。いやになるくらいに」

「最近、体の調子はどうだい？」

「上々ですが、胃潰瘍《いかいよう》とちょっとした心臓の不具合を抱えていまして」

「おい」大佐は言った。心臓がせり上がって、胸が締め付けられそうになった。「おれは胃潰瘍の話しか聞いてなかったぞ」

「それでいま、申し上げましたんですが――」みなまで言い終わらないうちに、日の出のように揺るぎない、最上の、澄み切った笑みを浮かべた。

「で、発作は何回くらいあったんだ？」

信用の枠内で賭《か》ける者がするように、〝グラン・マエストロ〟は指を二本かかげてみせた。それ以上の賭けは信用の枠外なのだ。

「その点ではおれのほうが先をいってるな。しかし、辛気臭い話はもうよそう。この素晴らしいシャンペンをもっと飲みたいかどうか、レナータ嬢に訊《き》いてくれ」

「あれからもっと発作があったこと、わたしには隠してたのね」レナータが言う。

「だめじゃない、わたしには話してくれなくちゃ」

「この前会ってからは一度もなかったんだ」

「わたしと一緒にいれば、発作は起きないの？　だったらわたし、いつも一緒にいて、看病してあげるけど」

「こいつは単なる筋肉の痙攣《けいれん》にすぎんからな。ただ、それが主要な筋肉である点が始末に負えん。こいつはロレックスのオイスター・パーペチュアルのように正確に動くんだ。厄介なのは、いざ故障した際、ロレックス社に修理に持ち込めばすむというわけにはいかん点さ。いざそれが停まっても、その時刻はわからん。当人はすでに死んでいるのだから」

「やめて、そういうお話は」

「きみが始めたんだぞ」

「ねえ、あの痘痕の、漫画みたいな顔の人。あの人にはそういう問題はないのかな？」

「むろん、あるまい。もしあの男が凡庸な作家なら、永遠に死なんだろうよ」

「作家じゃないあなたに、どうしてそういうことがわかるの？」

「いや、わからんよ。ありがたいことにな。しかし、こんなおれでも本は何冊か読んだことがある。独り者でいるときは、本を読むひまがいくらでもあるんだ。商船に乗り組んでいるときほどではないにしろ、暇な時間はたっぷりある。こんなおれでも、いい作家と悪い作家の区別くらいはつく。凡庸な作家は長生きするものさ。連中はみんな、年功加俸をもらってしかるべきだな」

「こういうお話って、本当に気が滅入《めい》っちゃう。それより何か、もっと面白いエピソードを話してもらえない？」

「そりゃいくらでもあるさ、面白いエピソードは。しかもみんな実話でな」

「一つだけでいいから話してよ。それからこのシャンペンを飲み干して、ゴンドラに乗るの」

「寒くないかな、ゴンドラは？」

「あら、大丈夫よ」

「さて、何を話せばいいのか。戦争の話は、体験したことのない者にとっては、退屈するばかりだろう。いい加減なことを書き散らすやつの話は別として」

「わたし、パリ解放の話を聞きたいな」

「どうして？　きみは囚人護送車で運ばれるマリー・アントワネットに似ていると、おれが言ったからかい？」

「ううん、そう言われたときはわたし嬉しかったし、横顔はすこし彼女に似ているかもしれないと思っている。でも、わたしは囚人護送車で運ばれたことはないし、とにかく、パリに関する話を聞きたいの。だれかを愛していて、その人がある街にまつわるヒーローだったら、やっぱり、その街のこととか、いろいろ聞きたくなるじゃない」

「ちょっと頭をかしげてくれないかな」大佐は言った。「そうしたら話してあげよう。おい、〝グラン・マエストロ〟、そのやくざなボトルにはまだすこしでも残っているか?」

「いいえ」

「じゃあ、新しいのをもう一本たのむ」

「もう冷やしてございます」

「よし。じゃあ、それをついでもらおうか。それでだな、ドーター、おれたちはクラマールでルクレール将軍の部隊と別れた。彼らはモンルージュとポルト・ドルレアンに向かい、他方、おれたちはバ・ムドンに直行してポルト・ド・サン・クルーの橋を確保した。こんな話は専門的すぎて退屈じゃないか?」

「ううん」

「地図があるとわかりやすいんだが」

「つづけて」

「橋を確保したおれたちは、対岸に橋頭堡《きょうとうほ》を築き、河を守っていたドイツ兵たちを、生死を問わず、片っ端からセーヌ川に放り込んだのさ」そこで一息ついて、「河を守るといっても、それはもう形ばかりのものにすぎなかったが。彼らの立場に立てば、いっそ橋を爆破すべきだったんだ。とにかく、おれたちはドイツ兵を残らずセーヌ川に放り込んだ。彼らの大半は事務要員だったとおれは見ているが」

「つづけて」

「翌朝おれたちは、残存ドイツ軍がまだ数か所で頑強に抵抗しているという情報を得た。ヴァレリアン山には砲兵隊が残っているし、戦車も市中を徘徊《はいかい》しているという。その一部は事実だった。おれたちはまた、ルクレール将軍の一隊がパリに一番乗りできるように、ゆっくり進軍してくれという要請を受けた。おれはその要請に応じて、なるべくゆっくりとパリに進入していったよ」

「具体的にはどうやって？」

「攻撃を二時間遅らせて、道路わきに詰めかけた愛国者や対独協力者や熱狂的市民からシャンペンを差し出されれば、そのつどそれを飲んでいったのさ」

「でも、いろいろな本に書かれているような、何か印象的な出来事とか、忘れがたい出来事とかはなかったの？」

「もちろん、あったさ。まず何よりも、パリという街そのものが素晴らしかった。市民たちはみんな歓喜していたしな。老兵たちも樟脳《しょうのう》の匂《にお》いのする軍服を着て歩きまわっていた。おれたちも、もう戦わずにすんでほっとしていたし」

「もう全面的に戦わずにすんだの？」

「戦闘を強いられたのは三回しかなかった。それだって、手ごわい戦闘ではなかったんだ」

「でも、あれだけ大きな都会を取り戻すのに、たったそれだけの戦闘ですんだの？」

「ランブイエからパリ入城を果たすまでに、おれたちはすでに十二回の戦闘を重ねていたからね、ドーター。しかし、戦闘と呼ぶに足るものは、そのうち二回くらいのものだったが。トゥッシュ・ル・ノーブルの戦闘と、ル・ビュックの戦闘と。残りはみんな料理の付け合わせのようなものだった。おれが正真正銘の戦いを強いられたのは、その二つだけだったね」

「戦闘にまつわる、何か本当のことを教えて」

「その前に、おれが好きだと言ってくれ」

「大好きよ、あなたのこと」レナータは言った。「なんなら『ガゼッティーノ』紙に、そういう広告を出したっていい。あなたの硬く引き締まった躰《からだ》も好きだし、何かいたずらを企《たくら》んでいるときわたしを怯《おび》えさせる不思議な眼も好き。あなたの手も、他に傷ついているところもみんな好き」

「何か、気分が浮き立つようなことを話したほうがよさそうだ。まずはこう言っておこう。おれはきみを愛している。ピリオッド」

「ねえ、何か素晴らしいガラス器を買うというのはどうお？」不意に、レナータは話題を変えた。「ムラーノ島に一緒にいきましょうよ」

「ガラス器については、おれはズブの素人《しろうと》だからね」

「わたしが教えてあげる。とっても楽しいと思うんだ」

「ガラス器を愛《め》でるには、あまりにも遊牧的な暮らしをしているからな、おれたち軍人は」

「でも、退役してここで暮らすようになれば」

「そのときは、いくらか手に入れてみようか」

「それがいまだったらいいのに」

「それはおれもそう思うが、明日は鴨撃ちにいくことになっているし、今夜は今夜でやることもある」

「わたしも鴨撃ちにいっていい？」

「アルヴァリートから招かれればな」

「招くように仕向けてみせるから」

「そううまくいくかどうか」

「そんなふうに疑うのは失礼だわ。あなたのドーターはもう嘘をつかないくらい大人になっているんだから」

「わかったよ、ドーター。いまの疑いは取り消そう」

「ありがとう。じゃあ、わたしもいかないことにする。邪魔になるといけないから。その代り、この街に留まって、母や叔母や大叔母と一緒にミサにいったり、貧しい人たちに会いにいくわ。わたしは一人っ子だから、担《にな》っている義務もたくさんあるの」

「前から思っていたよ、きみの日課はどんなものなのだろうと」

「だいたいそういうところね。それからメイドに頭を洗ってもらったり、マニキュアやペディキュアをしてもらったり」

「鴨撃ちは日曜だから、メイドを働かせることはできんだろう」

「じゃあ、それは月曜日にする。日曜日はタブロイド紙に片っ端から目を通すの、いちばんきわどいものにまで」

「たぶん、バーグマンの写真なんかがのってるんじゃないか。きみはいまも彼女みたいになりたいと思っているかい？」

「もうそんな気はないな。わたしはもっともっと素敵な女になった自分になりたい。そしてあなたに愛されたい。あ、それとね」不意に自分をさらけ出して、レナータはつづけた。「わたし、あなたみたいになりたい。ほんのわずかのあいだでも、わたし今夜、あなたみたいになれるかな？」

「そりゃなれるとも。そもそも、おれたちがいまいる街はどこだ？」

「ヴェネツィアよ。いちばん素晴らしい街」

「それは同感だ。それと、戦争の話題から離れてくれてありがたい」

「でも、あなた、あとでまた話してくれなきゃだめなんだから」

「話してくれなきゃだめ？」覆《おお》いをした戦車の砲塔がぐるっと敵に向かったときのような、仮借《かしゃく》のない色が彼の不思議な目につかの間浮かんだ。

「話してくれなきゃだめ、と言ったのかい、ドーター？」

「ええ、言ったわ。でも、そんな強い意味で言ったんじゃないの。間違ったことを言ったのなら、ごめんなさい。わたしはただ、戦争に関する真実の話をもっとしてちょうだい、と言いたかったの。それと、わたしには理解できないことをわかりやすく説明してほしい、って」

「なに、きみがそう言いたいのなら言ってかまわんさ、ドーター。どうでもいいことだ」

大佐の目はこれまでにない優しさを帯びていたが、人並みの優しさとは差があることを自身承知していた。だが、いまの彼にできるのは、彼の最後の、かけがえのない、唯一《ゆいいつ》の愛人に可能な限り優しくあろうと努めること以外になかった。

「本当に気にしちゃいないんだ、ドーター。信じてくれ。人に命令することの何たるかは心得ているし、おれ自身、きみぐらいの年齢のときには人に命令することを大いに楽しんだものさ」

「でも、わたしは命令なんかしたくないのに」レナータは言った。泣くまいとしても目がうるんできた。「わたしはただ、あなたのお役に立ちたいだけ」

「わかっている。しかし、きみの中にはやはり命令したいという欲求があるんだ。それは別に悪いことじゃない。おれたちみたいな人間はみんなそうさ」

「おれたち、と言ってくれて、ありがとう」

「別に言いづらいことじゃないとも」大佐は言って、「ドーター」と付け加えた。

そのとき、コンシェルジュがテーブルにやってきた。「失礼します、大佐どの。いま、お嬢さまの召使と思われる者が外にきておりまして、大佐宛《あて》だという大変大きな包みを運んでまいりました。倉庫に保管しておきましょうか、それとも大佐どのの部屋に運ばせましょうか?」

「おれの部屋にたのむ」

するとレナータが、「おねがい、ここで見るわけにいかない? 人がいたってかまわないでしょう?」

「よし、包装を解いて、ここに運んできてくれ」

「かしこまりました」

「あとで慎重におれの部屋に運び込んで、しっかり包装し直してくれ。明日の正午には運び出す予定だから」

「承知いたしました、大佐どの」

「ねえ、見るのが待ちきれない?」と、レナータ。

「ああ、そりゃもう」大佐は答えた。「おい、〝グラン・マエストロ〟、レーデラーをもうすこしたのむ。それから、肖像画を見やすい位置に椅子《いす》を配置してくれんか。おれたちは美術の愛好者でな」

「冷やしたレーデラーはあれきりでして。でも、ペリエ・ジュエでよろしければ——」

「それを持ってこい」言ってから大佐は付け加えた。「たのむ」

レナータに向かって彼は言った。「おれはジョージ・パットンのような口のきき方はしない。その必要もないしな。彼はもうあの世にいってしまったし」

「可哀《かわい》そうに」

「ああ。生涯、可哀そうな男だったよ。金だけはたっぷり貯《た》め込んでいたし、戦車隊長だったから身を守る鎧《よろい》にも事欠かなかったが」

「あなたは鎧に何か反感を抱いている？」

「ああ。鎧を着込んだ人間はたいてい気に食わん。そいつらはやたらと威張り散らす男になるが、それは臆病者《おくびょうもの》、掛け値なしの臆病者になる第一歩でな。閉所恐怖症というやつも、問題をすこし複雑にしているのかもしれないが」

そこでレナータの顔を見て、微笑《ほほえ》んだ。心中には、彼女を不相応な深みに引きずり込んでしまったのを悔やむ気持ち、そう、泳ぎを覚えたての人間を遠浅《とおあさ》の海からいきなり深みに連れ込んだときに覚えるような悔恨の情が湧《わ》いていた。レナータの不安を解いてやりたくて、彼はつづけた。

「許してくれ、ドーター。おれの話の大半は間違っている。しかし、大方の将軍たちの回想録に書かれていることよりはずっと真実に近いはずだ。少将だとか、さらに上位の将官の位に軍人が昇格すると、ちょうどおれたちの祖先の時代の聖杯のように、真実というやつは手の届かないものになるんだよ」

「でも、あなたもひと頃は将官だったんでしょう」

「ごく短期間だったがね。頼りがいのあるのは大尉たちだな」元将官だった男は言った。「大尉たちなら正確な真実を心得ているし、だいたいにおいてそれを伝えることもできる。もしできなかったら、降格させてしまえばいい」

「もしわたしが嘘をついたら、降格してしまう？」

「どういう嘘かにもよるな」

「わたしはどんな嘘もつきたくない。降格されるのはいやだもの。ぞっとしちゃうな、降格なんて言葉」

「まったくな」大佐は言った。「そして部下を降格する際は、降格理由を記した書類を十一通作り、それに全部署名して、部下に持たせてやるのさ」

「あなたが降格させた部下は大勢いたの？」

「ああ、かなりの人数だった」

コンシェルジュが肖像画を運んできた。大きな額に入っているので、それが運ばれてくるところは帆をいっぱいに孕《はら》んだ船が進んでくるかのようだった。

「椅子を二脚もってきてくれ」大佐が二番給仕に指示した。「そうしたらそこに置くんだ。キャンヴァスに触れないように、十分離してな。キャンヴァスがすべったりしないように、しっかり持つんだぞ」

　こんどはレナータに向かって、「あの額は変えたほうがいいな」

「そうね。あれはもともとわたしが選んだものじゃないし。二人で額から絵を外して、来週にでも代わりの素敵な額を選びましょうよ。さあ、見てみて。額ではなく、わたしの何が表現されていて、何が表現されていないか」

　美しい肖像画だった。冷たくはなく、スノビッシュでもなく、型にはまっておらず、モダンすぎてもいない。ティントレットがまだこの世にいたら、恋人を描いてほしくなるような、そんな絵だった。ティントレットでなければベラスケスでもいい。二人のどちらかが描いたような絵、というのでもない。この時代にもときどき生まれる、単純によくできた絵だった。

「素晴らしい」大佐は言った。「実に美しい」

　コンシェルジュと二番給仕が額を支えていて、端のほうから絵を覗《のぞ》き込んでいる。〝グラン・マエストロ〟は讃嘆《さんたん》の情を隠していなかった。テーブルを二つ隔てた席にいるアメリカ人は、彼らしい詮索《せんさく》好きの目つきで、だれが描いたのだろうと考えていた。キャンヴァスの裏面は他の客のほうを向いている。

「素晴らしい絵だ。しかし、これをもらうわけにはいかない」

「もうあなたにあげてしまったんだもの」レナータが言う。「わたしの髪は、あんなに長く肩まで垂れてはいなかったはずだけど」

「たぶん、垂れていたんだろう」

「ああいうのがお好きなら、あそこまで長くしてみてもいいけど」

「やってみてくれ。なんと美しいんだ、きみという娘《こ》は。心から愛しているよ。現実のきみも、絵に描かれたきみも」

「なんだったら給仕さんたちにそう言ってみて。腰を抜かすようなことはないと思うけど」

「この絵をおれの部屋に運んでくれ」大佐はコンシェルジュに言った。「ここまで運んでもらって、助かった。この絵、値段さえ法外でなければ、買い取らせてもらおう」

「お値段はごく妥当だと思う。ねえ、ねえ、この絵と椅子をあそこに運んで、あなたの同国人のために特別展覧会をしてあげない？　〝グラン・マエストロ〟のほうから描いた画家の住所をあの人に教えてやれば、あの人、あの派手なアトリエを訪ねていくんじゃないかな」

「まことに美しい肖像画ですな」〝グラン・マエストロ〟が言う。「ですが、やはりこの絵は大佐どのの部屋に運びましょう。レーデラーやペリエ・ジュエの酔い心地のままに物を言うのはお控えになったほうがよろしいかと」

「おれの部屋まで運んでくれ、たのむ、たのむ」

「一瞬のためらいもなく、たのむ、とおっしゃいましたね」

「ありがとう。この絵を見て天にも昇る気持ちでいるもんだから、自分で言うことに責任を持てんのだ」

「では、お互い、責任を持たないことにいたしましょう」

「承知した」言ってからレナータに向かって、「しかし、実のところ、この〝グラン・マエストロ〟はいたって責任感の強い男でな。一貫してそうだった」

「それはどうかしら」レナータは言った。「この人、責任感だけであぁ言ったんじゃないと思う。微《かす》かな悪意もまじっていたんじゃない。この街に住む人間はみんな、なんらかの悪意を抱いているんだから。たぶん、この人、あの男がジャーナリストらしく他人の幸福まで覗き見するのをいやがったのよ」

「何がどう転んでも、か」

「そのフレーズ、以前、あなたから教わったのよね。こんどはあなたがわたしから教わったことになるんじゃない」

「えてしてそんなものさ、世の中は。ボストンで得たものは、シカゴで失うんだ」

「それ、どういうことか、わからない」

「これは説明しがたいな、面倒で」言ってから大佐は付け加えた。「いや。もちろん、そんなことはない。物事を明瞭《めいりょう》にするのがおれの稼業の要諦《ようてい》なんだから。説明しがたいなどとは言っちゃおれん。つまりだな、プロのサッカー、カルチョ(calcio)のようなもんだ。ミラノで獲得したものはトリノで失うのさ」

「わたし、サッカーなんて関心がないし」

「おれもさ。これがフットボールになると、おれは陸軍対海軍の伝統的一戦になどまったく関心がない。軍のかなりのお偉方たちは、自分の話していることがちゃんと自分でも呑《の》み込めるようにアメリカン・フットボールの用語を使って演説したりするが」

「今夜はうんと楽しみましょうね。たとえこういう状況でも、何がどう転んでも」

「この新しいボトル、ゴンドラに持ち込もうか」

「そうね。でも、深いグラスと一緒に。〝グラン・マエストロ〟に言っておくから。さあ、コートを持ってきてもらって、出かけましょう」

「よし、おれはこの薬を服《の》んで、伝票にサインする。それから出かけよう」

「薬を服むの、あなたじゃなく、わたしだったらいいのに」

「いや、これでいいのさ。ゴンドラは適当なのを拾おうか、それとも乗り場までまわしてもらおうか」

「いちかばちか、乗り場までまわしてもらいましょう。それで損することなんかないでしょうし」

「何一つな。何一つないだろうさ、おそらく」

第十三章

二人がホテルの横の出口から船着き場に出ると、風が吹きつけてきた。ホテルの燈《とう》火《か》が黒ずんだゴンドラをほのかに照らしていて、水面が緑色に見える。駿馬《しゅんめ》かレース用のボートのように美しいじゃないか、と大佐は思った。どうしておれはこれまで、ゴンドラをまともに見なかったのだろう？　いかなる手が、もしくは眼が、あの均整のとれた黒いフォルムを形づくったのか？*

「どこにいく？」レナータが訊く。

黒いゴンドラのわきの船着き場に立つ彼女の髪は、ホテルのドアや窓からこぼれる光に照らされて、風になびいている。さながら船の船首像のようだった。髪だけじゃない、と大佐は思った。

「いっそ公園を通り抜けてみようか。幌《ほろ》を下ろしてブローニュの森を走り抜けてもいい。アルメノンヴィルまで連れていってもらおう」

「じゃあ、パリまでいくの?」

「そうとも。ゴンドリエには、一時間ほど、漕《こ》ぐのがいちばん楽なところまででいいから、と言ってくれ。この風の中を突き進むのは酷だろう」

「この風でずいぶん高潮になっているみたい。場所によっては橋の下をくぐれないところもあるかも。わたしが行き先を指示してもいい?」

「もちろん、かまわんとも、ドーター」言ってから大佐は、一緒に出てきていた二番給仕に指示した。「そのアイス・バケットを積み込んでくれんか」

「ゴンドラにお乗りになる際に、このワインは自分からのプレゼントだと伝えてくれと、〝グラン・マエストロ〟から申しつかっております」

「そうか、彼には礼を言っておいてくれ。それから、そんなことをしてもらっては困る、とな」

「最初はすこし風に向かって進んでもらいましょうよ」レナータが言う。「そうしたらわたしが行き先を指示するから」

「それと、〝グラン・マエストロ〟からこれを預かってきました」二番給仕が言った。

それはきちんと折りたたまれた、アメリカ陸軍払い下げの古い毛布だった。レナータは風に髪をなびかせながらゴンドリエと話している。ゴンドリエは厚手の青いネイヴィ・セーターを着ていて、帽子はかぶっていなかった。

「この礼も言っておいてくれ、彼に」

大佐は言って、二番給仕の手に紙幣を一枚押しつけた。が、給仕は受け取ろうとしない。「チップはもう伝票に書き込んでいらっしゃいます。あなたと同様、わたしも〝グラン・マエストロ〟も、お金には困っておりません」

「かみさん《モーリエ》と子供《バンビーニ》はどうだい？」

「わたしにはおりません。トレヴィーゾのわが家は、お国の中型爆撃機に叩きつぶされてしまいましたから」

「それはすまなかったな」

「それはおっしゃらずとも。大佐どのはわたしと同じ歩兵だったのですから」

「それでも、詫《わ》びを言わせてくれ」

「それはけっこうですが、だからといって、別にどうということもありませんから。どうぞ楽しい夜を、大佐どの。楽しい夜を、お嬢さま」

二人はゴンドラに乗り込んだ。と、例によって軽い船体のかもしだす魔術が繰り広げられる。にわかに位置関係が変わって暗いプライヴァシーが保たれ、再度居ずまいが直ったところでゴンドリエが櫂《かい》で漕ぎはじめた。彼は容易にゴンドラを操れるように船体を軽く傾けた。

「やっとね」レナータは言った。「これがわたしたちのおうち。ああ、あなたが好き。キスして、思い切り」

大佐はレナータを抱きしめた。彼女は頭をのけぞらせ、その唇に唇を重ねるうちに、胸の張り裂けそうな切なさがこみあげてくる。

「おれも好きだ」

「何がどう転んでも、ね」レナータはさえぎった。

「とにかく、好きだ。それはどういうことか、よくわかっている。あの絵のきみは素晴らしいが、生身のきみはどう形容していいかわからん」

「〝やんちゃ〟？　それとも〝無鉄砲〟？　それとも〝はしたない〟？」

「いや」

「最後の言葉は、家庭教師から最初に教わった言葉の一つなの。髪をきちんとくしけずらないと、そういう様子になるんだって。夜、百回はくしけずらないと、だらしない格好になるのよね」

「じゃあ、おれの手でその髪をすいて、もっとはしたない格好にしてやろう」

「あなたの、傷ついたほうの手で？」

「ああ」

「じゃあ、すわる位置がまちがってる。入れ替わらなくちゃ」

「よし。いまのは簡潔でわかりやすい、気のきいた命令だな」

ゴンドラのバランスを崩さないように席を入れ替わるのは愉《たの》しかった。そこでまた慎重に互いの位置を落ち着かせる必要があったが。

「これでいいわね。でも、左手でしっかり抱いて」

「どうしたいか、わかってるんだろうね？」

「ええ、はっきりと。これって、娘らしくない？《アンメイドゥンリー》　この言葉も家庭教師から教わったんだけど」

「いや」と、彼は言った。「可愛《かわい》らしいよ。毛布をしっかり巻きつけて、風を感じてごらん」

「この風、高い山から吹き下ろしてるんでしょう」

「そうだな。で、山の向こうではまた別のところから吹き下ろしているんだ」

船体を叩く波音を聞きながら、大佐は突き刺すように吹きつける風を感じ、ごわごわとした毛布の馴染みのある感触を味わっていた。ひんやりとして温かい、レナータの愛《いと》しい躰。盛り上がった胸を左手で軽く愛撫《あいぶ》し、悪いほうの手で彼女の髪を一度、二度、三度とすいてゆく。そして彼女の唇にキスした。　切なさを通り越して苦しさがいや増した。

「おねがい」毛布にほとんど覆われてレナータが言う。「こんどはわたしにキスさせて」

「だめだ。おれでなきゃ」

冷たい風が二人の顔に吹きつける。だが、毛布の下には風も吹かず、ぬくもり以外に何もない。ただ大佐の傷ついた手が、隆《たか》い岸辺の狭間《はざま》を流れる熱い川の中の島をさぐり求めていた。

「そう、そうして」レナータが喘《あえ》ぐ。

そこでキスを重ねると、大佐は島をさぐり、見失い、まぎれもなくとらえた。これでよかったのか、悪かったのか、と思った。これでよかったのだ、こうするしかない。

「おれの愛しい女。だれよりも愛しいよ。おねがいだ」

「ううん。ただ、きつく抱いて。隆いところから離れないで」

大佐は何も言わなかった。なぜなら彼はそのとき、人間がたまさか見せる勇敢な行為以外に自分が唯一信ずる秘儀に没入して、もう一歩を進めていたのだから。

「動かないで」レナータはささやいた。「それから、うんと動いて」

凪のなか毛布の下に身を横たえて、大佐は思っていた、祖国や母国のために果たす義務を除けば、男が自分の女のためにしてやれることはこれ以外にないのだ、どのように状況を推しはかって進もうとも。

「ねえ、あなた」レナータは口走った。「もうこれ以上は、わたし」

「考えちゃいかん。頭をからっぽにするんだ」

「そうね」

「考えちゃいかん」

「おねがい、黙って」

「これで、いいんだな？」

「わかってるくせに」

「本当に、いいんだね」

「ああ、おねがい、黙って。おねがい」

そうか、と彼は思った。おねがい、もう一度、おねがい。

それきりレナータは何も言わず、彼も口をつぐんだ。そしてゴンドラの閉ざした窓から大いなる鳥が飛び立ち、やがて姿を消したときも、言葉は交わされなかった。彼はいいほうの手でレナータの頭を軽く抱き、もう一方の手が隆いところを押さえていた。

「もとのところに置いて。あなたの手を」

「本当に？」

「ううん。きつく抱いて、本気で愛して」

「本気で愛しているとも」ちょうどそのとき、ゴンドラは左に急旋回し、大佐の右頰に風がまともに当たった。旋回を終えたところで大佐の老いた目は宮殿をとらえ、それを確認して言った。「風下に入ったようだ、ドーター」

「そんなの、早すぎる。女はどんなふうに感じるものなのか、わからない？」

「ああ。きみが教えてくれること以外は」

「きみが、と言ってくれたのは嬉《うれ》しいけど、本当にわからない？」

「ああ、教えてくれと頼んだこともなかったからだろう」

「じゃあ、いま想像してみて。それから、二番目の橋の下をくぐり抜けるまでこのままでいて」

「これを一杯飲むといい」大佐はシャンペンのボトルの入ったアイス・バケットにあやまたず手をのばした。〝グラン・マエストロ〟が正規の栓の代わりに詰めておいてくれたふつうのワイン用の栓を抜いて、

「きみには効くはずだ、ドーター。おれたちの抱えるあらゆる病に効くし、悲哀や迷いにも効く」

「わたしって、そのどれとも縁がないと思う」家庭教師に教えられたとおり、正確な文法をはずさずにレナータは言った。「わたしはただの女でも、ただの女の子でも、何でもいいけど、してはいけないことを何でもするの。だから、もう一度、ね、もう風下に入ったんだし」

「じゃあ、島はどこに、どの川にあるんだ？」

「それはあなたが見つけて。わたしは未知の国なんだから」

「それほど未知でもなかろう」

「そんなにあからさまなこと言わないで。前と同じように、優しく攻めて」

「攻める、というには当たるまい。何か、それとは別のことさ」

「何でもいいわ、何でもいいから、まだわたしが風下にいるうちに」

「そうだな。そうしよう。きみがそう望むなら。おれへの思いやりからそう言ってくれるなら」

「そうよ、そう、おねがい」

優しい猫のようにしゃべるじゃないか、猫は可哀そうに口をきけないが、と大佐は思った。それから彼は考えるのをやめ、それきり長いあいだ考えなかった。

いつのまにかゴンドラは支流の一つに入っていた。大運河からそこに折れ曲がったとき突風に襲われて、ゴンドリエは自分の体重を重し代わりにして体を傾けなければならなかった。いきおい大佐とレナータも毛布の下で体を傾けることになり、毛布の端から風が荒々しく入り込んできた。

長いあいだ二人は口をひらかず、最後の橋の下をくぐり抜けたとき、橋とゴンドラの間には数インチの隙間《すきま》しかないことに大佐は気づいていた。

「大丈夫かい、ドータ－？」

「ええ、とてもいい気持」

「おれを愛している？」

「つまらないこと、訊かないで」

「潮がだいぶ満ちていて、あの最後の橋をなんとかくぐり抜けたところだ」

「行き先はわかっているから。わたしはここで生まれたんだもの」

「おれは自分の生まれ故郷でも何かとミスをやらかしたものさ。そこで生まれたってことは、万能の証《あか》しじゃないからな」

「でも、かなりな程度、鼻はきくと思うけど。わかっているくせに。ね、しっかり抱いて、しばらくのあいだ、お互いがお互いの一部になれるように」

「試してみようか」

「わたし、あなたにはなれない？」

「それはひとことじゃ言えんな。もちろん、試してみることはできるが」

「いまはね、わたしがあなたなの。で、たったいまパリを解放したところ」

「困ったな、ドーター。だとすると、きみはかなり難問を抱えているぞ。次は第二十八師団を行進させなきゃならん」

「いいじゃない」

「おれは困る」

「優秀だったんじゃないの、第二十八師団は？」

「そうなんだ。司令官も優秀なやつが揃《そろ》っていた。しかし、彼らは州兵部隊で運も悪かった。いわゆるTS（輸送）師団でな。従軍牧師からTS伝票をもらうんだ」

「そういうことになると、わたし、ちんぷんかんぷんだけど」

「といって、説明する価値もないことだ」

「ねえ、パリについて、何か本当のことを話してくれない？ わたし、パリが大好きなの。あなたがパリの解放に加わったんだと思うと、なんだかいま、ネイ将軍*と一緒にこのゴンドラに乗っているような気がする」

「たいした戦績を残したわけじゃないさ、ネイは。とにかく、あのロシアの大きな街から撤退する際の後衛戦を除いてはな。あのときのネイは、一日に十回も、十二回も、十五回も戦った。もっと多かったかもしれん。しかし、その後、ネイは人の見分けがつかなくなったんだ。彼とゴンドラになんぞ乗らんでくれ」

「でも、ネイは昔から尊敬する英雄たちの一人だったんだけど」

「ああ。おれにとってもそうだったよ。カトル・ブラの戦いまではな。いや、カトル・ブラではなかったかもしれん。どうも記憶が錆《さ》びついてきたようだ。〝ワーテルローの戦い〟という総称に置き換えよう」

「ワーテルローでは駄目だったの、ネイは?」

「ひどいもんだった。あれは忘れてしまってもいい。モスクワから撤退する際、後衛戦を一手に引き受けたのがたたったんだな」

「でも、ネイは〝勇者中の勇者〟と言われてるけど」

「それで万事足れり、というわけにはいかんのさ。勇者であるのは当然として、それに加えて知将中の知将でなければな。それにはまた多くの能力が必要になる」

「パリのことを話して、おねがい。愛し合うのはこれくらいにして」

「そうかな。それはだれの命令なんだ?」

「わたしのよ。あなたを愛すればこその命令だと思って」

「わかった。おれを愛すればこそきみは命令する。で、おれたちはそれに従う。つまらんな」

「あなたの心臓にさしさわりがなければ、もう一度してもいいと思う?」

「おれにさしさわりが?」大佐は言った。「いったいいつ、そんなことがあったんだ?」

第十四章

「そんな意地悪言わないで」レナータは言い、毛布を引っ張って二人の体を覆った。「ねえ、これを二人で飲みましょうよ。わかってるくせに、あなたの体にさしさわりがあったことは」

「そのとおり。もう忘れよう、そのことは」

「オール・ライト」レナータは言った。「この言葉、というか、この二つの言葉はあなたから教わったのよね。わたしもあなたも忘れてしまったけど」

「きみはどうしてこの手が好きなんだ？」大佐は訊《き》いて、その手をあるべきところに置いた。

「馬鹿《ばか》なふりをするのはやめて。もう何も考えないようにするの。もう何も、何も、なんにも」

「おれは事実、馬鹿なんだ。しかし、何も考えまい。何ひとつ。なんにも。死神の兄弟である明日のことも」

「お願いだから、優しい素敵な人でいて」

「そうするよ。それから、軍事機密を一つ教えてあげよう。こいつはイギリスの最高機密に匹敵するトップ・シークレットだ——おれはきみにぞっこん参っている」

「素敵。言いまわしも素敵」

「おれは素敵な男だからな」大佐は言って、近づいてくる橋と水面の隙間を目測していた。「世間の連中が最初におれについて気づくことは、それさ」

「わたしはいつも場違いな言葉を使っちゃう。お願いだから、わたしを嫌いにならないでね。あなたを愛せる人間が、わたし以外にいなければいいんだけど」

「事実、いないじゃないか」

「ええ、そうなの。心の底からそう思ってる」

二人はいま風に乗っており、共に疲れていた。

「きみが考えているのは——」

「何も考えないの、わたし」

「でも、考えてくれんかな」

「うん、いいわ」

「これを一杯飲むといい」

「いいわ。とても美味《おい》しいから」

事実、美味しかった。バケットにはまだ氷が残っており、シャンペンはすっきりと冷えていた。

「わたしも〈グリッティ〉に泊まっていい？」

「いかん」

「どうして？」

「よくないことだからさ。ホテルの連中にとっても。きみにとっても。おれの評判なんかはどうでもいいんだが」

「じゃあ、うちに帰るしかないじゃない」

「ああ。それが論理的な帰結だな」

「ひどい言い方ね、こんなに悲しいことなのに。何か口実をかまえることもできないの？」

「ああ。おれが家まで送るから、きみはぐっすり眠って、明日、きみの都合のいい時間と場所でまた会おう」

「〈グリッティ〉に電話してもいい？」

「もちろん。おれはずっと起きてるから。目が覚めたらすぐ電話してくれるかい？」

「わかった。でも、どうしてそんなに早くから目を覚ましているの？」

「職業上の習慣というやつさ」

「そういう職業になんか、ついていなければいいのに。このまま、いつまでも生きていてほしいし」

「おれもさ」大佐は言った。「でも、おれはおっつけこの稼業《かぎょう》から足を洗うんだ」

「そうだったわね」眠たげな、心安らいだ口調でレナータは言った。「それから二人でローマにいって、服を仕立ててもらうの」

「それから永遠《とこしえ》に幸せに暮らすんだ」

「お願い。お願いだからやめて。もう泣かないって決めたんだから」

「もう泣いてるじゃないか。そんな決めごとを破ったところで、失う物は何もあるまい？」

「うちまで送って、お願い」

「最初からそうしようと思っていたよ」

「その前に、優しくして」

「ああ、しなくてさ」

ゴンドリエは何も知らぬ顔ですべて心得ており、実直で頼もしく、礼儀正しくて信頼のおける男だったが、そのゴンドリエに二人は、というか大佐が、料金を支払ってから、並んで小さな広場に入った。それから堅い古びた路面を踏みしめて、大きな、さむざむとした、風の吹き抜ける広場を横切った。悲しみと悦《よろこ》びを胸に、ぴたりと寄り添って二人は歩いていった。

「ドイツ軍の兵士が鳩《はと》を撃ったのは、ここだったの」

「その兵士、おそらくわが軍に殺されただろうな。そいつか、もしくはそいつの兄弟だったかもしれんが。ひょっとすると絞首刑《こうしゅけい》にされたかもしれない。詳しいことはわからん。おれは犯罪捜査部の人間ではないから」

「この、水に擦り減らされた、冷たい、古い石の上でも、わたしが好き？」

「ああ。なんだったらここにマットレスを敷いて、証明してやってもいい」

「それって、鳩を撃ち殺す人より野蛮じゃない」

「おれは野蛮な人間だから」

「そうじゃないときもあるわね」

「ありがたいな、そう言ってもらえると」

「ここで曲がるのよ」

「ああ、わかってる。それはそうと、いつになったらあのろくでもない〈シネマ・パレス〉をぶち壊して本物の寺院を建てるのかな？　技術軍曹のジャクスンもそれを願っているんだが」

「きっとだれかが聖マルコの遺体を新たに豚肉の下に隠して、アレキサンドリアから持ち帰るときじゃない」

「最初にあれをやったのは、トルチェッロの若者だったな」

「あなたもトルチェッロの若者でしょう」

「そうだよ。おれはペルティカからここに直行したバッソ・ピアーヴェの若者でもあるし、グラッパの若者でもある。パズービオの若者でもあるしな、こう言って、きみにその意味がわかるなら。あそこは、戦うというよりただ生き延びるだけでも、どこよりも困難な場所だった。だから、中隊の兵士たちは、スキオから持ち込まれただれかの淋菌《りんきん》を分け合って、マッチ箱に入れて持ち歩いたもんさ。そこでの暮らしが耐えがたいあまり、なんとか他の土地に転属を命じられるようにそんなことをしたんだ」

「でも、あなたは残ったのよね」

「ああ。おれはいつも、パーティで、といっても政党の党《パーティ》じゃなく、お祭り騒ぎのことだが、そこに最後まで居残る人間でね。掛け値なしに嫌われ者の客なんだ」

「わたしたちも騒ぎにいく？」

「きみはもう、家に帰ると決めたんじゃなかったか」

「ええ。でも、嫌われ者の客の話が出たので、ぐらついてきちゃった」

「一度決めたことは守ったほうがいい」

「わたし、一度決めたことは守れるタイプだけど」

「わかってる。きみはどんなくだらん約束事でも守れる女だ。とはいっても、かたくなに守ることはしないほうがいい場合もあるぞ、ドーター。それは愚か者のやることだ。ときには迅速に方針を切り替えなきゃならんときもある」

「あなたがそうしろと言うなら、わたし、切り替えるけど」

「それはいかん。さっき決めたことは、間違っちゃいない」

「でも、明日の朝まではいやになるくらい長いと思わない？」

「それはきみの運次第だろう」

「じゃ、ぐっすり眠らなくちゃ」

「そうだとも。きみの歳《とし》でよく眠れなかったら、引きずりだされて縛り首にされても文句は言えんぞ」

「お願い、そんな野蛮な言い方」

「すまん。射《う》ち殺されても、と言いたかったんだ」

「もうすぐそこよ。その気があるなら、優しくして」

「いまのおれは優しすぎて反吐《へど》を催すくらいだ。これ以上優しく努めるのはだれか他のやつに頼もう」

二人はいま邸宅の前まできていた。邸宅はまぎれもなくそこにあった。こうなっては呼び鈴のひもを引くか、鍵《かぎ》を使って入るしかない。ここでは何度も迷ったことがある、と大佐は思った。軍務で迷ったことなど一度もないおれなのに。

「おやすみのキスをして、優しく」

大佐はそうした。愛しさのあまり耐え難い思いだった。

レナータはバッグから鍵をとりだして扉をあけ、大佐は擦り減った舗道に一人とり残された——依然として北から吹きよせる風と、燈火の洩《も》れ出る影と共に。彼は帰路についた。

いまどきゴンドラに乗るのは観光客と恋人たちぐらいのもんだな、と思う。もちろん、橋のないところで運河を横切るときは別だが。こういうときは〈ハリーズ・バー〉か、どこかろくでもない場所に立ち寄る手だろう。しかし、やっぱり〈グリッティ〉にもどるとしよう。

第十五章

もしホテルの客室をそう呼べるとしたら、そこはまさしく我が家だった。ベッドにはパジャマが置かれていた。読書灯のわきにはヴァルポリチェッラのボトル。ベッドのわきにはミネラル・ウォーター入りのアイス・バケットが置かれ、銀のトレイにはグラスものっている。あの肖像画は額から外されて、ベッドから見やすい位置に置かれた二つの椅子《いす》にのっていた。

『ニューヨーク・ヘラルド・トリビューン』のパリ版も、三つの枕《まくら》と並んで置いてある。彼が三つの枕を使うことはアルナルドも承知しているのだ。予備の薬壜《くすりびん》、いつもポケットに入れてあるのとは別の薬壜も、読書灯の脇《わき》にのっていた。衣装簞笥《だんす》の内側の扉、鏡のついた扉が、肖像画を横から眺められる角度にひらかれている。使い古したスリッパもベッドのそばに並べられていた。

この絵は買うことにしよう。肖像画以外そこにはだれもいないので、大佐は口に出して言った。

栓をし直されたヴァルポリチェッラを慎重に、正確に、愛おしげにあける。それから、老朽化したどんなホテルで使われているものよりも上質なグラスにそれをついだ。

「きみに乾杯だ、ドーター」と声に出る。「麗《うるわ》しくも愛しいきみに。知っているかな、きみは何よりもいい香りがするということを。強い風に吹かれていても、毛布の下でも、おやすみのキスを交わしているときも、きみは素晴らしく香ぐわしいんだ。そんな女性はまずいない。香水など一切使っていないきみなのに」

肖像画のレナータがこちらを見る。が、何も言わない。

「まあいい。絵に話しかけてもはじまらん」

今夜は何がいけなかったのか。

悪いのはおれだ、と思う。よし、明日は一日いい子でいることにしよう。夜が明けたときからはじめるのだ。

「ドーター」と、声に出した。いまは肖像画ではなくレナータに語りかけていた。「わかってくれ、おれが心からきみを愛していることを。いつも優しくいい子でありたいとは思っているんだ。どうかおれから片時も離れないでくれ」

絵は答えない。

ポケットからエメラルドをとりだして眺めてみる。悪いほうの手からいいほうの手にすべらせて感触を味わう。あたたまってくると、冷たいようでぬくもりがある。上質な宝石はすべてぬくもりを保っているものなのだ。

これは封筒に入れて、鍵のかかるところにしまっておくほうがいいな、と思う。しかし、絶対に安全なのはきみが持っていることだ。これはすぐにでもきみに返さなければな、ドーター。

だが、つかの間でもこれを持っているのは愉しかった。これの価格、二十五万リラはするはずだ。おれが四百年働いても、どれくらいの稼ぎになるものか。この数字はちゃんとチェックしておいたほうがよかろう。

エメラルドをパジャマのポケットに入れて、ハンカチをかぶせる。それからポケットのボタンをはめた。男が世に出て最初に身につける健全な習慣は、すべてのポケットにフラップとボタンをつけることだ。おれはあまりにも早くそれを学んだような気もするが。

エメラルドの感触は心地よかった。ひらたくて堅い、老いて温かい胸に、それは堅く、温かく感じられた。風が吹いているなと思いつつ、肖像画を見やり、ヴァルポリチェッラをもう一杯ついでから、『ニューヨーク・ヘラルド・トリビューン』のパリ版を読みはじめた。

あの薬を服まなきゃならん、と思う。が、くそくらえだ、あんな薬。

それでも結局、彼は薬を服み、『ニューヨーク・ヘラルド・トリビューン』を読みつづけた。スポーツライター、レッド・スミスのコラムを読んだのだが、すこぶる気に入った。

第十六章

夜明け前に目を覚まし、同衾《どうきん》している者がいないことを確かめた。まだ強い風が吹いている。ひらいている窓際《まどぎわ》に歩み寄って、天気を確かめた。大運河の彼方《かなた》の東の空は、まだ明け初《そ》めてはいない。だが、水面が荒れていることは肉眼で確かめられた。きょうはかなり潮が満ちてくるだろう。広場はきっと水浸しだ。それはそれで面白いのだが、鳩にはいい迷惑にちがいない。

浴室に足を運ぶ。レッド・スミスのコラムののった『ヘラルド・トリビューン』とヴァルポリチェッラのグラスも持っていった。このワインをあける大きなフィアスコを〝グラン・マエストロ〟が用意してくれるといいのだが。このワイン、ボトルのままだと最後にはひどく滓《おり》がたまってしまうのが困る。

新聞を手に便器に腰を下ろし、きょう起こる出来事を頭に浮かべた。しかし、レナータから電話がかかってくるだろう。しかし、レナータは寝坊するだろうからそう早くはかかってこまい。若者は遅くまで寝ているものだし、美しい娘となると、さらにもう半分は寝ているものだ。電話はそうすぐにはかかってこないだろうし、もろもろのショップがオープンするのも九時か、それをすこしまわってからだろう。まずいな、と思う。おれはあのろくでもない宝石を持っている。いったいどうして受け取ったりしたのか？

おまえはわかっているだろう、と新聞の裏面の広告を読みながら思う。危ない橋を渡ったことは何度もある。あれは別に突拍子もない行為でも病的な行為でもない。レナータはただ無分別なことをしたかっただけなのだ。その相手がおれでよかった。これは、おれがおれであることの唯一《ゆいいつ》いい点だな。ああ、おれはおれだ、だれが何と言おうとも。良かれ、もっと悪《あ》しかれ。おまえのろくでもない人生のほとんど毎朝そうしたように便器にすわるとして、そのときこいつがポケットに入っているのはどんな気持ちだろう？

話しかけている相手は、おそらく、子孫以外になかった。

そう言えば、他の兵士たちと並んで便器に腰かけた朝が何度あったことか？　あれが最悪だった。あれと髭剃《ひげそ》りが。離れたところで一人で考えたい、もしくは頭を空っぽにしたいと思って、人目につかないところを見つけたと思うと、もうそこには先客のライフル銃兵が二人いたり、一人で寝ころんでいるやつがいたりする。

軍隊にはプライヴァシーはない。その点では淫売宿《いんばいやど》も同然だ。おれは淫売宿にあがったことはないが、淫売宿の経営は軍隊と似たり寄ったりなのだろう。としたら、おれにも淫売宿の経営ができるはずだな。

そうしたらおれは、淫売宿の幹部連中をみんな大使に任命してやる。出来損ないの連中も平時の軍団司令官や軍管区司令官になれるだろう。おいおい、そう辛辣《しんらつ》になるなよ、と独りごちる。まだ早朝もいいとこだし、朝の日課も終わってはいないのだ。あの連中の細君たちはどう処遇してやろう、と自問する。新しい帽子でも買ってやるか、射ち殺してしまうか。すべては同じ手順の一部なのだ。

半開きの扉にはめ込まれた鏡に映る自分に目をやる。やや斜めから見る自分が映っている。偏差ショットというやつだな、と独りごちた。おれのすべてを映しているわけじゃない。それにしても、くたびれ果てた耄碌《もうろく》じじいのような面《つら》だ。

さて、これから髭を剃らなきゃならん。髭を剃りながらあの面を見るのだ。それがすんだら調髪が待っている。それはこの街ではたやすいことだ。おまえは歩兵大佐なんだからな。ジャンヌ・ダルクやジョージ・アームストロング・カスター＊（名誉）将軍のように自慢顔で歩きまわるわけにはいかない。カスターか。あの凛々《りり》しい騎兵隊長。あの颯爽《さっそう》たる姿で愛らしい妻を持ち、おが屑《くず》並みの頭脳を駆使するのは、さぞ愉しかっただろう。だが、リトル・ビッグホーンの丘で全滅させられたときには、自分は一生を誤った、とさすがのあいつも思ったにちがいない。そのときは彼らの周囲を馬にまたがる先住民の戦士たちが砂塵《さじん》を蹴立《けた》てて疾駆していて、セージの茂みは戦士たちの馬の蹄《ひづめ》に蹴散らされた。彼の生涯にはもはやあのおなじみの黒い硝煙の臭《にお》いしか残っておらず、部下たちは捕らわれた後に敵の女たちから加えられる仕打ちを恐れるあまり、互いに射ち合うか、自らを射って果てたりしていた。

カスターの死体は見るも無残に切り刻まれていたと、この同じ新聞に書きたてられたものだ。あの丘で、自分はついにすべての持ち金を擲《なげう》ったあげく決定的な過《あやま》ちをおかしたと覚《さと》ったカスター。哀れな騎兵だったな、と思う。そう、あの瞬間、あいつが抱いたすべての夢が破れ去ったわけだ。騎兵ではなく歩兵であることの利点はそこにある。歩兵はもともと、悪夢以外にいかなる夢を抱くこともないのだから。

まあ、この朝の日課ももう終わりだ、と大佐は胸に呟《つぶや》いた。まもなく明るくなるだろうから、あの絵を見ることもできる。やはりあの絵は返したくない。とっておくとするか。

それにしても、いまレナータはどんな姿で眠っているのだろう。その寝姿はありありと想像できる。素晴らしい。まるで眠ってはいないように寝ているに相違ない。そう、ただ休息しているだけのように。実際、そうであればいいが。あの娘《こ》には心ゆくまで休息してほしい。ああ、おれはなんとあの娘を愛していることか。あの娘を困らせるようなことだけはしたくない。

第十七章

外が明るみはじめたとき、大佐は肖像画に目を走らせた。目が明るさに慣れると同時に、信じてもいない書類を読んでサインを強いられるいかなる現代人が目にするよりも早く、それを見たと言っていいだろう。そうとも、と彼は胸に呟いた。おれには目があるし、それはいまもってかなり素早く対象をとらえることができる。かつてはこの目も野心に輝いていた。弾雨の降りそそぐなか、おれは部下のならず者たちを率いて戦った。二百五十名のうち、生き残ったのはわずか三名。そして彼らは生涯、街はずれで物乞《ものご》いをしなければならない。

いまの文句はシェイクスピアから借りたのさ、* と大佐は肖像画に語った。ああ、覇者にして、いまなお絶対的なチャンピオンであるシェイクスピアからな。

短期戦ならシェイクスピアに勝てる者もいるかもしれない。しかし、おれは彼の前に拝跪《はいき》するな。きみは『リア王』を読んだことがあるか、ドーター？　ボクサーのジーン・タニー氏は読んだことがある。彼も世界チャンピオンだったが。おれも読んではいるんだ。嘘《うそ》だと思うかもしれんが、軍人もシェイクスピアを好むのだよ。シェイクスピア自身、軍人のように書くからね。

きみはそうして頭をそらせる以外に、自己弁護の術《すべ》を持たんのかい？　大佐は肖像画にたずねた。シェイクスピアの決まり文句を、もっと聞きたいか？

自己弁護などする必要はない。ただ安らかに、事態をあるがままに任せればいい。弁護など無駄だ。きみにしろおれにしろ、自己弁護など何の役にも立ちはしない。だからといって、それじゃ表へ出てさっさと首を吊《つ》ってしまえ、などとだれが言えるのだ？

だれも言えはしない、と彼は自分自身と肖像画に向かって言った。おれが言えないのはたしかだ。

いいほうの手を下に降ろした拍子に、二本目のヴァルポリチェッラのボトルがあるのに気づいた。部屋付きの給仕が最初のボトルがあった場所に置いていってくれたらしい。

もし愛する国があるなら、それを堂々と認めることだ、と大佐は思った。そうとも、認めたほうがいい。

おれは三つの国を愛し、三度ながら失った。嘘ではない。けれども、そのうちの二つをおれたちは取りもどした。ちゃんとな、と彼は補足した。

あとの一つも取りもどしてやる。あの、肥大した尻《しり》のフランコ将軍とはどんなやつかといえば、侍医の勧めで狩猟用の杖《つえ》を手放さず、飼いならした鴨《かも》を標的にするばかりか、それを狙《ねら》い撃つときはムーア人の騎兵たちに周囲を守らせるような、そんな手合いだ。

ああ、取りもどすとも、と、その日最初にして最上の光を浴びてこちらを見返す娘に向かって、大佐は低い声で言った。

おれたちはあの国を取り返し、やつらをガソリン・スタンドの前に逆さに吊るしてやる。いいか、警告したぞ、と付け加える。

「肖像画よ」と、語りかけた。「どうしておまえは、おれのベッドに入ってこられなかったのだ、硬い石だらけの、十八ブロックと離れたところにいたりせずに」いや、離れている距離は十八ブロック以上だったか。だいぶ頭がボケてきたようだ。まあ、いつだってそうだったのかもしれんが。

「肖像画よ」彼はレナータに向かって、肖像画に向かって、二人の娘に向かって言った。が、そこにレナータはおらず、肖像画は描かれたとおりの肖像画でしかなかった。

「肖像画よ、その悩ましい顎《あご》をすこし上向けてくれ、そうすればおれをもっとたやすく虜《とりこ》にできるだろうよ」

これほど素晴らしい贈り物はない、と大佐は思った。

「きみは作戦行動ができるか？」と肖像画に問いかける。「敏速果敢に」

無言の肖像画に代わって、大佐自身が答えた。ああ、できるとも。生まれてこのかた最上の陣形をおれが敷いているときだって、この娘はおれの裏をかき、おれが人目をはばかって退却するときだって、その場を動かずに戦うだろう。

「肖像画よ」と、語りかける。「息子でも、娘でも、おれの唯一のかけがえのない愛でも何でもいい。おれの言いたいことはわかっているはずだ、肖像画よ」

肖像画はいままで通り何も答えない。だが大佐は、頭のいちばんよく働くこの早朝時、ヴァルポリチェッラの助けもあってまたも将官にもどり、あたかも三度目のワッセルマン検査の結果を読んだときのように明瞭《めいりょう》に、肖像画が退散することはあり得ないのを覚っていた。肖像画に向かってこうも乱暴な物言いをしたことを恥じてもいた。

「よし、おれはきょう、きみの見たこともない品行方正な少年になるからな。校長先生にそう伝えてくれてもけっこうだ」

肖像画は肖像画らしく黙している。

彼女はおそらくあの騎兵の将軍に話しかけるだろう。なぜなら彼はいまや二つ星の将軍であり、その二つの星は彼の肩の上でこすれ合い、専用のジープのフロントの赤茶っぽい標識板上でも白く浮き上がっているからだ。大佐自身は司令官用の車を使ったこともなければ、砂嚢《さのう》まで備えた半装甲車両を乗り回したこともない。

「おまえなどくたばっちまえ、肖像画よ」と、声に出る。「さもなきゃ、あらゆる宗教を統合しておれたちの面倒を見ている従軍牧師からTS伝票をせしめるんだな。それをもとになんとか食っていけるだろうから」

「あなたのほうこそ、くたばっちまえばいい」肖像画が声にならない声を返してくる。

「なによ、最低の軍人のくせして」

「わかった」大佐は言った。なぜなら彼はまた大佐にもどっており、これまでのすべての階級を放棄していたからだ。

「きみのことは大いに気に入ってるんだ、肖像画よ。だが、おれを邪険に扱わんでくれ。きみの美しさの故《ゆえ》に、おれはきみを気に入っている。だが、おれはあの娘のことをもっと気に入っているんだ、何百万倍もな。聞いているか？」

肖像画が聞いている節《ふし》は見られないので、彼は飽きてしまった。

「きみは動くこともままならんのだな、肖像画よ。額にはめられていようと、いまいと。ならばおれは作戦行動を開始することにしよう」

肖像画は沈黙している。そう、コンシェルジュによってバーの奥のテーブルに運ばれ、給仕の助けを借りて大佐とレナータの前に据えられたときのように。

大佐はあらためて彼女を見、ほぼ完璧《かんぺき》な光を浴びているいま、その身はもはや守りようのないのを知った。

彼女こそは自分の真実無二の愛の肖像画であることもわかったので、彼は言った。

「愚かしいことをさんざん言って、すまなかった。おれは野蛮な男ではありたくない。運がよければおれたち、すこし眠れるかもしれん。そのうち、たぶん、きみのご主人から電話がかかってくるかもしれんしな」

もしかしたら、彼女自身、ここに現れるかもしれんさ、と彼は思った。

第十八章

ホテルの配達係が『ガゼッティーノ』紙をドアの下に押し込むと、それが敷居を通り抜ける間もなく、大佐は音もたてずに手にとった。

配達係の手からほとんど直接《じか》に受け取ったようなものだった。この配達係を、大佐は嫌っていた。ある日のこと、部屋を出てしばらくしてもどってみると、その配達係が鞄《かばん》の中をまさぐっていたからである。大佐はそのとき薬壜を忘れたことに気づいて引き返したのだが、配達係は鞄の中をもうほとんどあさり終えていたところだった。

「手を上げろ、とは言わんのだろうな、このホテルでは」大佐は言った。「しかし、おまえはこの街の名折れだぞ」

沈黙が生まれた。縞《しま》のヴェストを着たファシスト面《づら》のその男はなおも押し黙っているので、大佐は言った。「つづけるがいい。残りもちゃんと調べてみろ。おれは化粧品と一緒に軍事機密を持ち歩いたりはせんがね」

それ以来二人のあいだは冷戦状態にあり、大佐は縞のヴェストを着た男の手から新聞の朝刊をもぎとるのを楽しんでいた。ドアの下に手がさしこまれる気配を耳にしたり目にしたりすると同時に、さっと新聞を奪い取るのだ。

「ようし、きょうはおまえのほうが早かったな」朝のその時刻に口にできる最良のヴェネツィア訛《なま》りのイタリア語で、大佐は言った。「ならば、さっさと首を吊っちまえ」

だが、やつらは首を吊ったりはしない、と大佐は思う。やつらはやつらを憎んでもいない人間のドアの下に、新聞を押し込みつづけるのだ。ファシストあがりという身分も、なかなか剣呑《けんのん》な稼業にちがいない。ひょっとすると、あいつはファシストあがりではないのかもしれんが。たしかなところはわからん。

おれはファシストを憎めんのだ、と彼は思う。ドイツ野郎たちも憎めん。不幸にもおれは職業軍人なので。

「肖像画よ。おれはドイツ野郎を殺すからといって、憎悪《ぞうお》まで抱かなきゃならんのかい？　軍人として、人間として、やつらを憎まなきゃならんのか？　それはあまりにも安易な解決法に思えるが」

まあいい、肖像画よ。忘れてくれ。忘れてくれ。きみの歳では、まだそういうことは理解できまい。きみは肖像画の主より二歳若い。そして彼女は地獄より若く、地獄よりも年をとっている。地獄とはめっぽう古い場所なんだが。

「なあ、肖像画よ」そう語りかけながらも彼は覚っていた。これから生きていく限り、おれは早朝に目を覚ますたびにだれか話し相手を必要とするに相違ない。

「いま話していたことだが、肖像画よ。あんなことはどうだっていいのだ。きみにとっては、あまりに老人じみている。あれは、どんなに真実であろうと、本来まともに口にはできないことの一つでな。きみに言えないことはわんさとある。それでいいのだろう、おれにとっては。もうそうなってしかるべき頃合いさ。おれにとって有益なこととはどんなことだと思う？　どうした、肖像画よ？」大佐はたずねた。「そろそろ腹がへってきたか？　おれもそうさ」

で、彼はベルを鳴らして、朝食を運んでくるはずの給仕を呼んだ。

いま、外はすっかり明るくなり、鈍色《にびいろ》の大運河は風に波立って、彼の部屋の真ん前の、宮殿への乗降階段が高い潮に洗われている。それでも電話がかかってくるのは数時間先だろう、と大佐にはわかっていた。

若い者はよく眠るからな。それで当然だ。

「どうしておれたちは歳をとらなきゃならんのかな？」メニューを携えて部屋に入ってきた義眼の給仕に向かって、彼はたずねた。

「さあ、どうしてでしょうか、大佐どの。それは自然な成り行きだと思いますが」

「ああ。たぶん、そういうもんだろう。よし、卵の目玉焼きをたのむ。それに、トーストとお茶だ」

「何かアメリカ風のものは召し上がらないので？」

「アメリカ風のものは、おれだけでたくさんだよ。〝グラン・マエストロ〟はもう起きているのかい？」

「彼は二リットル入りの大きな籐《とう》のフィアスコにヴァルポリチェッラを用意しておりまして。それをこのデキャンターに移して持ってまいりました」

「ああ、それか。あの男にぜひ一個連隊の指揮を委《ゆだ》ねたいもんだ」

「さあ、それはお引き受けにはならないのでは」

「そうだろうな」大佐は言った。「実を言えば、おれだってご免こうむりたいさ」

第十九章

激しいパンチをくらってダウンし、カウント・フォーを聞きながら、残り五秒間を心ゆくまでリラックスする術を心得ているボクサーのように寛《くつろ》いで、大佐は朝食を終えた。

「肖像画よ」と、話しかけた。きみもリラックスしなきゃな。きみにとって困難なのは、その点だけだろう。絵画の、いわゆる静的要素というやつだ。きみも知ってのとおり、肖像画よ、絵というやつは、というか絵画というやつは、まったく動きを見せない。なかには動くものもあるが、そう多くはない。

きみの主人がいまここにいて、一緒に動ければいいのだが。彼女やきみみたいな娘がそれほど若くしてそれほど多くのことに精通し、なお且《か》つそれほど美しいのはなぜなんだ？

アメリカ人の場合、本当に美しい娘がいるとしたらそれはテキサス娘で、運がよければそのテキサス娘も、いまは一年の何月かぐらいは言えるかもしれん。数の勘定くらいはみんなできるがね。

彼女たちは数の勘定の仕方、両脚を常にぴったり合わせていること、髪をあげてピンカールにすることを教えられる。ときにはな、肖像画よ、何か罪深いことをしたかったら、明日は美しくなろうと願って髪をピンカールにしている娘と一緒に寝てみるんだな。今夜ではない。今夜は美しくなくていいんだ。明日、美人コンテストに備えて美しくなるのさ。

きみ、つまりレナータという娘はいま、髪にまったく手を加えずに眠っている。枕に髪をいっぱい広げて眠っているんだ。彼女にとって髪とは、黒い、豪奢《ごうしゃ》な、絹のような手ざわりの厄介者にすぎん。家庭教師に注意されていながら、それをくしけずることすら覚えていないのさ。

すらりとした脚で大股《おおまた》に歩き、髪の乱れは風のなすがまま、セーターを突き上げる胸も豊かに街を歩くレナータの姿が見える。するとおれの頭には、ピンカールをした髪のテキサス娘とすごした夜が甦《よみがえ》ってくる。あの金属製の器具できつく髪を締めつけられた娘の姿がね。

「くれぐれもピンカールでおれを刺したりせんでくれ、愛する娘よ」と、肖像画に言う。「そうすれば、丸い、ずっしりとした、硬い一ドル銀貨を並べて、ちゃんと支払いをするから」

待て、猥雑《わいざつ》な口をきいちゃいかんぞ、と胸に独りごちる。

それから肖像画に向かって言った。なぜなら、もう頭の中で彼女を持ちあげる気はなかったからだ。「きみはうんざりするほど美しい。おまけにセックスをすれば相手は強姦罪《ごうかんざい》に問われる年齢だ。レナータはもうきみより二歳年上だが、きみは十七にもなっていない」

それなのになぜおれは彼女をわがものにし、心から慈《いつく》しみ愛することができないのか？　決して乱暴に振舞ったり邪険にしたりせず、世界の五つの果てに——それがどこであれ——遠征する五人の息子をもうけることができないのか？　わからん。おそらく、おれたちが引いたカードはもう交換できないのだろう。あんたはもうカードを配り直しちゃくれんのだろうな、ディーラーよ。

そう。カードは一度しか配られない。そうしたら、それを使って勝負するしかない。おれはどんな悪い手を配られようと、それで勝負できる男だ、と肖像画に向かって言う。が、肖像画はいっこうに感心したふうではなかった。

「肖像画よ」と、彼は言った。「きみは娘らしからぬ態度だとそしられぬように、横を向いていたほうがいい。きみには無縁の行為だろうが、おれはこれからシャワーを浴びて、ひげをあたるのだから。それがすんだら軍服を着、まだ早い時刻ながら外に出て、この街を歩きまわるつもりだ」

で、彼はいつも痛む悪いほうの脚をいたわりながらベッドから降りた。悪いほうの手で読書灯を消す。すでに十分明るかったのだから、一時間近く電気を浪費していたことになる。

何であれミスを悔やむ性分なので、このミスも悔やんだ。肖像画にはさりげなく目を走らせただけでその前を通りすぎ、鏡のなかの自分を眺めた。すでにパジャマの上下を脱いでいたから、目をそらすことなく、辛辣な目で自分の裸身を見た。

「この、老残の腑《ふ》抜《ぬ》け野郎め」と鏡に向かって言う。肖像画は過去のものだが、鏡に映る姿はきょう現在の実像だ。

腹はひらたい、と言葉に出さずに言う。胸は欠陥のある筋肉を含む部分に目をつぶれば問題ない。股間《こかん》の一物は良かれ悪しかれ、使えるにしろ使えないにしろ、あるがままだ。

おまえはもう百年の半分は歳をとったんだからな、このろくでなしめ。さあ、浴室に入ってシャワーを浴び、体をよくこすってから軍服を着ろ。また新たな日がはじまったんだ。

第二十章

ロビーのフロントに寄ってみたが、夜勤のポーターがいるだけで、コンシェルジュの姿はまだなかった。

「金庫に入れてほしいものがあるんだがな」

「それはできません、大佐どの。副支配人かコンシェルジュが現れるまで、金庫はあけられませんので。でも、わたしでよろしければお預かりしておきますけど」

「ありがとう。まあ、そこまでやってもらうには及ばん」自分宛《あ》ての名前が記された、エメラルドを入れてある〈グリッティ〉の封筒を、上着の左側の内ポケットにしまってボタンをかけた。

「当地では犯罪らしい犯罪は起きていませんから」夜勤のポーターは言う。

長い夜だったので、話し相手ができて嬉《うれ》しかったのだろう。「本当に一件も起きていないんですよ、大佐どの。意見や政治的見解の相違があるだけで」

「あんたはどういう政治的見解を抱いているんだ?」大佐は訊《き》いた。彼も話し相手が欲しかったのである。

「だいたい、ご想像のつくようなことです」

「なるほど。で、最近のあんたの暮らしぶりはどうだ?」

「うまくいっていますね。昨年ほどじゃないかもしれないけれど、うまくいっています。こちらは敗戦国ですし、しばらくは時期を待たなければなりません」

「で、何か政治的な運動でもしているのかい?」

「いえ、さほど熱心には。わたしの場合は、頭で考える政治というより心で感じる政治ですから。頭でも信じていますけど、政治的な意味での成長はほとんどしていません」

「政治的な成長が進みすぎると、心のほうが空っぽになるぞ」

「そうとは限らないと思いますけど。軍隊にも政治的な対立はありますか?」

「けっこうあるな。しかし、あんたの思っているようなものとはだいぶちがうが」

「でしたら、その話はしないほうがいいですね。わたしは立ち入った話をするつもりはないので」

「この話をはじめたのはおれだからな。口火を切った質問のことだが。あれだって、ただおしゃべりをつづけたくて言ったんだ。厳しく問いただすために訊いたんじゃない」

「そうですよね。あなたは審問官のような顔はしてらっしゃいませんし、大佐どの。それにわたしは、正式なメンバーではありませんが、〈騎士団〉のことも知っているんです」

「あんたにはメンバーになる素質があるようだ。〝グラン・マエストロ〟に話しておこう」

「わたしと彼は居住区はちがうけど、同じ町の出身なんです」

「いい町じゃないか」

「大佐どの、わたしは政治的な成長がいまだしなんで、立派な人はみんな立派なんだと信じています」

「まあな、いずれはあんただってその段階を乗り越えられるさ」大佐は請け合った。「心配要らんよ。あんたの政党はまだ若いんだ。あんただって、ときに過ちをおかして当然さ」

「そんなふうにおっしゃらないでください」

「なに、朝っぱらからちょっと乱暴な冗談を言ったまでさ」

「教えていただきたいんですけど、大佐どの、あのチトー*という人物、本当のところどう思われますか？」

「まあ、いくつか言いたいことはあるが、つまるところ彼は良き隣人のような人物だからな。隣人に関する噂話《うわさばなし》はしないことにしている」

「その点、わたしはよく知りたいんですけど」

「ならば、自分の頭でしっかり考えて学ぶんだな。そういう質問に関して、たいていの大人は明答を避けるということを知らんのかい？」

「お答えいただけるといいなと思ったんですが」

「ところが、なかなかそうはいかん。ましておれのような地位にある人間は。いまおれに言えるのは、チトー氏は厄介な問題をたくさん抱えているということくらいだな」

「そうか、その点はとてもよくわかりました」実のところ、まだほんの少年でしかない若者は答えた。

「そうだといいね」大佐は答えた。「おれは別に、真珠並みに高価な知識を分けてやったとも思っていないし。さてと、じゃあ、お別れだ。おれはこれから、肝臓だか何だかに役立つという散歩をしなきゃならんので」

「いってらっしゃいませ、大佐どの。きょうはいやな天気《ファ・ブルット・テンポ》ですが」

「まったくな《ブルティッシモ》」レインコートのベルトをきつく締めて肩のおさまりをよくすると、下半分を十分に引っ張ってから大佐は風のなかに歩み出た。

第二十一章

運河を渡る十チェンテージミのゴンドラに乗り、いつもの汚れた紙幣で支払って、早起きの責めを負わされた連中にまじって船上に立った。〈グリッティ・ホテル〉を振り返って、自分の部屋の窓に目を走らせる。まだひらいたままだった。雨が降る兆《きざ》しもなければ、その恐れもない。ただ昨日と同じ強い寒風が山のほうから吹きよせていた。乗客はみな寒そうな顔をしていて、彼らすべてに軍支給の防風コートを分けてやりたいものだと思った。しかし、あのコートを着たことのある将校ならだれでも、あれが防水の役に立たないことを知っている。いったいだれが、あんなもので金儲《かねもう》けをしたのか？

バーバリーのコートなら、水がしみ込むことはない。きっとだれか目端のきくやつが、大手の請負業者が取り仕切るグロトンやカンタベリーに部下を派遣しているのだろう。でなきゃ、おれたちのコートに水がしみ込むなんてことにはならんはずだ。

そういうやつと袂《たもと》を分かったおれの同僚の将校は、その後どうなっただろう？　空軍で不正を働き、私腹を肥やしたベニー・マイヤーズの陸軍版はだれなのか？　おそらく一人ではあるまい。もっと大勢いるはずだ。しかし、待て。そんな単純な見立てをするとは、おまえはまだ完全に目覚めていない証拠だな。このコート、すくなくとも風を寄せつけないのは確かだ。レインコートか。レインコートとは聞いて呆《あき》れるが。ゴンドラは運河の対岸の杭《くい》のあいだに着いた。黒い塗装の乗り物から岸にあがってゆく黒い服の人々を大佐は見守った。しかし、こいつは〝乗り物〟と言えるのか？車輪や軌道で走るのでなければ、乗り物とは言えんのじゃないか？

こんなおれの思いに一セントでも支払うやつなどだれもいまい。とりわけ、今朝は。だが、何かと切羽詰まったときには、おれの頭脳の働きがなにがしかの金になったのを見とどけたことがある。

彼は街の最下端、最終的にアドリア海に面する地区に入っていった。そこは彼の最も愛する区域でもあった。ごく細い路地に入り込んでゆくのだが、その際、北や南に交差する路地の番地を追ったりはしない。渡る橋の数を数えたりもしない。そして、もっぱら自分の勘を頼りに、どんな袋小路に迷い込むこともなく目指す市場にたどり着くのだ。

これは一種のゲームのようなもの、以前流行《はや》ったダブル・キャンフィールドのような、一人遊びのカード・ゲームに似ている。ただし、こちらのほうは、遊びながら動いてまわるという利点がある。勝手に歩きまわりつつ家々やちょっとした風景、各種のショップやトラットリア、それにヴェネツィアの旧跡を見学できる楽しみがあるのだ。ヴェネツィアを愛している人間にとっては、格好のゲームと言ってよかろう。

いわばソリテール・アンビュラントの一種で、この場合の余得は目と心を楽しませることにある。街のこちら側で、何の邪魔にもあわずに市場にたどり着ければ、勝利をおさめたと言っていい。だが、楽《らく》すぎるコースをとるのも、時間を計るのも禁物だ。

街の向こう側でゲームを展開する場合は、〈グリッティ・ホテル〉を出発点として、運河沿いの新道《フォンダメンタ・ヌオヴェ》沿いに間違いなくリアルト橋にたどり着ければ勝ったことになる。

そうしたら橋を渡り切って、市場に入ってゆく。彼がいちばん好きなのが市場だった。どこの街でも真っ先に足を向けるのが市場なのだ。

そのとき、背後の二人の若者が自分をくさしている声が耳に入った。声の調子で若者だという見きわめはついたが、振り返りはしなかった。距離を保って注意深く耳をすました。次の曲がり角まで待って、曲がりしなに顔を見てやろうと思ったのだ。

職場に向かう途中だな、と見当がついた。旧ファシスト党員かもしれないし、何か別の党派のやつかもしれない。もしくは単なる世間話に興じている連中かもしれない。が、聞いていると、話はかなり個人攻撃の色合いを帯びてきた。しかも、的はアメリカ人一般ではなく、このおれなのだ。おれのグレイの髪、ちょっと足を引きずる歩き方、独特のコンバット・ブーツ（ああいうタイプのやつらは実際的なコンバット・ブーツを嫌う。連中が好むのは、黒い墨でピカピカに磨きあげた、敷石をカツカツと音を立てて踏みしめるようなブーツなのである）。

おれの軍服は下品だ、などと言っている。こんな早朝からどうして街を歩いているんだ。あんな歳《とし》ではもう女は抱けまいから安心だ、などと言いはじめた。

次の角で大佐はさっと左に折れ、相手の若者たちの風体とそこまでの距離を確かめた。フラーリ教会の後陣に沿った角を二人の若者が曲がったとき、大佐の姿はどこにもなかった。彼は古い教会の後陣、その背後の死角に身をひそめていたのだ。そして、彼らが角を曲がったのを話し声で察したとき、両手をレインコートの低いポケットに突っこんだまま死角から出た。自分を、ポケットに両手を突っ込んだレインコート姿を、彼らの前に正面からさらした。

二人は立ち止まった。大佐は二人をまともに見すえると、もう何度浮かべたかしれない酷薄そうな笑みを浮かべた。それから、二人の足元を見下ろした。こういう連中に立ち向かう際は、きまって彼らの足元を見る。たいていは窮屈すぎる靴をはいているからだ。で、その靴を脱がすと、金槌《かなづち》のような爪先《つまさき》が見えたりする。ペッと唾《つば》を吐いて、無言のまま彼らと対峙《たいじ》した。

二人は、最初に疑ったとおりのファシストあがりと知れたが、憎悪《ぞうお》とそれ以上の感情も露《あら》わにこちらを睨《にら》みつけた。と思うと沼地の鳥のように――大股の足取りもアオサギそっくりに大佐には思えたのだが――こちらの横をすり抜けてゆく。まさしくシャクシギが飛び立ったかのようだった。そこで距離が十分とれたら捨て台詞《ゼリフ》でも吐くつもりなのか、憎悪に燃えた目でこちらを見返した。

十対一でないのが気の毒だったな、と大佐は思った。それほど有利だったら彼らも戦っただろう。が、彼らをけなすつもりはない。彼らは敗戦国民なのだから。

それにしても、おれのような年齢と階級の男に対する礼儀をこいつらはわきまえていない、と思う。五十歳の大佐たるおれには自分たちの会話など理解できまいと決め込んだのも、彼らの早とちりだった。たとえ一対二の条件でも、老いたる歩兵がこんな早朝戦ったりはすまい、と思い込んだのも賢明ではなかった。

愛する人々がいるこの街で喧嘩沙汰《けんかざた》には及びたくない、と思う。なんとしてでも回避したい。だが、あの、まともな教育を受けていない若者たちには、自分たちの相手がどんな野獣なのか、わからんのだろうか？　そいつがどうしてそんな歩き方をするようになったのか、わからんのだろうか？　釣り糸でこすった手の傷跡からそいつが漁師だと知れるように、歴然と体に表れている徴候から相手が軍人だと見当がつかんのだろうか？

彼らの目には、おれの背中と尻、脚とブーツしか見えなかったのは確かだ。とはいえ、それらが動くさまを見れば、おれが何者かはわかったはずだ。たぶん、そういう判断力も、彼らにはもうないのだろう。だが、おれがやつらを見、この二人を始末して吊るしてやろう、と思ったことくらいは、見てとれたはずだ。はっきりと見てとれたはずだ。

人の命とは、いったいいくらぐらいのものなのか？　軍内で補償金が支払われるとしたら、一万ドルぐらいだろう。しかし、それとこれとはどういう関係があるのか。そうだ、この二人の阿呆《あほう》が現れるまでおれが考えていたのは、そういうことだった。ベニー・マイヤーズのような手合いが大手を振っている昨今、おれが軍の金庫に積み立てた金はどれくらいの額になっているのか。

そうだ、と彼は胸に呟いた。その一方、あのシャトーの戦いのときは、一人あたま一万ドルとして、おれはいくら失ったことになるのか。それを理解している者は、おれ以外一人もいまい。また、それをみんなに教えなきゃならん理由もない。司令官の将軍どもは、往々にして、すべては武運のしからしむるところだと片づけたがる。そんなことは起こるべくして起こるのだ、と上層部の連中は考える。で、こちらが命令通りに実行すると、戦死者名簿がふくれあがってこちらは英雄になる。くそ、おれは戦死者名簿がふくれあがるのには我慢できない。といって、命令が下れば、それを遂行しなければならない。それは寝ずに考えたところではじまらない過《あやま》ちだ。そもそも、どうして眠らずに考えなければならんのか。考えたところではじまらないのだが、やっぱり、考え込んでしまう。ひとたびその思いが頭に忍び込んでくると、払いのけることはできない。

まあ、そうくさるなよ、と独りごちる。さっき喧嘩を買って出ようとしたとき、おまえは、いわば大金を貯《た》め込んでいたようなものだった。そして負ければ、無一文になっていたかもしれない。おまえの持ち札では戦うことなどむりだし、そもそも戦う武器もないのだ。

だから、もうふさぎ込みなさんな、たとえおまえが若造だろうと、いい大人だろうと、大佐だろうと、降格された将軍だろうと。ほら、もう市場が目の前だ。気がつかないうちに着いてしまったぞ。

気がつかないうちに、というのは褒められたことではないが、と彼は内心付け加えた。

第二十二章

彼は市場を愛していた。その大半の区画は店舗が密集し、ひしめき合って、いくつもの路地に溢《あふ》れかえっている。あまりにも混み合っているため、心ならずも買い物客を押し分けて進まざるを得ない。品物に目を凝らし、買い込み、見惚《みと》れたりして立ち止まるたびに、殺到する朝の買い物客の流れに逆らう抵抗波《フロ・ド・レジスタンス》になってしまう。うずたかく積まれて並べられたチーズや大型のソーセージを眺めるのが、大佐は好きだった。祖国《くに》の連中はモルタデッラのことを普通のソーセージと勘違いしているな、と思いだしたりする。

売り場の女に声をかけた。「そのソーセージを試食させてくれんかな。ほんのひと切れでいい」

女は威勢よく、愛《いと》おしげな手つきで、紙のように薄い一切れをカットしてよこした。食べてみると、野山のドングリを食らう豚ならではの味、いぶして黒胡椒《くろこしょう》をかけたような味わいがした。

「これを四分の一キロ分もらおう」

猟場で男爵《だんしゃく》が用意してくれる昼食は簡素なものだが、猟の最中は大食いを控えたほうがいいと思っている大佐にとって、それは歓迎すべきことだった。とはいえ、このソーセージで昼食を補うのも悪くはなかろうし、船頭や、獲物を回収する役目の連中に分けてやるのもいいだろうと思ったのである。猟犬のボビーにひと切れやってもいい。あいつは全身ずぶ濡《ぬ》れになることが何度もあり、寒さで震えながらもやる気を失わないのだから。

「これはこの店でとっておきのソーセージかい?」と女に訊いてみる。「店頭には並べずに、上得意さんのためにとっておくやつもあるんじゃないのか?」

「いえ、なんてったって、これが一番です。そりゃあね、ソーセージといっても色々だけど、一番といったらこれですよ」

「よし、じゃあ風味はいま一つでも、腹ごたえは十分なようなやつを八分の一キロほどくれ」

「わかりました。まだできたてだけど、おっしゃるような品がありますから」

このソーセージはボビーにやろう。

だが、イタリアでは、犬にソーセージを買ってやるなどとは公言しないほうがいいのだ。この国では餓《う》える者が大勢いるのだし、愚か者と見なされるのが最悪の犯罪なのだから。自ら生活のために働いており、猟犬が寒空のもと水中で活躍することを知っている人間の前でなら、高価なソーセージを猟犬に与えてもいい。だが、単に高価なソーセージを買ってその用途を言いふらすような人間は、生来の愚か者か、戦争成り金や戦後成り金と相場が決まっている。

料金を支払ってソーセージの包みを受け取ると、大佐はなおも市場の中を進んでいった。炒《い》りたてのコーヒーの香りを胸いっぱい吸い込んだり、肉屋の店頭に吊り下がる脂肪たっぷりの食肉を往昔《おうせき》のオランダの画家たちの作品を楽しむように眺めたりした。あの画家たちの名前はもはやだれも覚えていないが、彼らは射《う》ち殺されるか食肉に供される、あらゆる動物のディテールを完璧に描いてみせたのである。

市場は〈プラド〉のような一流の美術館や現在の〈アカデミア〉に最も近いな、と大佐は思った。

そこから近道をして、魚市場に着いた。

ツルツルした石の床に並べられたり、籠《かご》やひもの把手《とって》のついた箱に納まったりしているのは、ずっしりとしたロブスターだった。全体が灰緑色で、そこに、いずれ熱湯に投じられて死を迎えるのを予兆するような、うっすらとした赤紫色が加わっている。こいつらはみんな裏切り行為によって捕らえられたんだよな、と思う。大きな爪《つめ》は固定されていた。

小ぶりのシタビラメ、それにビンナガやカツオも少々並んでいる。このビンナガやカツオなどは尻すぼみの弾丸のような格好をしているじゃないか。遠海魚特有の大きな目をしていて、死してなお威厳がある。

こいつらは本来、旺盛《おうせい》な食欲さえなければ捕らえられるようにはできていない。浅瀬で暮らす哀れなシタビラメは、人間の餌《えさ》になるべく存在している。だが一方の、回遊する弾丸どもは大きな隊列を組んで青い海で暮らし、あらゆる海洋や海を遊泳してまわるのだ。

いまのこの思いには五セントやってもよかろう。さて、他にはどんな魚どもが並んでいるのか。

ウナギがたくさんいた——生きてはいるが、もはやウナギらしさに自信を持てない姿で。素晴らしいクルマエビもいた。串刺《くしざ》しにして、ブルックリン・アイスピックの代用になれそうな細い剣に似た道具にのせて焼けば、スキャンピ・ブロシェットの出来上がりだ。中くらいのサイズの乳白がかった灰色のシュリンプもいて、やはり熱湯で煮られて不死を獲得する順番を待っている。殻《から》を剝《む》かれた彼らの残骸《ざんがい》はらくらくと引き潮に乗って大運河を運ばれてゆくのだ。

あの日本の老提督の口ひげよりも長い触手を持つ敏捷《びんしょう》なシュリンプは、と大佐は思う、われわれのために死ぬべくここにやってくる。ああ、キリスト教徒のシュリンプ、退却の名手であるシュリンプよ、おまえの二本の軽い触手の中には素晴らしい諜報《ちょうほう》機関がひそんでいるというのに、網や光線の危険を教えてもらえなかったのはなぜなんだ？

どこかで手違いが生じたんだろうな、と大佐は思った。

こんどは多くの甲殻類と並んで、チフスの予防注射の効果がまだ生きている場合にのみ生で食べられるマテガイ、その他の美味な貝類に目が走る。

その一画を通りすぎたところで立ち止まり、一人の売り子に、その貝類はどこで獲《と》れたのか訊いてみた。下水の流れ込まない安全な場所だという。で、六個ほど口をあけてくれ、と頼んだ。汁を飲み、手渡された反り身のナイフで殻すれすれに刃を差し入れて中身を切り離す。売り子はその経験から、この客は自分が心得ている以上に、殻すれすれのところまでナイフを差し入れられると踏んで、それを渡したのだった。

大佐はほんの少額の代金を支払った。それでもその額は、最初にその貝を獲った者が支払われた額をはるかに上まわっていたに相違ない。さあ、と彼は思った。次は川や運河で獲れた魚を見て、それからホテルにもどるとしよう。

第二十三章

〈グリッティ・パレス・ホテル〉のロビーに帰り着く。ゴンドリエたちに料金を支払い、ホテルの中に入ると、もはやそこは無風だった。

市場から大運河を遡《さかのぼ》るには二人の漕《こ》ぎ手が必要だった。二人とも懸命に働いてくれたので、それに値するだけの代金に、多少割増しの金を添えて払ってやった。

「おれ宛に電話はなかったかな？」いまは職務についているコンシェルジュにたずねた。

このコンシェルジュは身軽で、機敏で、きりっとした顔立ちをしており、聡明《そうめい》で礼儀正しかった。こびへつらうような振舞いもない。青い制服の襟に、身分を表す交差した鍵《かぎ》の徽章《きしょう》をさりげなくつけている。これぞコンシェルジュと言っていい。軍隊の階級で言えば、大尉《たいい》、というところかな、と大佐は思う。将校にして紳士にはあらず。昔の軍隊では上級将校というところか。ただし、こっちのほうはいつもお偉方の相手をしているのだが。

「伯爵令嬢から二度お電話がありました」コンシェルジュは英語で答えた。英語、というが、おれたちがふだん喋《しゃべ》っている言葉はその呼称でいいのだろうか、と大佐は思った。まあ、英語、にしておこう。そういう呼び方で代々伝わってきたのだから。その呼称ぐらい残しておいてもよかろう。いずれにしろ、その呼称も遠からずイギリスのクリップス蔵相が配給制にしてしまうだろうが。

「すぐ彼女につないでくれ」と、コンシェルジュに頼む。

コンシェルジュはダイアルをまわしはじめた。

「どうぞ、お話しになってください、大佐どの。おつなぎしましたから」

「これは早業だな」

「どうぞあちらで」

ブースに入ると、大佐は受話器を取り上げて、型通りに言った。「キャントウェル大佐だが」

「わたし、二度も電話したのよ、リチャード」と、レナータの声。「でも、あなたは外出している、って。どこにいってたの？」

「市場を見てまわってたんだ。どうだい調子は、おれの別嬪《べっぴん》さん」

「この時間にこの電話を傍聴している人なんて、いないわ。わたしよね、あなたの別嬪さん、って。他にいるのかな」

「きみに決まっている。どうだい、よく眠れたかい？」

「暗闇《くらやみ》でスキーをしているみたいだった。本当にスキーをしてたわけじゃないけど、暗闇は本当だったんだから」

「まあ、そんなものさ。しかし、どうしてそんなに早く目が覚めたんだ？　コンシェルジュがびっくりしてたみたいだぞ」

「娘らしくない、なんて言われずにすむなら訊くけど、いつ、どこで会える？」

「きみの望む場所、望む時間に」

「まだエメラルドを持ってる？　肖像画の彼女は役に立った？」

「いずれの問いにも、イエス、だね。エメラルドは左側の胸ポケットに入れて、ボタンをかけてある。肖像画の彼女とは昨晩おそくとけさ早く語り合って、万事スムーズにいったよ」

「わたしよりあの子のほうが好き？」

「おれはまだ、それほどアブノーマルじゃない。と言ったら、自慢していることになるかな。しかし、可愛《かわい》い娘だ、あの子は」

「で、どこで会う?」

「〈フロリアン〉で朝食をとろうじゃないか、サン・マルコ広場の右側のあのカフェで。広場は水浸しになっているかもしれんが、それを見るのも面白いだろう」

「わたしに会いたければ二十分でいけると思うけど」

「もちろん、会いたいさ」大佐は言って、受話器を置いた。

ブースから出たとき、突然、気分が悪くなった。〝鉄の肺〟や拷問《ごうもん》用具の〝鉄の処女〟のような造りの鉄の檻《おり》に、悪魔の手で閉じ込められたような気分だった。血の気のない顔でコンシェルジュのデスクまで歩いて、イタリア語で言った。「ドメニコ、たのむ、水を一杯持ってきてくれんか」

コンシェルジュが水をとりにいくと、彼はデスクにもたれて休んだ。何の幻想も抱かずに、無心に休んだ。コンシェルジュが水入りのコップを手にもどってきた。二錠服《の》むべき錠剤を四錠服んで、大佐はそのまま、鷲《わし》が休むように無心に休みつづけた。

「ドメニコ」

「はい」

「ポケットに、あるものをおさめた封筒があるんだが、それを金庫に納めてくれ。とりだすときはおれ自身がやってくるか、書面で依頼するか、もしくはさっき電話をつないでくれた女性が現れるはずだ。その手順を、一応、紙に書いておいたほうがいいかな？」

「いえ、それには及びません」

「しかし、あんたに何かがあったらどうする、若いの？　あんただって、いつ何があるかわからんだろう？」

「おっしゃるとおりです。でも、わたしがそれを書面にしておけば、わたしに何かがあったときは支配人、支配人に何かがあったときは副支配人が引き継ぎますから」

「二人とも、信頼できる人間だ」大佐も肯《うべな》った。

「おすわりになりませんか、大佐どの？」

「いや。長期療養所の患者じゃあるまいし、だれがすわったりするもんか。あんたはすわるか？」

「いえ」

「おれは立ったまま、あるいはそこらの木にもたれたりして休息をとれるんだ。おれの祖国《くに》の人間は、すわったり、横になったり、ぶっ倒れたりして休むようだがね。連中には精力減退クラッカーを何枚か与えて、泣きわめくのをやめさせりゃいいのさ」

彼は素早く自信を取り戻そうとして冗舌になっていた。

「精力減退クラッカーなんて、本当にあるんですか?」

「あるとも。その中には勃起《ぼっき》を抑制するような成分が入っていてな。原子爆弾のようなものだが、逆に作用する点がちがう」

「ちょっと信じられませんね」

「将軍どもの細君連が噂し合う、そら恐ろしい軍事機密というやつがあるんだが、精力減退クラッカーなんぞはいちばん埒《らち》もない機密さ。もっと恐ろしいのは、次に大戦が起きた際、高度五万六千フィートからヴェネツィア中にボツリヌス菌がばらまかれるだろう、というやつだな。これはごく単純な作戦でね」大佐は説明した。「敵が炭《たん》疽菌《そきん》をばらまいたら、ボツリヌス菌でお返しをするってわけだ」

「でも、そんな恐ろしいことを」

「恐ろしいなんてもんじゃない」大佐は力説した。「これは機密でも何でもないんだぞ。すべて公表されているんだから。そして、そういう事態が進行している最中、もしうまくラジオの波長を合わせられれば、あのマーガレット・ウッドロウ・ウイルスンが〝星条旗よ永遠なれ〟を歌う声が聞こえるだろう。それは十分可能なはずだ。しかし、大きな声では響かないだろうがね。昔聞いたような美しい声ではないだろう。しかし当節、すべてはトリックでどうにでもなる。ラジオもあの声を再現できるだろうよ。

〝星条旗よ永遠なれ〟自体が、最後の箇所を除けば歌いやすいし」

「本当に何か投下されますかね、この街に?」

「いや。それはいままでもなかったしな」

怒りと苦悩と自信の喪失から四つ星の将軍に立ち返っていた大佐は、錠剤を服んで一時的に平静を取りもどすことができた。「それではまたな、ドメニコ」そして、〈グリッティ・ホテル〉を後にした。

約束の場所までは歩いて十二分半と踏んでいたが、レナータはおそらくすこし遅れてくるだろう。用心深く、無理のないスピードで歩いていった。どの橋もいつもと変わりなかった。

第二十四章

彼の無二の愛人は、くると約束したとおりの時刻にテーブルについていた。水浸しになった広場越しに射《さ》しこむ朝の硬質な光のなかでも、いつもどおり美しい。彼女は言った。「ねえ、リチャード、体の調子はどうお？　いつもと変わりない？」

「ああ、変わらんとも。きみも呆れるほど美しいな」

「市場では、わたしたちのお気に入りの場所を全部まわったの？」

「いや、ほんの数か所さ。野鴨《のがも》を扱っている店にも寄らなかったし」

「ありがとう」

「どういたしまして。きみと一緒の時でなきゃ、あそこにはいかないことにしている」

「あしたの鴨撃ち、わたしもいったほうがいいと思う？」

「いや、控えたほうがいい。それは断言できるな。もしアルヴァリートがきみの参加を望んでいれば、そう言っただろうからね」

「わたしにもきてほしいので、わざとはっきり言わなかったんじゃない」

「そうかもしれん」二秒ほどそれについて考えてから、大佐は言った。「朝食は何にする？」

「ここの朝食はだめよ。それに水浸しの広場は好きじゃないの。なんだか悲しくて、鳩たちも降りる場所がないし。ここにいて本当に楽しいのは、暮れ方になって子供たちが遊びはじめるときだけだもの。それより〈グリッティ〉にいって、朝食をとらない？」

「本当にそうしたいのかい？」

「ええ」

「わかった。じゃあ、あそこで朝食をとることにしよう。おれはもうすませているんだが」

「本当？」

「おれはコーヒーとホット・ロールでもとろう。それを指でもてあそんでいるさ。そっちはかなりおなかがすいてるのかい？」

「ええ、もうペコペコ」実感のこもった声だった。

「じゃあ、盛りだくさんの朝食にしようじゃないか。朝食という言葉なんぞ、聞くのもいやになるくらいに」

風を背に歩いていくと、どんな旗よりも美しくレナータの髪がひるがえる。ひしと彼にすがりついて、レナータは訊いた。「やっぱりわたしが好き、こんな朝の冷たいヴェネツィアの光のなかでも？　この光、本当に冷たくて硬くない？」

「たしかに冷たくて硬い光だが、きみを好きなのは変わらん」

「わたし、暗闇でスキーをしていたとき、一晩中あなたを愛していたんだから」

「どんなふうにスキーをするんだい？」

「それはいつもと同じ。ちがうのは、周囲が暗くて、雪も光り輝いていなくて黒ずんでいるという点ね。あなたの滑降の仕方もいつもどおりだった。よくバランスがとれていて、上手なの」

「で、一晩中すべっていたのかい？　だとすると、何度も何度も滑降できたことになるね」

「ううん。そんなことはない。その後はぐっすり眠って、朝は気持ちよく目を覚ましたの。あなたもずっと一緒にいて、赤ちゃんみたいに眠っていたわ」

「おれは一緒にはいなくて、眠ってもいなかったぞ」

「でも、いまは一緒にいるじゃない」レナータは言って、ぴったりと身を寄せてくる。

「で、ほとんど一体になっている」

「ええ、そう」

「きみを愛しているということ、きょうはちゃんと伝えられたかな？」

「ええ。でも、もう一度言って」

「おれはきみを愛している。この言葉、正面から正式に受け止めてくれ」

「それが嘘《うそ》いつわりでない限り、あなたの望むように受け止めるから」

「ああ、そうでなくてはな。きみはつくづく勇敢で、善良で、愛おしい娘だよ。この橋を登り切ったら、髪を横に向けて、はすに風を受けるようにしてみてくれないか」

本当は、斜めに、とはっきり言いたかったのだが、はすに、という表現で我慢したのだった。

「そんなの簡単よ。これでどうお？」

大佐はまじまじと横顔を見つめた。奇《くす》しき早朝の色彩に見とれ、黒いセーターを突き上げている胸のふくらみと、風に細めている目を見て、言った。「ああ、素敵だ」

「それなら嬉しい、とっても」レナータは言った。

第二十五章

〈グリッティ・ホテル〉にもどると、〝グラン・マエストロ〟が大運河を見渡す窓際《まどぎわ》のテーブルに二人を案内した。ダイニングルームには他に客は一人もいなかった。朝とあって、〝グラン・マエストロ〟はすこぶる陽気で機嫌もよさそうだった。彼は毎日のように胃潰瘍《いかいよう》の調子を確認し、心臓にも同じように対処している。胃や心臓が痛まなければ、彼の機嫌も損なわれないのだ。

「あなたのお国の痘痕《あばた》顔の紳士は、自分のホテルでベッドに入ったまま食事をするそうです。わたしの仲間が教えてくれましたよ」彼は大佐の耳に入れた。「当ホテルにはベルギー人が何人かお泊りになるようです。〝しこうして最も勇敢なるはベルギー人なり〟でしたか。それと、出身地は言わずもがなの戦争成り金《ベッシェカーニ》が二人。しかし、そのお二人、疲労困憊《こんぱい》のようですから、自分の部屋で豚のように召し上がるのではないかと」

「すぐれた情勢報告だ」大佐は言った。「問題はだな、〝グラン・マエストロ〟、痘痕面《づら》の男が現にそうしており、ペッシェカーニどもがこれからそうするように、おれも自分の部屋で朝食をすませてしまっているんだ。ところが、この若い――」

「ご婦人ですな」〝グラン・マエストロ〟は満面の笑みを浮かべてさえぎった。新しい日がはじまったばかりなので、彼はすこぶる上機嫌なのだ。

「そう、この若いご婦人は空前絶後の朝食を食べたがっているんだよ」

「わかりました」〝グラン・マエストロ〟は言って、レナータの顔を見た。とたんに彼の心臓は海中でイルカがするように宙返りをしてしまった。それは世にも美しい運動で、実際にそれを感じて成しとげられる人間はこの世に数えるほどしかいまい。

「で、何を食べたい、ドーター？」早朝の、まだ手つかずの暗い美貌《びぼう》に目を走らせて大佐は訊いた。

「なんでも」

「何かヒントをくれんかな」

「コーヒーではなく紅茶を。それと、〝グラン・マエストロ〟が寄せ集めてくれるものなら何でも」

「寄せ集めたりはしませんよ、ドーター」

「おいおい、この子を〝ドーター〟と呼べるのはおれだけだぞ」

「申し訳ありません、つい本心が出てしまいまして」〝グラン・マエストロ〟は言った。「それで朝食ですが、まずはわたしの知人が掘り当てたか、もしくはじめついた地下室で栽培されたかしたシャンピニオン添えの、腎臓《じんぞう》のグリルがございます。トリュフ添えのオムレツもございますよ。このトリュフは鼻のきく豚が掘り当てたものですが。それと、まぎれもないカナダ渡来と思われるカナディアン・ベーコンもございます」

「どこから渡来したものでもいいわ」嬉《うれ》しげに、信じ切った顔で言う。

「そうとも、どこから渡来したものでもいい」大佐が真顔で口を添えた。「本当はどこから渡来したのか、おれは知ってるがね。ま、冗談は抜きにして朝食にとりかかろうか」

「わたしも賛成。娘らしくない、なんて言われなければ」

「おれはデキャントされたヴァルポリチェッラをもらおう」

「他には？」

「問題のカナディアン・ベーコンを一食分持ってきてくれ」

二人きりになると、大佐はひとしきりレナータの顔に目を凝らした。「さて、おれの最愛の人のご機嫌はいかがかな？」

「とってもおなかがすいちゃった。でも、ここまで乱暴な口を慎んでくれてありがとう」

「なに、造作もないさ、そんなことは」大佐はイタリア語で答えた。

第二十六章

二人はテーブルについたまま、早朝の風まじりの光線に照らされた運河に目を注いだ。朝日と共に灰色の光は黄色味を帯びており、引き潮にさからって波が立ち騒いでいる。

「ママはね、ここには緑の木々が乏しいから長くは暮らせない、って言うの。だからしょっちゅう田舎にいってる」

「同じ理由で、だれもが田舎にいくんだろう」大佐は言った。「おれたちも、広々とした庭のある家が見つかったら木を植えられるさ」

「わたしが好きなのはロンバルディ・ポプラやプラタナスだけど、まだ樹木については詳しくないから」

「おれもその二つは好きだな。他にはイトスギに栗《くり》の木とか。それとトチノキなんかもいい。しかし、本物の木を見たかったら、やはりアメリカにいかなければな、ドーター。白松やポンデローサ松を見せてやりたいもんだ」

「それにははるばると海を渡らなきゃならないのよね。それで、フィリング・ステーションとかカンファト・ステーションとか、あと何とかいう場所に止まるんじゃなかった?」

「ロッジやツーリスト・キャンプだ。他に止まるところはいろいろとあるが、夜に泊まるわけじゃない」

「わたし、カンファト・ステーションに車を止めて、お金をとりだしてから言ってみたいな、〝ガソリン満タン、それとオイルをチェックしてくれ、マック〟って。ほら、アメリカのいろんな小説や映画の登場人物みたいに」

「それはカンファト・ステーションじゃない、フィリング・ステーション(ガソリン・スタンド)だ」

「じゃ、カンファト・ステーションってなあに?」

「それはほら、だれでもいきたくなる――」

「そうか、公衆トイレね」レナータはぽっと顔を赤らめた。「ごめんなさい。わたし、アメリカ語をたくさん覚えたいの。でも、きっと、あなたがイタリア語でしゃべるときみたいに、乱暴なしゃべり方をしちゃうわね」

「アメリカ語なんぞ、しゃべるのは簡単だ。西へいけばいくほどあけすけで気楽な言い回しになるしな」

〝グラン・マエストロ〟が朝食を運んできた。その香りは、皿に銀の覆《おお》いがかぶせられているため部屋中には広がらないとはいえ、しっかりと伝わってくる。炙《あぶ》ったベーコンと腎臓の匂《にお》いも、焼いたマッシュルームの暗い艶《つや》のない匂いと交わって漂ってくる。

「すごく美味《おい》しそう」レナータが言う。「ありがとう、〝グラン・マエストロ〟。わたし、アメリカ語で言ったほうがいいかしら?」大佐に訊《き》いてから、さながら短剣を突き刺すように軽く、素早く、〝グラン・マエストロ〟のほうに手を差し出して言った。

「そこに置いてくれ、兄弟。この料理《グラブ》は最高だな」

「ありがとうございます、お嬢さま」

「こういう場合は、グラブ(grub)じゃなく、チョウ(chow)って言ったほうがいいのかな?」レナータは大佐に訊いた。

「どちらでもかまわんさ」

「あなたが子供の頃、西部ではいまみたいなしゃべり方をしたの? 軍隊では、朝食のときにはどういうしゃべり方をするの?」

「コックの手で朝食が並べられる。もしくはコーヒーがつがれる。そこでコックはこう言うね、〝さっさと食いやがれ、野郎ども。さもないとばらまいてしまうぞ〟」

「わたしも田舎にいったときのために覚えておかなきゃ。ときどきわたしたち、イギリス大使とその退屈な奥さんを夕食に招くことがあるのね。こんどはわたし、夕食を告げる役目の召使に、こう呼ばわるように教えてやろう、〝さっさと食いやがれ、野郎ども。さもないと、みんなばらまいてしまうぞ〟って」

「その召使は間違いなく居場所を失うだろうな。しかし、まあ、興味深い実験にはなるだろうよ」

「ねえ、あの痘痕の男が入ってきたら、本物のアメリカ語で何か言ってやれそうなことを教えて。そしたらわたし、昔みんながやっていたように、ランデヴーでも持ちかけるふりして、彼の耳元でささやいてやるから」

「それはそのときのやつの顔つきにもよるな。もし意気消沈しているようだったら、こうささやいてやればいい、〝おい、どうしたんだ、マック。あんた、タフガイのはずだろ？〟」

「それ、すごくいい」レナータはアイダ・ルピノのセリフから学んだ声でくり返した。

「ねえ、〝グラン・マエストロ〟にもそう言ってかまわない？」

「もちろんさ。かまわんよ。おおい、〝グラン・マエストロ〟」

〝グラン・マエストロ〟がやってきて、うやうやしく上体を傾ける。

「ねえ、マック、あんた、タフガイのはずだろう?」威圧的な口調でレナータは言った。

「まことにさようで」〝グラン・マエストロ〟は応じた。「まさしく図星ですよ、ありがとうございます」

「もしあの男が入ってきて、何か食べ終わったときに話しかけたかったら、耳元にこうささやくといい、〝顎《あご》についた卵をふきとれよ、ジャック。しゃきっと立って、消えちまいな〟」

「覚えておいて、家で練習する」

「さて、この後はどうしようか?」

「あなたのお部屋にいって、あの絵を見るというのはどうお?　昼間の光の中で見ても価値があるかどうか、つまり、本当にいい絵かどうか、確認してみるの」

「よし、そうするか」大佐は答えた。

第二十七章

部屋まで上がってみると、室内はすでに片づけられていた。すこしは散らかっているだろうと思っていたので、大佐はほっとした。

「絵のそばに立ってくれ」言ってから、思い出して付け加える。「たのむ」

レナータは絵のそばに立ち、大佐が昨夜見た角度から絵に目を走らせた。

「もちろん、比較しようもないな。似ているかどうか、じゃない。それは素晴らしくよく似ているさ」

「比較する必要があったの？」レナータは訊いた。頭をすこしそらせ、肖像画と同じ黒いセーター姿で立っている。

「そりゃないとも。しかし、昨夜、それときょうの早朝、おれはこの肖像画にいろいろと話しかけたんだ、きみだと思って」

「嬉しい。じゃ、この絵もすこしは役に立ったわけね」

二人はいまベッドに横たわっていた。レナータは言った。「あなた、窓を閉めることはないの？」

「ないね。きみはどうだ？」

「雨の降るときだけは閉める。わたしたち、似ている点ってどれくらいあるのかな？」

「さあ、わからん。それを知る機会もあまりなかったしな」

「お互いに知る機会はなかったけど、わたしが知る機会は十分あったと思う」

「それできみが知ったときは、どういうことがわかった？」

「わからない。いまよりもっと人間的に向上しなくちゃとか、そういうことじゃないかな」

「なるほどな。たしかにそうあってしかるべきだ。おれはしかし、目標を限定するのがいいとは思わんが。やむなくそうしなきゃならんときもあるけれども」

「ねえ、あなたのいちばんの悲しみのもとってなあに？」

「他人の命令に従わなきゃならんこと、かな。きみはどうだ？」

「あなた」

「おれはだれかを悲しませたくはないがね。おれって男はどうしようもないろくでなしだったことはあるが、だれかを悲しませたことはなかったと思うぞ」

「でも、いまはわたしの悲しみのもとなんだもの」

「そうか。じゃあ、そういうことにしておこう」

「そういうふうに素直に聞いてくれるところが好き。けさのあなた、とても優しいのね。わたしは自分が恥ずかしいと思うことがたくさんあるの。ねえ、しっかり抱いて。で、過去を後悔するようなことは、しゃべったり考えたりしないようにしましょうよ」

「それこそはおれの数すくない特技の一つさ、ドーター」

「あなたって、それはそれは博識なんだもの。だから、余分なことは言わないでね」

「いいとも。おれが心得ているのは、猛然と進撃することと猛然と退却することだ。他に何があったかな?」

「美術のことも詳しいし、本のことや、人生についてだって」

「それは造作もないさ。絵だったら一切の偏見を抜きに眺めればいいんだし、本だったらなるべく先入観を抱かずに読めばいい。人生だったら、ただそれを生きればいいんだ」

「上着を脱がないでね、おねがい」

「わかった」

「わたしが、おねがい、って言うと、何でもしてくれるのね」

「言われなくてもしたことはあるぞ」

「毎度、ではなかったじゃない」

「たしかに」大佐は肯った。「おねがい、とは美しい言葉だ」

「おねがい、おねがい、おねがい」

「ペル・ピアチェーレ。喜んで、という意味だな。おれたち、四六時中イタリア語で話し合えればいいんだが」

「そばにだれもいなければね。英語でしゃべったほうがリアルに伝わることもあるけど。たとえば、〝愛しているよ、おれの真実無二の愛〟がそうだし」大佐の言葉をなぞってみせた。「〝玄関前の庭の最後のリラが咲いたとき〟もそうだし、〝果てしなく揺れる揺り籠から〟もそうだし、〝さっさと食いやがれ、野郎ども、さもないとばらまいちまうぞ〟もそうだし。こういう言いまわしって、他の外国語では言いたくないでしょう、リチャード」

「ああ」

「もう一度キスして、おねがい」

「おねがい、は要らんな」

「わたし自身、〝余分なおねがいのような存在〟で終わっちゃうのかも。あなたがこの世を去るのもいいことなのかもしれない。そうすれば、わたしを捨てることもできないんだから」

「そいつはちょっと荒っぽい論法だな。その美しい口の使い方に注意したほうがいいぞ」

「あなたが荒っぽくなれば、わたしも荒っぽくなるの。そうじゃない女には、なってほしくないでしょう？」

「きみにはずっといまのままでいてほしいね。そんなきみだからこそ、おれは真実、心から、この世にある限り、愛しているんだから」

「あなたってときどき、素敵なことをすごくはっきり言ってくれるの。こんなことを訊いちゃいけないのかもしれないけど、あなたと奥さんのあいだには何があったの？」

「あいつは野心的な女でね、おれはおれで家をあけることが多すぎたんだ」

「というと、あなたは職務上、家をあけなきゃならなかったのに、奥さんは野心に燃えて家を出ていったというの？」

「そのとおり」大佐は言うと、つとめてさりげない口調でつづけた。「才能は並みの高校生総代程度なのに、野心だけはナポレオンも顔負けだったのさ」

「それはそれとして」レナータは言った。「もう止《や》めましょう、その人の話は。ごめんなさい、変なことを訊いちゃって。その人、もうあなたと一緒にいられなくて悲しんでるんじゃない」

「いや。あれだけ自惚《うぬぼ》れが強い女だから、悲しんだりはしないさ。おれと結婚したのだって、陸軍筋の間でもっと名前を売りたいためだったんだから。自分の職業、自分の芸術と見なす世界で、もっといいコネをつかみたかったんだよ。ジャーナリストだったんだがね、あいつは」

「でも、ぞっとしない人種なんでしょう、ジャーナリストって？」

「そのとおり」

「でも、結婚後も仕事を辞めないとわかっている女性ジャーナリストと、どうして一緒になったの？」

「おれはずいぶんと過《あやま》ちをおかしたと、言ったはずだ」

「もっと楽しい話をしましょうよ」

「そうしよう」

「それにしても、悲しいお話ね。どうしてそんなことになってしまったの？」

「わからん。もっと詳しく話すこともできるが、やめておこう」

「そうね、そのほうがいい。でも、そんなにつらい話だとは思わなかった。もうそんなことをくり返す気はないでしょう？」

「ああ、ないよ、約束する」

「その人にはもう手紙を書いたりはしないのね？」

「もちろん」

「わたしたちのことを、あなたがその人に話して、その人がそれを材料に何か書いたりはしない？」

「絶対にないな。前に一度、いろいろなことをあいつに打ち明けたところが、あいつはそれを書く材料に使ったことがあった。しかし、それは別の国でのことだったし、それにあの女はもう死んだも同然なんだ」

「本当に？」

「フェニキア人のフィーバス*より確実に死んでいる。だが、本人はまだそれに気づいていないのさ」

「もしわたしたち二人がサン・マルコ広場にいて、その人とばったり出会ったらどうするの？」

「あいつの体を射抜くように見て、自分がもう死んでいることを覚《さと》らせてやるよ」

「嬉しい、とっても。別の女性とか思い出の女性って、まだ未熟な若い女性にとっては耐えがたい存在なんだもの」

「別の女性なんているものか」大佐は言った。その目は暗く沈んで、過去の記憶をたどっていた。「思い出の女性などというものもいないよ」

「ありがとう、すごく嬉しい。あなたの顔を見れば、本当だってわかるから。でも、おねがいだから、わたしのことをそんな目で見たり、考えたりしないで」

「じゃあ、あの女を狩りだして、高い木にでも吊《つ》るしてやろうか？」本気でそう願っているように大佐は言った。

「ううん。もう忘れましょう、その人のことは」

「ああ、忘れたよ」すると不思議なことに、あの女は事実大佐の頭からすっと消えていた。ほんの一瞬でも彼女がその部屋にいたのは事実であり、すんでに大佐をパニックに追いやりかねなかっただけに、不思議だった。こんなに不思議なこともあるのだ、といまさらながら大佐は思った。パニックの何たるかをしかと心得ている大佐にしてそう思ったのだった。

いまはもうあの女はそこにはいない。完全に、永遠に消え去った――焼灼《しょうしゃく》され、祓《はら》い清められて。正式な離婚証明書三通を含む、彼女の十一通の再分類書類と共に。

「もう忘れたよ、あの女のことは」大佐は言った。それは嘘いつわりのない真実だった。

「嬉しい、とっても。たとえ幻でも、どうしてあの人、ホテルに入れたんだろう」

「おれたちの気持ちは一つなんだ。だから、もうこれ以上この問題にはこだわらないほうがいい」

「あの人のためにわたしたち結婚できないんだから、あなたはあの人を吊るしたっていいと思う」

「あの女はもう忘却の彼方《かなた》に消えたんだ。あの女自身、鏡に映る自分を見ることがあれば、首をくくりたくなるだろうよ」

「でも、もうここにはいないのだから、これ以上の不運に見舞われないように祈ってあげなくちゃ。ただ、良きヴェネツィア人としては、この世からはもう消えてほしいけど」

「おれもそう思う」大佐は言った。「しかし、まだ消えてはいないのだから、永遠に忘れてしまおう」

「きっぱりと永遠に、ね。この言い回しでよかったのかな。スペイン語だと、パラ・シェンプレ（para siempre）ね」

「パラ・シェンプレもいいとこさ」大佐は言った。

第二十八章

二人はいま、無言のままベッドに横たわっていた。レナータの心臓の鼓動が大佐にも伝わってくる。家族のだれかの手で編まれたセーターの下の鼓動は、はっきりと感じとれた。レナータの黒髪が、彼のいいほうの腕の上にずっしりとかぶさっている。重くはない、と彼は思った。この世の何よりも軽やかだった。愛らしく静かにレナータは横たわっていて、二人が共有しているものは互いに完璧《かんぺき》に感じとれていた。大佐が優しく、餓《かつ》えたようにレナータの口にキスすると、突然静電気が走ったように、二人の思いは完璧に交わり合った。

「リチャード」レナータが言った。「わたし悲しくなっちゃう、いろいろなことを思うと」

「悲しんじゃいかん。死傷者の数は論じないほうがいいんだ、ドーター」

「もう一度言って」

「ドーター」

「これからの一週間、ずっと浸っていられるような、何か楽しい思い出を話してくれる？　わたしの教育に役立つような戦争の話でもいいし」

「戦争は抜きにしよう」

「だめ。わたしの教育のために必要なんだから」

「おれの教育のためにも必要かもしれん。機動作戦プランは別にして。そういえばあるとき、おれの部隊でこういうことがあったな。一人の将官が、どんな策を弄《ろう》したのか、敵の機動作戦プランを手に入れたんだ。で、敵のあらゆる行動を予測して完璧な対応策を講じたため、多くの優秀な同僚たちを差し置いて昇進した。それがためにおれたちは一度、こっぴどい大敗を喫してしまった。それと、週末休暇が広がったためにな」

「わたしたちもいま、週末休暇に入っているんじゃない」

「わかってる。でも、おれはたとえダウンしても、まだカウント七まで数えられるからな」

「それなのにあなたは、何であれ否定的に考えずにいられないの？」

「そうじゃない。それは要するに、おれが五十の齢《よわい》を数えていて、多少の物事に通じているためさ」

「ねえ、パリについてもっと話してくれない？　わたし、これから一週間、あなたとパリのことを考えてすごしたいから」

「パリの話は抜きにしてもらえんかな、ドーター？」

「でも、わたしもパリにいったことがあるし、いずれまた訪ねるつもり。だから知りたいのよ。パリといったら、このヴェネツィアに次いで、世界でいちばん素敵な街ですもの。頭に詰め込んでおいて役立つようなことを、ぜひ知っておきたいの」

「いずれ二人で一緒にいくことがあるだろうから、そのときに現地で教えてやろう」

「ありがとう。でも、この一週間分だけでも、いま教えて」

「前にも話したと思うが、ルクレールという軍人は高貴な生まれのやつだった。実に勇敢で、傲慢《ごうまん》で、並みはずれた野心の主でな。前にも言ったとおり、もうこの世にはいないが」

「ええ、そう話してくれたわね」

「死者を鞭打《むちう》つなかれ、というが、おれは、ある人物がこの世を去ったときこそそいつに関する真実を語るべきだと思う。おれは死者に関して、そいつの生前に面と向かって言わなかったようなことを、もう死んだからといって言ったりはしない」そして付け加えた。「絶対に」

「その人の話はやめましょう。わたしの中で、その人の仮面はもう剝《は》がれちゃっているし」

「じゃあ、どういうことが知りたいんだ？　絵になるような事柄かい？」

「ええ、おねがい。わたし、タブロイド新聞を読みすぎて、趣味が悪くなっちゃってると思うの。でも、あなたがいなくなったら、毎日ダンテを読むわ。毎朝ミサにもいくし。それで十分よね」

「昼食の前に〈ハリーズ・バー〉にも顔を出すんだな」

「そうするわ。ねえ、もっと何か華々しいことを話してくれない？」

「それより、いまはすこし眠ったほうがよくはないか？」

「でも、残された時間がわずかしかないのに、どうして眠ってなんかいられるの？　ほら、感じて」大佐がのけぞるほどに強く、レナータは彼の顎の下に頭を押しつけた。

「わかったよ、よし、話そう」

「その前にあなたの手を握らせて。わたし、ダンテを読んだり、いろんなことをするときも、この手を握っているから」

「ダンテは厭味《いやみ》なところのある人物だったようだ。ルクレールより自惚れが強かったろうし」

「そうらしいわね。でも、彼の書いたものには厭味なところはなかったんじゃない」

「それはそうだ。それを言えば、ルクレールも戦うことはできたよ。勇猛に」

「さあ、話して」

レナータの頭は大佐の胸の上にのっていた。「きみはどうして、おれの上着を脱がしたくなかったんだ？」

「ボタンの手ざわりが好きだから。いけない？」

「そんなことはあるもんか。ところで、きみの一族で戦争に参加した者は何人くらいいる？」

「だれもかも参加したわ。むかしから。商人だった者もいるし、この街の総督《ドージェ》を務めた者も何人か出ているし」

「しかし、全員武器をとって戦ったことには違いないんだね？」

「ええ、だれもかも。わたしの知る限り」

「わかった。きみの知りたいことはどんなことでも話してあげよう」

「何か絵のように眼前に浮かぶことでいいの。タブロイド紙と同等か、もっと下劣なことでも」

のかな?」

「『ドメニカ・デル・コリエーレ』とか『トリブーナ・イルストラータ』並みでいい

「もっと下劣でもいい」

「その前にキスしてくれ」

レナータは優しく、激しく、思いのたけを込めてキスした。大佐の頭からはいかなる戦闘も、絵のような情景も、奇妙な出来事も消えていた。意識にのぼるのはただレナータと、彼女の感触と、いざエクスタシーに陥ると生はいかに死に近づくか、ということだけだった。そして、エクスタシーとはいったい何だろう?　エクスタシーの階級と軍籍番号は何なのだ?　そしてレナータの黒いセーターのこの感触はどうだ?このなめらかさと悦《よろこ》び、この娘の童子《わらべ》のような奇妙なプライドと犠牲心と叡智《えいち》は、だれが創《つく》ったのか?　そう、エクスタシーこそはおまえが没入できるものかもしれないのに、おまえは代わりに眠りのもう一人の兄弟、死神を引き寄せているのだ。

死とはくだらん偶然の堆積《たいせき》の結果だ、と思う。それは没入した位置もわからない鉄片として訪れる。ときには酸鼻なかたちで訪れる。煮沸《しゃふつ》を怠った水から訪れることもあれば、しっかり引き上げなかった蚊よけブーツから訪れることもある。耳を聾《ろう》する白熱の大音響を伴って訪れることがあるかと思えば、自動火器の前触れである微《かす》かな破裂音のかたちで訪れることもある。煙を吐きつつ弧を描く手榴弾《しゅりゅうだん》、もしくは地を裂くような鋭い迫撃砲弾のかたちで訪れることもある。

おれはそいつが爆撃機の爆弾架から放たれて、あの奇妙な弧を描いて落下してくるのを見たことがある。それは車両が炸裂《さくれつ》したような金属的な爆発音を伴って訪れることもあれば、単にすべりやすい路上で滑走して訪れることもある。

たいていの人間の場合、それは愛の反面教師のようにベッドに訪れることをおれは知っている。おれはほとんど生涯を通じてそれと共に生き、それを避けることがおれの稼業《かぎょう》だった。だが、この寒い、風の吹きすさぶ朝、〈グリッティ・パレス・ホテル〉で、おれは何をこの娘に語ることができるのか？

「きみは何を知りたいんだ、ドータ－？」

「どんなことでも」

「わかった」大佐は言った。「ならば、話すことにしよう」

第二十九章

適度に硬い、メイクしたばかりのベッドに、二人は互いに脚を密着させて横たわっていた。レナータは彼の胸に頭をのせていて、彼の老いてこわばった首に黒髪が広がっていた。大佐は語りはじめた。

「おれたちの部隊はたいした抵抗にも遭《あ》わずにノルマンディーに上陸した。激しい抵抗に遭ったのは別のビーチだった。次いでおれたちは、すでにパラシュート降下していた別の部隊と合流していくつかの街を占領し、確保することになった。それからシェルブールの街を占領した。これは困難な戦闘で、かなり迅速に遂行する必要があった。このとき指揮をとったのが〝稲妻《ライトニング》ジョー〟という愛称の将軍で、きみは聞いたことがないだろうが、有能な将軍だったよ」

「つづけて。〝稲妻ジョー〟という将軍は昨日のお話にも出てきたわね」

「シェルブールを占領してからは、あらゆるものが手に入った。おれが頂戴《ちょうだい》したのは提督用の羅針盤《コンパス》だけだったが、これはちょうどその頃、祖国《くに》のチェサピーク・ベイに小さな船を一隻《せき》持っていたからでね。部隊全体では、ドイツ国防軍のスタンプの押されたコニャックを残らず押収《おうしゅう》したな。なかには、ドイツで印刷されたフランス紙幣六百万フランを懐《ふところ》に入れた連中もいた。この紙幣はつい一年前まで通用していて、五十フランで一ドルの価値があったから、経済支援部や、ときには参謀本部を通じてそれを本国に送金する方法を知っていた連中は、いまじゃ騾馬《らば》の代わりにトラクターを所有しているのが大勢いるよ。

戦闘中に物を盗むのは悪運を招くもとだし、要らざることだと思っていたから、おれ自身はコンパス以外に何一つ盗んだものはない。だが、コニャックはいくらでも飲んだし、暇なときはコンパスの修正方法などを考えたりしていたな。コンパスはおれの唯一《ゆいいつ》の友で、電話はおれの暮らしそのものだった。当時おれたちは、テキサス州内の女陰《カント》の数よりはるかに多い電話線を張りめぐらしていたのさ」

「つづけて。でも、野蛮な言葉づかいはなるべくやめて。その言葉の意味、わたしは知らないし、知りたくもないけど」

「テキサスはめっぽうでかい州だ。だからおれは、テキサスとその女性人口を一つの象徴として使ったんだがね。たとえば、〝ワイオミング州内のカントの数より多い〟

などという喩《たと》えは用をなさない。なぜなら、ワイオミング州内の女性人口は三万もない、まあ多くて五万というところだろうから。一方で、電話線の数は膨大なものだった。しょっちゅう引いては巻きあげ、また引き直す、という具合で」

「つづけて」

「じゃあ途中は飛ばして、あの敵陣突破の戦闘に移ろう」大佐は言った。「退屈だったら、そう言ってくれ」

「とんでもない、退屈だなんて」

「で、おれたちはあのろくでもない突破作戦に移ったわけだ」彼の頭はレナータの頭のほうを向いていて、語る口調は何かを講義するというより告白するような気味を帯びていた。

「第一日目は味方の爆撃機が多数飛来して、敵のレーダーを混乱させるべくクリスマス・ツリーの装飾品のようなものを投下した。攻撃は中止された。おれたちは攻撃準備を整えていたんだが、上層部の判断で中止になったんだ。それはそれで適切な判断だったと思う。最高司令部に対するおれの敬意は、豚に対するそれと大差なかったがね」

「つづけて。でも、乱暴な言葉は使わないでね」

「そのときは、まだ機が熟していなかったんだな。で、二日目になって、いよいよ攻撃を開始することになった。おれたちの従弟格《いとこ》のイギリス軍もやっと態勢を整えた。彼らときたら、いわば濡《ぬ》れたタオルに足をとられて前進もままならないような体たらくだったんだが。そして頭上にははるかな青空を制する味方の爆撃機の大群が飛来してきた。

その数たるや、その第一陣をおれたちが上空で目にしたとき、後続の爆撃隊は、英国と称される緑草で覆《おお》われた航空母艦からまだ陸続と離陸していたくらいでね。彼らの機体はきらきらと美しいまでに輝いていたな。あれは連合軍が総反撃に移ったときの塗装を剝ぎ落としたせいだったのかどうか。その辺のところはおれの記憶も定かではないのだが。

とにかく、ドーター、延々と続く爆撃機の編隊の列が、はるか東方、もう肉眼では見えない遠方まで延びているのさ。あれはまるで長大な列車みたいだった。あのとき、はるか高空を飛んでゆく彼らほど美しいものはなかった。おれはそばにいた諜報《ちょうほう》将校に、あの編隊を〝ヴァルハラ特急*〟と呼ぼうじゃないか、と言ったくらいだ。どうだい、もう飽きてきたかい？」

「ううん。わたしも〝ヴァルハラ特急〟が目に見えるような気がする。そんな大編隊は見たことないけど、アメリカの爆撃機の編隊は見たことがあるから。何度もね」

「おれたちは、本来前進を開始すべき位置から二千ヤード後退した位置にいた。この二千ヤードという距離は、攻撃する際にどんな意味を持つかわかるかな、ドータ―？」

「ううん。わかるはずないじゃない」

「そうこうするうちに、〝ヴァルハラ特急〟の先頭にいた爆撃機群が着色発煙弾を投下し、機首をひるがえして帰投していった。この発煙弾は適確に投下され、ドイツ軍陣地の位置を正確に示していた。彼らの陣地はかなり強固だったから、おれたちが目にしていたような強力且《か》つ華々しい打撃力がなければ突破することは不可能だったかもしれない。

　その後だったよ、ドータ―、〝ヴァルハラ特急〟の第二陣が、ドイツ野郎と、彼らがおれたちを阻止すべく展開していた陣地目がけて、この世にあらん限りの爆弾を投下しはじめたのは。その結果たるや、見渡す限りの大地が壮絶な大噴火をとげたようなありさまで、おれたちが拘束していた敵の捕虜たちなど、まるでマラリアにかかったかのように震えていた。彼らはドイツ軍の第六空挺《くうてい》師団の勇敢な兵士たちだったんだが、その兵士たちにしてからが抑えようとしても抑えきれんようにがくがくと震えているのさ。

その一事をとっても、あれが効果的な爆撃だったことがわかるだろう。まさしくおれたちがこの世で常に必要としているものさ。正義と力に対する恐怖で、やつらを震えさせてやらなきゃならん。

さてそれからなんだが、ドーター、きみを退屈させないために話を進めるが、そのときは風が東から吹いていた。そのため、発煙弾が発した煙がおれたちのほうになびきはじめたんだ。重爆撃機の編隊は、その煙の線に沿って爆撃していた。その煙の線が、おれたちのほうにかぶさりはじめたんだよ。で、爆撃機の編隊はドイツ野郎ども同様におれたちの頭上にも爆弾を投下しはじめたのさ。最初は重爆撃機だったが、搭乗員たちはその日地上にいるのがだれかなど、思い悩む必要はなかったんだろう。次いで、おれたちの敵陣突破を確実に掩護《えんご》するため、前線のどちら側も可能な限り無人地帯にしようとして、こんどは中型爆撃機の編隊がおれたちの頭上に飛来し、生き残っていた連中の頭上に爆弾を投下しはじめたのさ。そして〝ヴァルハラ特急〟が美しくも荘厳な銀翼を連ねてフランスのその地方からイギリス中に散在する基地目指して帰投した直後、おれたちは敵陣を突破したというわけだ」

人間に良心というものがあるなら、と大佐は胸に呟《つぶや》いた、空軍の打撃力の非情さについて、いつか思いを致してもよかろうよ。

「そのヴァルポリチェッラをグラスについでくれ」大佐は言い、思いだして付け加えた。「たのむ」

つづけて言った。「すまんね。どうか気を楽にしてくれ、ハニー・ドッグ。きみに頼まれたから、おれは話したんだぞ」

「わたし、あなたのハニー・ドッグじゃないもの。だれか別の人ね、それ」

「そのとおりだ。きみはおれの唯一無二の、最後の愛だから。これでいいだろう？ だが、こんな話をしたのは、きみにせがまれたからだぞ」

「そうよ、もっと話して。わたし、その方法さえわかれば、あなたのハニー・ドッグになりたい。でも、わたしはこの街であなたを愛している一人の娘にすぎないってこと、忘れないでほしいな」

「わかった、そういう線で、これからもいこうじゃないか。おれはきみに首ったけの男だ。さっきの語句はフィリッピンで拾ってきたんだと思う」

「でしょうね。でも、わたしはあなたの、混じりけのない恋人でいたいの」

「現にそうじゃないか。頭にはちゃんと旗が翻《ひるがえ》っているし、把手《とって》までついている」

「そんな乱暴な言い方はいや。お願いだから、本気で愛してほしい。あなた自身を傷つけずに本当のことを言ってほしい」

「もちろん、嘘《うそ》いつわりは言わないさ。それで傷つくやつがいるなら傷つけばいい。いま話した事実に興味があるなら、それを扱った立派な本を読むよりは、おれ自身の口から聞いたほうがためになるはずだ」

「でも、乱暴な言い方はしないでね。ただ本当のことを話して、しっかり抱いてほしいの。それであなたの心のしこりが消えるなら、いくらでも本当のことを話してちょうだい」

「おれは別にしこりなんぞ持っちゃいない。ただ、重爆撃機の戦術的な使い方に関しては一言あるがね。もし重爆撃機が正しく投入されるなら、それによって味方の人命が失われようと、おれに異存はないんだ。ただ、地上軍の効果的な掩護の仕方については、ピート・ケサーダ*のような見識がほしいのさ。味方を蹴飛《けと》ばすようなやつは必ずいるんだから」

「おねがい」

「もしきみが、おれのような使い古しの男と縁を切りたかったら、そういうやつが見事な対地掩護をしてくれるだろうよ」

「どういう意味だろうと、あなたは使い古しの人間なんかじゃない。わたし、本当にあなたを愛しているんだから」

「その壜《びん》から薬を二錠とってくれ。で、きみがつぐのを忘れたヴァルポリチェッラを、一杯ついでほしい。その後で、この一件の残りを話してあげよう」

「それはもう聞きたくないな。そんな必要はないし、そうするとあなたが傷つくことがわかったから。とりわけ〝ヴァルハラ特急〟の件は。わたしは審問官じゃないし、女性審問官みたいな人間でもないんですもの。それより静かに横たわって、窓の外を眺めましょうよ。で、わたしたちの大運河で起きる光景を眺めるの」

「そのほうがいいかもしれんな。だいたい、いまどきだれが過去の戦争なんかを気にするんだ？」

「あなたとわたし、かも」レナータは言って、大佐の髪を撫《な》でた。「はい、あの角瓶から取り出したお薬、二錠。それから、デキャントされたワイン。わたし、うちのワイナリーでつくられた、もっと美味しいワインを送ってあげる。すこし眠りましょう。いい子にして、しばらくこうして休んで、慈《いつく》しみ合うの。おねがい、あなたの手をここに置いて」

「いいほうの手かい、それとも悪いほうの手かな」

「悪いほうの手。わたしが大好きで、一週間ずっと頭から離れない手。あなたはあのエメラルドを持っていられるのに、わたしはこの手を持ってはいられないのよね」

「あのエメラルドは金庫に納めてある」言ってから、大佐は付け加えた。「きみの名前でな」

「ねえ、すこし眠りましょうよ。物質的なこととか、悲しみについて話すのはやめにして」

「悲しみなんぞ、くそくらえだ」大佐は目を閉じて言った。その頭はいま、彼の祖国である黒いセーターの上に軽くのっている。人間だれしも祖国を持たなきゃな、と彼は思った。いまではここがおれの祖国だ。

「ねえ、あなた、どうして大統領にならないの？」レナータが問いを向ける。「あなたなら素晴らしい大統領になれると思うけど」

「おれが大統領に？　おれは十六歳のときにモンタナの州兵になった。しかし、蝶《ちょう》ネクタイをつけたことはいままでに一度もない。いまも過去においても、男性服飾店をやって失敗したこともないしな。*つまり、大統領になる資格など一つも持ってないのさ。写真を撮る際電話帳の上にすわる必要はないとはいえ、おれは野党を率いることもできない。戦場に立たない将軍でもない。連合国遠征軍最高司令部に配属されたことすらないんだ。政界の元老になることだって、まずあるまい。それほどの歳《とし》でもないし。いまのおれたちは、ある意味、屑《くず》のような連中に支配されているも同然なんだ。

そうとも、淫売《いんばい》どもがタバコの吸い殻を突っ込んだ、飲み残しのビールのグラスの底にたまっているような連中に支配されているのさ。おれたちの国はまだきれいに掃き清められてはおらず、アマチュアのピアニストがやたらと箱を叩《たた》いているんだよ」

「わたしのアメリカ語はまだ半煮えだから、あなたの言ってることよくわからないけど、お国はひどい状態になってるみたいね。でも、怒らないで。怒るのはわたしに任せてちょうだい」

「男性服飾店をやって失敗した、とは何を指しているのかわかるかい？」

「いいえ」

「おれは男性服飾店をけなしているわけじゃない。おれの国にはいくらでもあるし、だいたい、どの町にも一軒くらいはあるしな。この世でいちばん下等な存在だ。だから、アーリントン墓地に葬《ほうむ》られる資格はある。死体さえもどしてもらえれば。後はどうするかは、遺族の選択次第だ」

「アーリントン墓地って素敵なところ？」

「さあ、わからん。まだそこに葬られたことはないし」

「あなたはどこに葬られたいの？」

「山の奥がいいな」即座に決めて、大佐は言った。「敵を破った高地なら、どこでもいい」

「だったら、グラッパにすべきね」

「砲弾に削られた丘の死角にあって、夏には牛の群れがおれの上で草を食《は》むような、そんなところがいいね」

「あそこでは牛を放牧している？」

「しているとも。夏場にいい草が生えるところでは、たいてい牛を飼っている。そして、いちばん高地に建てられた家々の娘たち、それら頑健な家々と娘たちは冬には雪に抗《さか》らい、秋には牛を下のほうに誘導してから狐《きつね》を罠《わな》にかける。牛は柱のように積み上げた干し草で養うのさ」

「で、あなたはアーリントン墓地やペール・ラシェーズ墓地や、この街の墓地には入りたくないのね？」

「この街の、あのみすぼらしい墓地なんぞにはな」

「たしかにあの墓地は、この街にいちばん相応《ふさわ》しくない場所よ。この街というか、この市にね。市を街と呼ぶの、あなたから教わったのよね。ともかくわたし、あなたが葬られたいと思うところに葬るように努めるから。そして、よかったらわたしもそこにお供するの」

「いや、それは望まんな。墓に入るというのは、人間が独りですることだ。トイレにいくときのように」

「おねがい、言葉づかいに気をつけて」

「そりゃ、おれだってきみを連れていければいいと思うさ。しかし、それはあまりにも自分本位で醜悪な行為だ」

そこで口をつぐみ、それから真剣に、だが偽悪的に考えてから言った。「いや、きみはやっぱり結婚し、五人の息子をもうけて、その子たちをみんなリチャードと名づけるんだ」

「〝獅子《しし》の心を持った〟リチャードね」レナータは即座にその場の気配を読み、持ち札を正確に計算してから余分なものは捨てて、残りの一枚で勝負に出たのだった。

「〝ダニの心を持った〟リチャードさ」大佐は言った。「だれかれかまわず悪《あ》しざまに言う、手前勝手で鼻持ちならない皮肉屋だ」

「おねがい、そんなにいじけた言い方しないで。あなたって、だれよりも自分のことを悪く言う人なんだから。でも、いいの、わたしをきつく抱いて。もう何も考えないようにしましょうよ」

彼は力いっぱいレナータを抱きしめて、何も考えないように努めた。

第三十章

二人は静かにベッドに横たわっていた。大佐は何も考えまいとした。過去幾多の場所で、幾たびも、何も考えずにすごしたように。だが、いまはそうはいかなかった。そうするには時期を失していて、思いどおりにはいかなかったのだ。ありがたいことに、二人はオセローとデズデモーナではなかった。舞台は同じでも、レナータは間違いなくあのシェイクスピア劇の主役より美しかったし、大佐はあの冗舌なムーア人と同等か、もしくはそれ以上の数の戦いを経ていた。

彼らは優秀な兵士だ、と大佐は思った。そう、あの呪《のろ》われたムーア人どもは。今世紀に入って、おれたちは何人のムーア人を殺しただろう？　アブデル・クリムと戦った最後のモロッコ戦役を勘定に入れれば、一世代以上の数は殺しているだろう。それも、一人ひとり個別に殺したうえでの数字だ。ドイツ軍のアインハイト偽装部隊を発見するまで、おれたちはドイツ野郎どもを大量に殺したものだが、そんなふうに、ムーア人を大量に殺した者はだれもいなかった。

「ドーター」と、声をかける。「おれが乱暴なしゃべり方さえしなければ、きみは本当におれの話を聞いて知識を蓄えたいと思うのかい？」

「ええ、できればそうしたい。そうすれば、その情報を分かち合えるじゃない」

「分かち合うとなると、情報量は薄っぺらになってしまうな。それよりはそっくりきみにあげるよ、ドーター。それも、目玉の部分だけを。どうせきみにはいろいろな会戦を細部にわたって理解することはできんだろうし。まあ、大半の人間はそのはずだ。が、ロンメルならできただろう。ただ、フランスの戦場では彼は表立った行動をとらなかったし、その連絡網も破壊されてしまっていた。それを行ったのは、アメリカとイギリス、両国の機動空軍部隊だ。しかし、できればおれは、一定の問題について彼と話し合ってみたかったな。敵側の人間でも、彼とエルンスト・ウーデットとなら語り合ってみたかったよ」

「とにかく、あなたの話したいことを話してくれればいいの。このヴァルポリチェッラを飲みながら。話しているうちに不愉快になったらやめてくれればいいんだし、最初から話してくれなくてもいいんだから」

「言ってみれば、おれは代替部品の大佐としてスタートを切ったのさ」大佐は慎重に説明した。「何もすることがなく、ブラブラしていて、だれか死亡したり交代させられたりした者が出ると、師団司令部にまわされるんだ。死亡する者はめったにいないが、交代はしょっちゅう起こる。優秀な者はどんどん昇進するからね。いったん事が起こると、山火事のように迅速に昇進するものなのさ」

「つづけて、おねがい。お薬を服《の》んだほうがいいんじゃない？」

「薬なんぞ、くそくらえだ。ＳＨＡＥＦ（連合国遠征軍最高司令部）もな」

「それについては、説明してもらったわね」

「きみは兵士だったらいいと思うよ、それだけ聡明《そうめい》な頭脳とずば抜けた記憶力があるんだから」

「あなたの下で戦えるなら、わたし、兵士になってもいい」

「やめたほうがいい、おれの下で戦うなんぞ。おれは用心深い男だが、運には見放されている。ナポレオンは部下の幸運を願ったが、それは正しかったな」

「わたしたちは運に恵まれていたわよね」

「ああ。幸運と悪運に」

「でも、運には恵まれていたわ」

「たしかにな。しかし、運頼みで戦うことはできん。運は、ないよりはましだがね。

運頼みで戦う者は例外なく、ナポレオンの騎兵隊のように華々しい死をとげてしまう」

「あなたはどうして騎兵隊が嫌いなの？　わたしの知ってる善良な若者たちって、ほとんどみんな、三つの優秀な騎兵連隊か、海軍に所属しているけど」

「別に嫌っているわけじゃないんだ、ドーター」大佐は言って、軽い辛口の赤ワインをすこし口に含んだ。それは親しい仲の兄弟の家に招かれたような、気のおけない味わいがした。「それは一つの見解にすぎんのさ。熟慮を重ね、彼らの能力を推し量った上で得た見解なんだ」

「騎兵隊って、そんなに頼りがいがないの？」

「無用の長物だな」言ってから、口のきき方に注意しなければならぬことを思いだして付け加えた。「いまの時代にあっては」

「毎日が幻滅なのね」

「いや、そうじゃない。毎日が新たな美しい幻想なんだ。しかし、その幻想のまやかしの部分は、切れ味のいい剃刀《かみそり》で断ち切るようにすぱっと両断できる」

「おねがい、わたしを断ち切ったりはしないでね」

「きみには剃刀も歯が立たんよ」

「ねえ、しっかり抱いてキスして。それから二人で、いま爽《さわ》やかな光を浴びている大運河を眺めるの。それから、もっとお話を聞かせてくれない？」

二人で大運河を眺めると、水面はいまたしかに爽やかな光を浴びていた。大佐はおもむろに口をひらいた。「おれが一連隊を任されたのは、一人の若手が司令官に解任されたからだった。おれはそいつが十八の頃から知っていて、もちろん、もう若手と呼べるような歳ではなかったが、そいつにとってその連隊は荷が重すぎたんだな。しかし、おれにとっては生涯にまたと望めないような素晴らしい連隊だった。その連隊を、おれは結局全滅させることになる」すぐにつづけて、「もちろん、上からの命令に従った結果だったが」

「どうやったら連隊を全滅させるようなことになるの？」

「そもそも有利な高地を奪取しようとして策を練るときは、敵に降伏勧告をするだけでもいいのだよ。すると敵はその条件を吟味して、こちらの言い分に納得すれば降伏に応じてくるだろう。職業軍人という種族はみな怜悧《れいり》なものだが、ドイツ軍の将校はみな職業軍人で愚鈍な狂信者ではなかった。するとわが方の部隊の電話が鳴って、軍団のだれかが命令を下達してくる。師団か軍団、もしくはもっと上のＳＨＡＥＦが発信元なのかもしれないが、とにかく命令が出たのだという。発端はその町の名前が新聞にのったからで、たぶん、どこかの新聞記者がスパからその町の名前を打電したのだろう。結果、敵の降伏は受け容《い》れずに力ずくでその町を奪取すべし、ということになるわけだ。その町の名前が新聞にのったという点がみそで、である以上はなんとしてでも力ずくで奪取しなければならんのさ。

その結果、谷間沿いに一個中隊の兵員の死体が並ぶことになる。一個中隊が全滅し、他の三個中隊も同様の目に遭う。戦車隊も、どれほど迅速に移動しようと叩かれる。前進も後進も可能なのに、そういう目に遭うのだ。

敵は一、二、三、四、五と狙《ねら》い撃ちする。

一台の戦車に乗り組んでいる五人のうち、たいていは三人が脱出し、ミネソタ州立大とウィスコンシン州のベロイト大のフットボールの試合でオープン・フィールドを走るランナーのように逃げ回る。どうだい、退屈かい？」

「いいえ。ローカルな話題になるとわからないけど、あなたがその気になったときに説明してくれればいいんだし。おねがい、つづけて」

「そんなこんなで、なんとか町に突入する。するとだれか男前の阿呆《あほう》が、新たな出撃任務を押しつけてくる。この命令は以前出されていたものが、そのまま破棄されずに残っていたのかもしれない。疑わしきは罰せずというから、そのとおり、古い命令が残っていたということにしておこう。これは一般論として述べているんだ。個別的な事例をあげると、民間人にはわかりにくいかもしれんからな。たとえきみでも。所詮《しょせん》、この任務はたいした役には立たんのだ、ドーター。なぜなら、そのときまでに生き残りの兵士の数は極端に減ってしまっているため、町にはもう留まっていられないからだ。実際、そのときは瓦礫《がれき》の山から兵士の死体を掘り出すか、そのまま瓦礫の中に放置するしかないからでね。この点については二通りの考え方がある。上の連中は、とにかく強襲しろ、と言う。こうして愚行が繰り返される。

こうした戦法を厳格に踏襲してきたのが、電話か書類による命令でしか人を殺したことがなく、自身襲撃されたこともないような、軍服を着た政治家どもだった。お望みなら、それはおれたちの次期大統領のような人間と思ってくれてかまわない。どう思ってくれようとかまわない。だが、彼とその配下の人間たちは一大企業のようなものので、前線のはるか後方に陣取っているため、迅速に彼らと連絡をとるには伝書鳩《でんしょばと》を用いるしかない。しかし、彼らは身の安全を守るべくそれなりの措置を講じているから、伝書鳩が飛来しても、きっと対空砲で撃ち落としてしまうだろう。撃ち落とすだけの技量があれば、だが。ともかく愚行はくり返される。その実際の有様を話してみようか」

大佐は光が揺らめいている天井を見上げた。その一部は運河の水面の反映に他ならなかった。光は奇妙な、間断のない動きをしていて、鱒《ます》の棲《す》む流れのように変化するかと思えばじっと動かず、日の移ろうがままにやはり変化している。

彼はかたわらの美しい娘に目を転じた。彼の心を焦《こ》がしてやまない、暗い、不思議な、大人びた子供のような顔。十三時三十五分までには（それは確実だ）、この顔に別れを告げなければならない。彼はもちかけた。「戦争の話はもう止《や》めにしようじゃないか、ドーター」

「おねがい」レナータは言う。「おねがい、聞かせて。そうすれば、この先一週間、ずっと思いだしていられるから」

「一週間というと、短いセンテンスだな。刑期《ジェイル・センテンス》という意味で考えるとしたら」

「あなたにはわからないのよ、十九歳の娘にとって、一週間はどんなに長く感じられるか」

「一時間がどんなに長いか思い知らされたことが、おれは何度かあるよ。二分半がどんなに長く感じられるものか、話してやってもいい」

「じゃあ、話して、おねがい」

「おれはシュネー・アイフェルの戦いと次の戦いのあいだに、パリで二日間の休暇をとったことがある。その際、一、二の人間と親しく付き合っていたおかげで、ごく内輪の、信頼できる人間だけが出席できる会合に同席する特権を得たと思ってくれ。その席上、ウォルター・ベデル・スミス大将が、後日〝ヒュルトゲンの森の戦い〟と称されることになる作戦がいかに容易かを出席者に語ったんだ。実際には、それはヒュルトゲンの森ではなかった。それは戦場のごく一部にすぎなかった。正しくはシュターツヴァルト（市有林）であって、仮にアーヘンが連合国側に占領され、ドイツ本国への進入路が切り開かれた場合、最後の決戦場としてドイツ軍最高司令部が想定していた地域だったのさ。きみには退屈じゃないかな、こういう話は」

「とんでもない。嘘じゃない限り、わたし、戦争の話で退屈したりしないもの」

「変わった娘だな、きみは」

「ええ。ずいぶん前から、自分でもそう思っている」

「じゃあ、自分も実際に戦ってみたいと思うかい？」

「できるかどうかわからないけど、もしあなたに教えてもらえるなら、試してみたいな」

「きみに教えたりはしないよ、絶対に。おれはただ、いろいろなエピソードを話してあげるだけだ」

「王たちの死にまつわる悲しい物語をね」

「いいや、王たちじゃない。だれかにGIと名づけられた兵士たちにまつわる物語さ。その言葉、おれは大嫌いだし、使われ方も気にくわん。コミックブックが大好きな男たちでな、みんな。全国各地から集められて、大半の者はいやいやながら戦地に送り込まれる。ただ全員『星条旗《スターズ・アンド・ストライプス》』という新聞を読む点では一致していた。部隊の指揮官たる者、この新聞に自分の部隊のことを書きたててもらうようでなければいかん。さもないと、指揮官として落第なんだ。おれはだいたいにおいて落第だった。新聞記者たちと親しくなろうと努めてはみたんだがね。この会合にも何人か優秀な記者が顔をそろえていた。名前まで明かすのは控えよう。うっかりして優秀なやつの名前を落としたりしたら、不公平だから。実際、名前を憶《おぼ》えていない優秀な記者が何人もいたし。それに加えて、徴兵逃れの連中もいた。金属の破片に体をこすられただけで、負傷したと言いたてるインチキな連中もいれば、ジープの事故に遭っただけでパープル・ハート勲章をせしめたような連中もいた。内部情報に通じている連中、臆《おく》病者《びょうもの》、嘘つき、泥棒、そして電話口に駆けつけるだけしか能のない連中もいた。だが、顔をそろえていない連中のなかには死者もいた。すでにかなりの数の死者が出ていたんだが、言ったとおり、この会合にはだれ一人きていなかった。だが、凛々《りり》しい制服姿の女性記者も顔をそろえていたよ」

「でも、そういう女性記者の一人と、どうして結婚することになったの？」

「ついミスを犯したのさ、前に説明したとおり」

「じゃあ、その先を話して」

「その部屋には、最盛期のわが主でさえ読み切れなかっただろう数の地図が揃《そろ》えてあった」大佐はつづけた。「大地図、準大地図、超大地図。集まった連中は全員、その地図の意味するところをわかっているような顔をしていた。ポインターを手にした若手の将校たち同様にな。ポインターというのは、地図を指して説明するのに用いる、出来損ないのビリアードのキューのような棒のことだが」

「また乱暴な言葉を使う。出来損ない、なんて、どういう意味か知らないけど」

「でたらめに切りつめた、とか、短略した、とかいう意味さ」大佐は説明した。「道具として不完全とか、性格に難がある、とか。古い言葉だ。サンスクリットの辞書なんかにはのっているかもしれん」

「先をつづけて」

「何のために？　ああも屈辱的なことを、なぜおれの口で永遠に残さなきゃならんのだ？」

「なんだったら、わたしがそれを書き残してあげる。わたし、見たり思ったりしたことを正確に書けるから。もちろん、書き間違いはするでしょうけど」

「自分で見たり思ったりしたことを正確に書き残せるなら、きみは幸運な女性だよ。ただし、この一件だけはただの一語も書き残さないでほしい」

一息ついてから、また語りはじめた。「会場は思い思いの服装の記者たちでいっぱいだった。冷笑的にかまえているやつもいれば、気負いこんでいるやつもいたな。

その連中に目を配ったり、ポインターを振りまわすために控えていたのが、ピストル好きの〝ピストル・スラッパー〟と呼ばれていた面々だ。実戦には出ないのに軍服を誇示している連中で、これ見よがしに吊《つ》り下げたピストルも衣装の一部だったんだろう。この連中、吊り下げたピストルが太ももを叩くたびに勃起《ぼっき》するようなやつらでな。しかもドーター、このピストルは骨董品《こっとうひん》ではなく本物のピストルだったんだが、実戦に際して、あれくらい的を外した武器もない、と言っていいくらいの代物《しろもの》さ。あれは、〈ハリーズ・バー〉でだれかの頭を殴るとき以外は使用を禁じたほうがいい」

「わたし、だれかを殴ろうなんて思ったこともない。たぶん、アンドレア以外は」

「アンドレアを殴りたかったら、銃身で殴るんだな。台尻《だいじり》では殴らんほうがいい。台尻では電光石火というわけにはいかんし、的もそらしがちだ。うまく当たったとしても手が血まみれになってしまう。それともう一つ。頼むからアンドレアは殴らんでくれよ。あいつはおれの友だちだから。それに、そう簡単に殴られる相手じゃない」

「それはそうね。わたしもそう思う。ね、その会合だか会議だとかについて、もっと教えて。〝ピストル・スラッパー〟なら、もうどんな連中かわかったような気がする。その会議全体について、もっと詳しく知りたいな」

「〝ピストル・スラッパー〟たちは、そのピストル愛の誇りにかけて、作戦の説明にあたる偉大な将軍の到着を待ちかまえていた。

新聞記者連は何かぶつぶつ言ったり、ささやいたりしていたし、もっと頭の冴《さ》えた連中はしかめ面《つら》をしたり、逸《はや》りたつ気持ちをおさえたりしていた。だれもがシャタークワ湖畔の講習会に臨むような折り畳み式椅子《いす》に腰かけていてな。すまん、またローカルな言葉を使ってしまった。しかし、所詮おれたちはみんなローカルな人間だからね。

そこへいよいよ将軍閣下のお出ましだ。彼は〝ピストル・スラッパー〟ではなく、立派なビジネスマンだ。エグゼクティヴ・タイプの優秀な政治屋と言っていい。なんと言っても、陸軍は当時世界最大のビジネスだったのだから。将軍は出来損ないのポインターを手にとると、いささかの迷いもなく、自信たっぷりに攻撃予定地点を示し、それを遂行する理由と、成功するに相違ない事由を説明した。問題はまったくないというわけだ」

「つづけて」レナータは言った。「ワインをつがせてちょうだい。あなたは天井の光を見ればいいわ」

「ああ、ついでくれ。おれは光を見て、つづけよう。このお高くとまったセールスマンは、と言ってもおれは彼を軽蔑《けいべつ》しているわけではなく、その多才ぶりに敬意を表して言ってるんだが、わが軍には必要なものが揃っており、不足しているものは何一つない、とも語った。当時、SHAEFなる組織は、パリ近郊のヴェルサイユという町に本拠をかまえていた。わが軍はアーヘンの東方を攻撃することになるんだが、そこはこのヴェルサイユから三百八十キロも離れていたんだ。

軍の組織が膨れ上がるのはやむを得ないとしても、もうすこし前線に近寄ってもよかったはずだ。結局、総司令部はランスまで前進するんだが、そこでもまだ最前線から二百四十キロも離れていた。それとて数か月もたってからの話でね。

大物のエグゼクティヴが現場から離れたところに身を置く必要性は、おれだって理解できる。巨大な規模の軍と、それに伴う種々の問題についても理解できる。さして困難ではない兵站《へいたん》の問題だって理解できる。しかし、歴史上、あれほど前線から後退した町で指揮をとった人間など一人もいなかった」

「その町について、話して」

「話してもいいが、きみの気持ちを傷つけるんじゃないかと思ってな」

「そんなことないわ。このヴェネツィアも古い街で、どんな時代にも戦う人たちはいたんだし。その人たちはだれよりも尊敬されていて、すこしは理解されていたと思う。気難しい人たちだってことも、わかっているし。たいていは、女性たちから見れば、退屈な人たちだけど」

「おれも退屈な男かな?」

「どう思う?」

「おれは自分自身に退屈しているんだよ、ドーター」

「そんなはずはないと思う。もしその仕事が退屈なら、生涯つづけているはずがないじゃないの、リチャード。おねがい、もう残り時間はわずかなんだから、わたしには嘘をつかないで」

「ああ、そうしよう」

「あなたは、その鬱積《うっせき》した怒りを洗い流すためにも、わたしに話したほうがいいんだって思わない?」

「ああ、話すことにするよ」

「あなたには幸せな死の恩寵《おんちょう》を保って死んでほしいと願っていること、わからない？　ああ、なんだか混乱してきちゃった。わたしをあんまり混乱させないで」

「ああ、そうするよ、ドーター」

「おねがい、もうすこしその先を話して。どんなに苦々しい気持ちを吐き出してもかまわないから」

第三十一章

「いいかい、ドーター」大佐は言った。「じゃあ、花形のお偉方や高級将校たちの話は抜きにして先に進もうか。たとえ連中がカンザス出身だとしてもな。カンザス州というところは、きみらの街の道路沿いに生えるオーセージ・オレンジよりも高く高級将校が成長するところなんだがね。このオーセージ・オレンジの実はカンザス特産で、食用には適さない。この実に手を出したやつは、カンザスっ子を除けば、おれたち実際に戦った者ぐらいだろう。おれたちはそれを毎日食った。そう、オーセージ・オレンジをな。おれたちはそれを〝K糧食〟と呼んだ。悪くはなかった。悪いのは〝C糧食〟で、まずまず食えるのは十に一つぐらいだったよ。

そうしておれたちは戦った。この話は退屈だが、ためにはなるはずだ。興味を抱く者はなかろうが、まあ話してみるとするか。

それはこんなふうに展開されるんだ――一三〇〇、レッド部隊のS-3より報告。

ホワイト部隊、定刻通り進発。レッド部隊はホワイト部隊の後尾に連結すべく待機。一三〇五（これは午後一時五分のことだよ、ドータ一、覚えておいてくれ）、ブルーS－3（S－3とは作戦将校を指すのはわかっているだろうね）報告——貴部隊の出発時刻を知らせたし。レッド部隊報告——こちらホワイト部隊の後尾に連結すべく待機中。

とまあこんな具合で、最初はどんなにたやすいか、わかるだろう。だれでも朝飯前にこなせて当然なんだ」

「でも、わたしたちだれもが歩兵隊員になれるとは限らないでしょう」低い声でレナータは言った。「優秀で真っ正直なパイロットたちを別にすれば、わたし、だれよりも歩兵を尊敬しているけれど。話をつづけて、全身を耳にして聴いてるから」

「たしかに優秀なパイロットたちは得難い存在で、それなりに尊敬されるべきだがね」

彼は天井でちらちら揺れている光を眺めた。あの大隊を失ったこと、失われた個々の兵士の顔を思い浮かべると、いまでも絶望的な気分に襲われる。あんな連隊を指揮することは、もう二度とできないだろう。あの連隊は彼がつくりあげたものではなかった。他から譲り受けたのだ。それでも、しばしのあいだ、あの連隊は彼の大きな喜びだった。が、兵士たちの二人に一人は戦死し、残った連中もほとんど深傷《ふかで》を負った。腹部に、頭部に、脚や手に。首に、背中に、幸運な尻に、不運な胸や他の部位に。樹々が裂け飛んだために、ひらけた土地なら決して傷を負わない部位に傷を負った者もいた。しかも、それらすべての傷が生涯癒《い》えることのない傷だったのだ。

「実に素晴らしい連隊だった。〝美しい連隊〟とすら呼べたのに、他者の命令に盲従した結果おれが全滅させてしまったんだ」

「でも、ひどい命令だとわかっているのに、どうして従わなきゃならないの？」

「おれたちの軍隊では、上官の命令には犬のように従わなきゃならん決まりでね。だから、いいご主人にめぐり合えればいいと、いつも願っているわけだ」

「で、どういう主人にめぐり合えたの？」

「たった二人だな、いままでのところ。おれがある階級まで昇進してからは、無難な連中と大勢知り合ったが、いい主人と呼べるのは二人しかいなかった」

「それであなたはいま、将官じゃないわけ？　あなたが将官だったら、嬉《うれ》しいんだけど」

「おれだって嬉しいさ。きみほどじゃないだろうが」

「ねえ、すこし眠らない？　眠ってくれると、嬉しいんだけど」

「そうだな」

「すこしでも眠れば、そう、眠るだけで、もろもろの後悔の念も消えるんじゃないかと思って」

「そうかもしれん。大きにすまんな」

他に何を言うことがあろうか、おのおの方よ。黙して従えば、万事上首尾というものさ。

第三十二章

「しばらく熟睡してたわ、あなた」レナータは優しく、愛情をこめてささやいた。「わたしに何かしてほしいことある？」

「いや、特にない」大佐は答えた。「気を使わせてすまんな」

それから急に虫の居所が悪くなって、付け加えた。「いいかい、ドーター、おれはだいたいが、電気椅子にすわらせられようとぐっすり眠れる人間なんだ。髪を短く刈られ、切れ目の入ったズボンをはいてすわってもな。必要に応じ、どんなときでも眠れる男さ、おれは」

「わたしはそんなふうにはなれない」レナータは眠たげに言った。「眠くなったら眠るだけ」

「素晴らしい子だ。きみくらいよく眠る娘は、そうざらにはいまい」

「それって、自慢にもならないけど」いまにも眠り込んでしまいそうな口調だった。

「そういうたちなのよね、わたしって」

「かまわん、好きなだけ眠ってくれ」

「いや。低い声で、優しくお話しして。悪いほうの手はわたしに委《ゆだ》ねて」

「悪いほうの手なんぞ、どうでもいい。この手、いつからこんなに悪くなったのか」

「悪い手よ。あなたが思っている以上に悪い手だわ。おねがい、戦闘について話して、あまり野蛮な言葉は使わずに」

「そいつはお安い任務だよ」大佐は言った。「具体的な日時は飛ばすことにしよう。天候は曇りで、場所は986342地点。当時の戦況は？　おれたちは大砲や臼砲《きゅうほう》で敵を叩いている。S-6はレッド部隊が午後五時までに攻撃を完遂させることを望んでいる、とS-3が報告する。S-6は、おれたちが猛砲撃を加えて攻撃を完遂するよう望んでいる。ホワイト部隊は、万事順調と報告してくる。A中隊は迂回《うかい》してB中隊と合流するだろうと、S-6は報告する。

　そのB中隊は敵の反撃によって最初に前進を阻《はば》まれ、独自の判断でその場に留まっている。S-6の戦闘状況もはかばかしくない。これは非公式の報告だが、S-6はさらなる砲撃の掩護を望むものの、砲兵隊には肝心の砲弾が尽きている。

　きみはそもそも何のために戦闘の実態を知りたいんだ？　おれにはよくわからん。

いや、よくわかっているのかもしれんが。戦闘の実態を知ってどうなるのか？　とりあえずは、以上のところが電話でやりとりされた実態でね、ドーター。いずれは戦場に響きわたる各種の音、流れる悪臭についても語り、きみが望むなら戦死した連中に関するエピソードも教えよう」

「わたしはあなたが教えたいと思うことを教えてもらえれば、それでいいの」

「おれは実際の戦闘がどうだったかを教えてあげよう。最高司令官のウォルター・ベデル・スミス将軍は、いまに至るもそれを知っちゃいないはずだ。まあ、おれは何度もミスをしでかす男だから、その読みも間違っているかもしれんが」

「その将軍とか、愛想がいいだけの上官のことなんか、知らずにすむのは嬉しいけど」

「地獄のこちら側では、そういう連中のことなど知る必要はないさ」きっぱりと、大佐は言った。「そういう連中が入ってこられないように、特殊部隊を派遣して地獄の門を守らせてもいい」

「なんだかダンテの言うことを聞いてるみたい」眠たげな口調で、レナータが言う。

「おれはミスター・ダンテだからな、いまこの瞬間は」

そしてしばらくのあいだ彼はダンテになり、地獄のすべての階層を描いた。それはダンテのように誤謬《ごびゅう》を伴ったが、ともかくも描いてみせた。

第三十三章

「細かい点は飛ばすことにしよう。無理もないが、きみは眠たかろうから」大佐は言って、天井に映る奇妙な光の戯《たわむ》れに、また目を凝らした。それから、かたわらの娘を眺めた。そう、これまでに出会ったどんな女性よりも美しい娘を。

目の前に現れては消える女たちを、彼は何人も見てきた。消えるとなると、彼女たちは翼あるどんなものよりも速く消えてゆく。実際、目玉商品から投げ売りの安物へと、どんな動物よりも早く堕《お》ちてしまうからな、と思う。が、この娘はおのれのペースを保って道を外すまい。オリーヴ色の肌の女性は、いちばん長く美しさを保つものだ。この顔の骨相を見るがいい。それにこの娘は素晴らしい血統を受け継いでいる。この美しさは永遠に薄れないだろう。その点、おれの国の美女の大半はソーダ・ファウンテンのウェイトレス上がりで、自分の祖父のラスト・ネームなど、シュルツとかシュリッツとかいうのでない限りは覚えちゃいない。

が、こういう物の見方は廃すべきだな、と彼は胸に独りごちた。もともとこんな思いをこの娘に打ち明けようとは考えてもいなかったし、仮にそれを聞いたところで、この娘も面白くは思わないだろう。そう、いまはひたすら眠りをむさぼる猫のように眠っているこの娘は。

「ゆっくり眠るがいい、おれの何よりも大切な愛《いと》しい娘よ。おれはそのあいだに、だれに聞かせるでもなく語ることにしよう」

レナータは彼の軽蔑《けいべつ》する悪いほうの手を依然握ったまま眠っていた。若い娘が安らかに眠るときに特有の寝息が、はっきりと伝わってくる。

大佐はそのときの戦闘の一切を語ったが、声には出さなかった。

で、おれたちはウォルター・ベデル・スミス将軍が攻撃のいかに容易かを得々と説明するのを光栄にも聞かされた後、行動を開始したんだ。参加部隊には、〝ビッグ・レッド・ワン〟ことアメリカ陸軍第一歩兵師団の名もあって、彼らは自分たちが名声を獲得するのを毫《ごう》も疑っていなかった。おれたちよりも優秀な第九歩兵師団もいた。それに加えて、下された命令は必ず果たしてきたおれたちの師団。

それからはコミックブックを読んでいる暇などなかったし、常に夜明け前に出動していたから、実際、他に何をする暇もなかった。あの大地図など投げ捨てて、師団の責務を全うする、それだけだった。

おれたちは四つ葉のクローバーのワッペンをつけていた。おれたちの師団以外の人間には何の意味もなかったが、おれたちは全員それに愛着を持っていた。それを見るたびに、おれは腹の底が熱く疼《うず》くのを覚えたものだ。それを蔦《つた》だと見なす者もいたが、そうではなく、蔦に見せかけた四つ葉のクローバーだったのだ。

命令では、おれたちは〝ビッグ・レッド・ワン〟と共に攻撃することになっていた。彼らと、カリプソの歌が得意な広報部の将校は、その趣旨を周知徹底させた。まあ、あの男は感じのいいやつだったし、自分の任務を心得ていたんだろう。

しかし、馬糞《ばふん》には参ったな、あの臭《にお》いや味が好きなやつなら別だろうが。おれは大嫌いだった。子供の頃、牛糞の堆肥《たいひ》を踏んで歩いて、そいつが足の爪先《つまさき》のあいだにこびりつくのを感じるのは好きだった。が、馬糞にはうんざりで、あれにはどうにも我慢できなかった。しかも、その臭い、おれには千ヤード先からでも嗅《か》ぎつけられたのだから。

それはともかく、おれたち三個師団は一列に並んで攻撃を開始した。しかも、敵ドイツ軍の注文通りの地点に。まあ、これ以上ウォルター・ベデル・スミス将軍のことは俎上《そじょう》にのせまい。彼は悪いやつではない。彼はただ攻撃の成果を約束し、その手法を説明しただけだ。民主主義の国にあっては、悪人は存在しないのだろう。彼はただ取り返しのつかない過《あやま》ちをおかしただけだ。それ以上でも以下でもない、と大佐は胸の中で付け加えた。

三つの師団は敵にもよく知られていたから、実際に攻撃にあたっているのがおれたちだということを覚《さと》られないよう、最後尾の隊列に至るまでワッペンは剝《は》ぎ取っていた。攻撃は三つの師団が一列に並んで実施され、後詰めの部隊は一兵たりともいなかった。それが何を意味するかは、ドーター、敢《あ》えて説明すまい。もちろん、それは不吉なことだった。そして戦場となるはずの場所は、おれは念入りに観察したのだが、第一次大戦時の激戦、パッセンダーレの戦いの場に樹木の断裂を加えた様相を示すことになりそうだった。それはあんまりだと、おれは口でも言うし、心でもそう思っている。

おれたちの右翼にいた第二十八師団は、すでに長いあいだ泥沼にはまり込んでいたから、行く手の森林がどういう危険をもたらすか、かなり正確な情報がすでに得られていた。ごく控えめに言っても、それはかんばしくない状況と言えそうだった。

次いでおれたちは、総攻撃の前に一連隊を投入するよう命じられた。それは、敵がすくなくとも一名の捕虜を手中にすることを意味しており、そうなれば、せっかく師団のワッペンを剝ぎ取っておいたことなど何の意味もなさないことになる。敵は手ぐすね引いておれたちを待ちかまえていることになる。あの四つ葉のクローバーの兵士たちを待ち受けていることになる。その兵士たちは驢馬《ろば》のように愚直に地獄に突っ込み、それから百五日にわたって死闘を繰り広げることになったのだ。概して数字なるものは民間人には何の意味も持たない。この森林では一人も見かけなかったSHAEFの連中にとってもそうだ。SHAEFの連中にとって、一連の戦闘結果は常に偶然の産物であって、先に投入された一連隊も、偶然にも全滅した。それはだれの責任でもなかった。とりわけそれを命じた人間の責任ではなかった。その人間とは地獄ですごす時間の半ばを喜んで共にしたいと思うのだが、まだ果たせていない。

おれたちはいつも地獄にいくことをあてにしていたものだが、もし地獄の代わりに、ヴァルハラのようなドイツ野郎の営む酒場に送り込まれてそこの連中とうまくやれなかったら、妙なことになっただろう。けれども、そのときはおそらくロンメルやウーデットのような連中と隅のテーブルを囲むことになっただろうから、どこにでもあるウィンター・スポーツのホテルのような雰囲気になったにちがいない。しかし、それはそれで地獄のようなものになっただろう、おれは地獄の存在など信じてはいないが。

ともあれこの連隊は、アメリカ陸軍の連隊の常で補充制度により再建された。それについては、実際に補充されて入隊した者が書いた本を読めばわかるだろうから、詳述すまい。要するに元の連隊は煮詰まるか蒸発するかして兵員は激減してしまうのだが、残った者も重傷を負うか戦死するか、発狂して性格不適格者扱いになるかして、姿を消してしまう。だが、人員輸送の困難さを考慮すれば、このシステムは論理的であり、秀逸だと言える。しかしながら、最後には死を免れた者が一定数残るのだが、彼らは戦闘の実態を熟知しており、前方の森の様相を好んでいる者は一人もいなかった。

　彼らの態度を要約すれば、このフレーズに落ち着くだろう――〝おい、おれをこけにするなよ、ジャック〟。

　そしておれ自身、軍人になってほぼ二十八年間生き残ってきていた人間だったから、そうした彼らの態度はよくわかった。だが彼らは兵士であるが故《ゆえ》に、その大半はこの森で、そしてまた、ごく無害な町に見えてその実要塞《ようさい》であった三つの町を奪った戦闘で、戦死してしまった。それらの町はおれたちを誘い込むために作られた罠《わな》だったのに、それに関する事前の情報は皆無だったのだ。この稼業《かぎょう》特有の愚劣な言いまわしをここでも使わせてもらうと、〝それは情報収集のミスだったかもしれないし、ミスではなかったのかもしれない〟ということになる。

「その連隊のことを思うと、いたたまれない気持がする」レナータが言った。いつのまにか目をさましていて、目をひらくと同時にささやいたのである。

「ああ」大佐は言った。「おれも同じ気持ちさ。あの連隊のために乾杯しよう。それからきみは、もう一度眠ってくれ。戦争はもう終わって、忘れられたんだから」

頼むから、おれは増長しているなどと思わんでくれ、ドータ－。彼は口に出さずにそう言った。愛する女はまた眠りに入っていた。この娘の眠り方は、おれから去っていったあのキャリア・ウーマンのそれとはちがう。あの女の眠り方は思い出したくなかった。覚えてはいるが、忘れたかった。あの女の眠り方は美しくなかったな、と思う。そう、この娘とはちがう。眠っているのはたしかなのに、まるで目覚めているように生気に満ちているこの娘とは。どうかぐっすり眠ってくれ。

しかし、キャリア・ウーマンをそう冷たくけなすおまえはいったい何者なのだ、とも思う。おまえ自身どんなに浅薄なキャリアを望んだことか、しかも、それを達成することにも失敗したではないか。

おれは合衆国陸軍の将官たらんとし、一度はその位についた。が、結局は失敗して、おれとは逆に成功したすべての者を悪《あ》しざまに罵《ののし》っているのだ。

が、そうした悔悟がつづいたのもそこまでだった。彼は胸に独りごちた。「ただし、おべっかづかいや、五パーセント、十パーセント、二十パーセントの手数料をとる利権屋や、実際に戦場に立って指揮をとったことなどないインチキ野郎どもなどは、どんなに悪しざまに罵ったってかまわんさ」

南北戦争のゲティスバーグの戦いでは、陸軍大学出のお偉方も何人か戦死している。が、あれはあらゆる殺戮戦《さつりくせん》のなかでも戦死者がずば抜けて多かった戦いで、両軍とも熾烈《しれつ》きわまる戦闘を演じたせいだった。

まあ、そう辛辣《しんらつ》になるな。〝ヴァルハラ特急〟が飛来した日には、マクネア将軍も誤爆で戦死しているではないか。辛辣な皮肉を飛ばすのはそれくらいにしておけ。陸軍大学出のお偉方だって相当数が現に戦死しており、それを証明する統計だってあるのだから。

しかし、辛辣な皮肉屋であればこそ、こうして重要な記憶も失わずにこられたのだからな。

この苦々しい思いは好きなだけ抱きつづければいいさ。そして、いまは静かに眠っているこの娘に語ってやるのだ。それで彼女が傷つくことはない。そうとも、これだけ愛しげ《ラヴリー》に眠っているのだから。彼は文法に外れた語法で考えることが多かったので、このときも〝ラヴリー〟という言葉を使ったのだった。

第三十四章

やすらかに眠れ、愛する者よ。きみが目覚める頃にはこの話も終わっているだろう。おれは冗談を言って、戦争の悲惨の詳細を知ろうとするきみの問いかけをはぐらかす。それから、あの黒人だかムーア人だかの小さな人形を二人で買いにいこう。そう、整った顔立ちを黒檀《こくたん》に刻み、宝石をちりばめたターバンを頭に巻いた人形をな。きみはそれを胸に留め、一杯やりに〈ハリーズ・バー〉にいこう。そこでおれたちの友人のだれが、何者が、この時刻に出歩いているか確かめようじゃないか。ランチは〈ハリーズ〉でとってもいいし、ここにもどってきてもいい。そしておれは荷づくりをする。おれたちは別れの挨拶《あいさつ》を交わし、おれはジャクスンと共にモーターボート《モトスカーフォ》に乗り込む。おれは〝グラン・マエストロ〟に何か陽気な言葉をかけ、〈騎士団〉の他のメンバーたちに手を振る。そして、十中八、九、いや、おれのいまの感じでは、十中三十になるかもしれないが、おれとこの娘はもう二度と会うことはあるまい。

馬鹿《ばか》な、と彼はだれにともなく、もちろん声をひそめて、言った。おれはこういう悲哀を多くの戦闘に先立って、たいていは秋のさなかに、そしてきまってパリを去り際《ぎわ》に、抱いてきた。おそらく、これには何の意味もないのだろうが。

いずれにせよ、おれと〝グラン・マエストロ〟とこの娘以外に、だれがそんなことを気にかけようか。そう、司令部クラスの者に限れば。けれども、おれもこの歳《とし》になれば、埒《らち》もないことは気にかけぬだけの訓練を積み、それに対応できていていいはずだ。たとえば娼婦《しょうふ》たちを品定めするときのように。この女はこれこれこういうことはしない、等々。

だが、おれたちは、中尉《ちゅうい》だろうと、大尉だろうと、少佐だろうと、大佐だろうと、将軍だろうと、死について悩むことはない。おそらくはもう一度だけそれを唇にのせ、あとは死についても、あのヒエロニムス・ボッシュが実際に描いた死神の醜悪な顔についても、知らんぷりを決め込むのだ。だがな、顔なじみの兄弟、死神よ、もしおまえが鞘《さや》を持っているなら、愛用の鎌《かま》はそれに納めておいたほうがいいぞ。でなきゃ、と、いまはまたヒュルトゲンの森のことを思いだして彼は付け加えた、その鎌なんぞ、おまえの尻《けつ》に突っ込んでおけ。

あれはパッセンダーレの戦いに樹木の断裂を加えたような様相の戦いだった、と彼は天井で揺らめく不思議な光に向かって語りかけた。それからレナータの寝姿に目を移す。これだけ熟睡していれば自分の心中の思いもこの娘を傷つけることはなかろう。視線を肖像画に移して、思った。おれの前には二つの姿勢をとっているレナータがいる。すこし横向きに仰臥《ぎょうが》しているレナータと、真正面からおれを見ているレナータ。おれはこんなに幸せな野郎なのだから、何であれ悲しんだりしたら罰が当たるというものだ。

第三十五章

戦闘第一日目に、おれたちは三人の大隊長を失った。一人は最初の二十分間に戦死し、他の二人はその後で斃《たお》れた。ジャーナリストにとって、これは単なる統計上の数字にすぎない。だが、優秀な大隊長は決して自然と木に生《な》るわけではない。あの森の根底をなしていたクリスマス・ツリーにも生ったりはしない。中隊長クラスとなると、いったい幾度くり返して失われたかわからない。が、正確な数字は調べればわかるはずだ。

彼らはジャガイモのように促成栽培でつくられるわけでもない。失われた兵士はある程度補充されたが、おれはあの当時こう思ったのを覚えている——重傷を負って死ぬしかない兵士をわざわざ後送して埋葬するよりは、倒れたその場でひと思いに射殺してしまったほうがずっと簡便だし能率的ではないのか、と。彼らを後送するにはそれだけの数の兵士とガソリンが必要だし、埋葬するにも人手を要するのだ。ならば、それらの兵士を戦闘にまわして戦死させたほうがずっと手間要らずではないか。

戦場には間断なく雪が降っていたし、でなければ雨が降ったり霧がかかったりしていた。道路には一区画に十四個もの地雷が埋められていたから、おれたちの車両が罠を回避しようとしても、別の泥濘《でいねい》深く埋まっていた新たな地雷の犠牲になって爆破された。もちろん、車両を操作していた兵士たちも同時に犠牲になったことは言うまでもない。

敵の陣地は地獄に届くほど深くモルタルで固められ、全方向が機関銃や自動火器の火線でカヴァーされる仕組みになっていた。ばかりか、前面の地面がくまなく掘り返されて水路が敷かれていたから、こちらがまんまと敵の裏をかいたつもりでも、結局、敵の術中にはまってしまう。おまけに敵は重火器で猛砲撃を加えてきたし、すくなくとも列車砲を一門備えていた。

そこは、ただそこに生きて留まろうとするだけでも至難の場所だった。しかもおれたちはくる日もくる日も、ひっきりなしに攻撃を加えていたのだ。

この戦闘についてはもう考えまい。もうたくさんだ。ただ二つのエピソードだけを思い返して、残りは頭から追い払ってしまいたい。一つはグロースハウに進出するために、是が非でも越さなければならなかった禿山《はげやま》にまつわるエピソードだ。

この攻撃を仕掛けたときは、敵の八十八ミリ砲による砲火に絶え間なくさらされていたのだが、この山の手前に小さな平地があって、そこを狙《ねら》うには曲射砲で射《う》つか、阻止射撃に頼るか、右から臼砲で射つしかなかった。後でこの一帯を掃討したときにわかったのだが、そこも敵側が臼砲でこちらを狙うには格好の地点だったのである。それでもここは、他の地点に比べればまだしも安全な場所だった。嘘《うそ》じゃない。こんな嘘はおれだって他のだれだってつけるもんじゃない。ヒュルトゲンの戦場に立った者を欺《あざむ》くことなどできやしない。おれが大佐であろうとなかろうと、嘘をつこうとして口をひらいた瞬間に見抜かれてしまうだろう。

ここでおれたちは一台のトラックに出会って、歩調をゆるめた。トラックを運転していた兵士は例によって灰色の顔をしていたが、こう話しかけてきた。「前方の路上に一人のGIの死体が横たわっているんです、大佐。で、そこを通り抜けようとする車両は、どうしてもその死体を轢《ひ》いて通らなけりゃならんのですよ。これがつづけば部隊の士気が落ちやしないかと心配なんですが」

「じゃあ、その死体をわきにどけてやろう」

で、おれたちはその死体を道路のわきにどけた。

その死体を持ちあげたときの感じ、それがどんなにぺしゃんこになっていたか、その平べったさの異様さが、おれは忘れられない。

もう一つ、忘れがたいエピソードとはこうだ。おれたちがその町を完璧《かんぺき》に、というか——他にどういう形容を用いてもいいが——最終的に、占領するに先立って、味方の空軍は大量の白燐弾《はくりんだん》を投下した。おれはそのとき初めて、炙《あぶ》り焼きにされたドイツ兵の死体をドイツの犬が食っているところを目撃した。それからすこしたって、こんどはドイツの猫が同じ死体を食っているところも見た。もともと可愛《かわい》らしい猫だったが、よほど腹をすかしていたのだろう。善良なドイツの猫が善良なドイツ兵を食らうなどとは想像もできんだろう、ドーター？ もしくは善良なドイツの犬が、白燐弾で焼かれた善良なドイツ兵の尻を食らおうとは？

こういう話はどれくらいあったのか？ それこそ無数に存在したのだが、だからといってどんな効果があったのか？ こういう話を幾千と語ろうと、戦争を防ぐことなどできはしまい。人は言うだろう、おれたちの真の敵はドイツ兵ではないし、その猫にしたってあんたやあんたの弟のゴードンを食ったわけじゃあるまい、ゴードンは太平洋で戦っていたんだから、とね。まあ、ゴードンは陸生のカニにでも食われたんだろうさ。さもなきゃ、ただ溶けてなくなったのだ。

ヒュルトゲンでは、死体はカチカチに凍ってしまう。あまりにも寒いので、赤ら顔のまま凍るのだ。何たる不思議なことか。夏にはみんな蠟人形《ろうにんぎょう》のように灰色がかった黄色い顔をしている。しかし、ひとたび厳しい冬がくると、みな赤ら顔になるのだ。

　真の兵士は仲間の死体がどんなさまになるか人に語ったりはしないものだ、と大佐は肖像画に向かって言った。そしておれは、この話にはもううんざりしている。だが、あの谷間で全滅した中隊のことはどうなのだ？　彼らについてはどうなんだ、え、職業軍人さんよ。

　彼らは死んだ。生き残ったおれは首でも吊《つ》って、足をバタつかせりゃいいのだ。さて、おれと一緒にこのヴァルポリチェッラを飲んでくれる者はいるだろうか？　おれは何時に生身のきみを起こせばいいのかな？　おれたちは連れだってあの宝石店を訪れなければならん。おれはおそらくジョークを飛ばして、この上なく陽気な話をするのだろう。

　しかし、陽気な話とはどんな話なのだ、肖像画よ？　きみなら心得ているはずだ。この世に生まれて間もないとはいえ、きみはおれよりずっと聡明《そうめい》なのだから。よし、いいだろう、肖像画の娘よ、と大佐は声をひそめて言った。この話はもう止《や》めにして、十一分後におれは生身の娘を起こす。そして一緒に街に繰りだし、陽気に語り合うことにしよう。肖像画のきみは包装してもらうためにここに残して。

おれは野蛮な言辞を弄《ろう》するつもりなどなかった。ただ不届きなジョークを飛ばしただけだ。これから先、おれは肖像画のきみと一緒に暮らすことになるのだから、決して野蛮な言葉を口にするつもりはない。願わくばな、と彼は付け加えて、ワインを一杯飲み干した。

第三十六章

肌が引き締まるように寒い、明るく晴れ渡った日だった。二人は宝石店のウィンドウの前に立って、黒檀彫りの二つの小さな黒人の人形をながめていた。いずれも頭から胴がかたどられており、まばゆい宝石で飾られている。どちらも同じような出来だな、と大佐は思った。

「どちらが好みだい、ドーター？」

「右側のがいいかな。そっちのほうが顔が素敵だと思わない？」

「どちらもいい顔をしている。昔だったら、あの黒人に命じて、きみにかしずかせたいところだ」

「いいわね。あれにしたいな。中に入って、見せてもらいましょうよ。値段を教えてもらわないと」

「よし、おれが訊《き》いてみよう」

「だめ、それはわたしに任せて。あなたが訊いたら、わたしより高く吹っ掛けられちゃう。なんと言っても、あなたはお金持ちのアメリカ人なんだから」

「エ・トワ（そういうきみは）、ランボーか？」

「あなたがヴェルレーヌを気どったら、笑っちゃうかも。どうせなら、もっと他の有名人になりましょうよ」

「されば陛下、中に入られよ。しこうして、あのろくでもない宝石を買うとしよう」

「あなた、ルイ十六世に扮《ふん》しても真に迫るのは無理だと思う」

「おれはきみと一緒に囚人護送車に乗せられても、悠然と唾《つば》を吐いてみせるぞ」

「囚人護送車や庶民の悲しみは忘れて、あの小さなお人形を買うの。それから〈ハリーズ・バー〉まで歩いていって、有名人になりましょう」

宝石店内に入ると二人は小さな黒人の人形を子細に眺め、レナータが値段を訊いた。それからしばらく早口のやりとりがつづいて、値段はかなり安くなった。が、それでもまだ大佐の手には届かなかった。

「よし、チプリアーニのところにいって、金を借りてこよう」

「ちょっと待って」レナータは言い、すぐ店員に向かって、「これを箱に入れて、チプリアーニさんのところに届けてくれない。で、この代金を払った上で預かっておいてほしいと大佐からことづかりました、と伝えてほしいの」

「かしこまりました」店員は答えた。「仰《おお》せの通りにいたします」

二人は容赦なく寒風が吹きわたる、日当たりのよい路上に出た。

「それはそうと」大佐は言った。「きみのエメラルドは、きみの名前で〈グリッティ・ホテル〉の金庫に預けてあるからな」

「あれはあなたの宝石じゃない」

「いや」頭ごなしの口調ではなく、レナータの胸に訴える勁《つよ》さをこめて大佐は言った。「人にはできることとできないことがある。それはきみもわかるだろう。きみはおれと結婚することはできないし、それはおれもわかっている。それを認めるのは業腹《ごうはら》だがね」

「いいわ、わかった。でも、幸運のおまじないとして、一つくらい受け取ってくれない」

「だめだ。それはできんね。あまりにも高価すぎる」

「あの肖像画にしたって、それなりの経費がかかってるのよ」

「それとこれとはわけがちがう」

「なるほどね」レナータは肯《うべな》った。「そうかもしれない。わかりかけてきたわ」

「おれが貧しい若者で、乗馬が達者だったら、きみから馬を贈られても素直に受け取るだろう。しかし、金ピカの自動車を受け取ることはできん、ということさ」

「うん、すごくよくわかってきた。じゃあ、この時間、どこにいったらあなたにキスしてもらえる？」

「そこの横丁はどうだ、きみの知り合いが住んでいるところでなければ」

「住んでたってかまわない。あなたにきつく抱いてキスしてもらいたいんだもの」

二人はわき道に入って、袋小路のほうに歩いていった。

「ああ、リチャード」レナータは言った。「本当に好き」

「おれもだ」

「絶対嫌いにならないでね」

「もちろん」

一陣の風にレナータの髪が吹きあおられて、大佐の首にまとわりつく。頬を撫《な》でる髪の絹のような感触を意識しつつ、彼は再度レナータにキスした。

次の瞬間、レナータは不意に、いきおいよく身を離して彼の顔を見つめた。「〈ハリーズ・バー〉にいったほうがいいと思う」

「そうだな。だれか歴史上の人物を演じてみるかい？」

「いいわね。あなたはあなたを演じ、わたしはわたしを演じるの」

「よし、そうしよう」大佐は答えた。

第三十七章

〈ハリーズ・バー〉には大佐の知らない早朝の酒飲みが数人いるきりだった。それとバーの背後で何やら商談をしている男が二人。

この店ではモン・サン・ミシェルに潮が満ちてくるのと同様の規則正しさで、馴染《なじ》み客でいっぱいになる時間帯がある。ただし、と大佐は思う、潮の満ち干は毎日、月の満ち欠けにつれて変わるのに比べ、この店の場合はグリニッジ子午線か、パリの標準メートルか、フランス軍部の恣意《しい》的な自己判断等で、混み合う時間帯が変わるのだ。

「ああして朝っぱらから飲んでるやつに、知り合いはいるかい？」大佐はレナータに訊いた。

「ううん。わたしは朝っぱらから飲んだりしないから、顔馴染みの人はいないな」

「潮が変わればやつらも掃きだされてしまうさ」

「そうではなくて、あの人たちは入ってきたときと同様、自分の意志で出ていくの」

「こんな不規則な時間にこの店にやってくるのはいやじゃないか?」

「わたしが旧家の出だからって、お高くとまっていると思っていた? わたしたちは、およそそれとは正反対の人種なの。お高くとまっているのは、あなたが口癖のように、〝だわけ《ジャーク》〟と呼ぶ連中か、派手にお金を使う新興成り金の人たちだと思う。新興成り金の人たちって、大勢見てきた?」

「ああ、見てきたね。カンザス・シティではよく見かけたな。フォート・ライリーからポロをやりにカントリー・クラブを訪れたときに」

「その人たちって、この街で見かけるのと同じくらいひどかった?」

「いや、見ていて楽しかったよ。それに、カンザス・シティのあの近辺は、実に景色が美しいんだ」

「本当? じゃあ、ぜひいってみたいな。そこにはキャンプなんかもあるの? わたしたちの泊まれるところが?」

「もちろん。しかし、おれたちが泊まるとしたら〈ミュールバーク・ホテル〉がいい。そこの客室のベッドは世界一大きいんだ。おれたちは石油成り金の億万長者のふりをしようじゃないか」

「キャディラックはどこに止めるの?」

「こんどはキャディラックになったのか？」

「そうなの。あなたがオートマ式ダイナフロウ・ドライヴ付きの大きなビュイック・ロードマスターを運転したいなら別だけど。わたし、もうヨーロッパ中をキャディラックでドライヴしてるの。そのときの記事、あなたが送ってくれた『ヴォーグ』の最新号に載ってるから」

「車を使うとしたら、一回に一台にしたほうがいいな。どれを使うにせよ、車は〈ミュールバーク・ホテル〉脇《わき》のガレージに駐《と》めるんだ」

「〈ミュールバーク〉って、そんなに豪華なの？」

「素晴らしいホテルだよ。きみは気に入るにきまってる。街を出たら、おれたちは北のセント・ジョーまでドライヴして、〈ホテル・ルビドー〉のバーで一杯やる。まあ、二杯でもいいが。それから川を渡って西に向かう。きみも運転できるんだから、交代で休めるな」

「それ、どういうこと？」

「代わる代わる運転する、ということさ」

「いまはわたしが運転してるのよ」

「退屈なところは飛ばして、チムニー・ロックからスコッツ・ブラフとトリントンに向かおう。そこをすぎると、素晴らしい風景が広がりはじめるぞ」

「わたしはロード・マップやガイドブック、それにどこで何を食べたらいいか教えてくれる本を持ってるの。それから、ＡＡＡ（アメリカ自動車協会）が出してるキャンプやホテルの案内書も」

「このドライヴに関して、きみはいろいろ計画してるのかい？」

「夜の時間はたいていそれですごしてる。あなたの送ってくれた資料を参考にして。ねえ、わたしたち、どこの運転免許証《ライセンス》をとることになるの？」

「ミズーリ州だな。車はカンザス・シティで買おう。カンザス・シティまでは飛行機でいくんだが、覚えているかい？　でなきゃ、快適きわまる汽車でいってもいい」

「アルバカーキまでは飛行機でいくんだと思っていた」

「それはまた別の機会だな」

「わたしたち、午後早めにＡＡＡのガイドブックに載ってる最上のモーテルに着くのよね。そうしたらわたし、あなたが新聞や『ライフ』や『タイム』や『ニューズウィーク』を読んでいるあいだに、お好みのドリンクをなんでもこしらえてあげるの。それからわたしは、『ヴォーグ』や『ハーパーズ・バザー』の最新号を読むのよね？」

「ああ。でも、おれたちは最後にここにもどってくるんだ」

「もちろん。わたしたちの車と一緒にね。イタリアの汽船に乗って。それも最上の汽船に乗って。そして、ジェノヴァから真っすぐここまで走ってくるの」

「途中、夜はどこかに泊まりたくないかい？」

「どうして？　一刻も早くわたしたちの家に帰りたいじゃない」

「おれたちの家はどこにあるんだろう？」

「それはいつでも決められるから大丈夫。この街には普段からあいている家がたくさんあるんだし。あなたは田舎にも住んでみたい？」

「いいね。ぜひ住もうじゃないか」

「そのときは、朝、目が覚めたころに緑の木々が見えるわよね。この旅ではどんな木々が見られるのかしら？」

「主として松だろうな。川沿いではハコヤナギ、それとアスペンだろう。秋になってアスペンが黄葉するところなど見ものだぞ」

「楽しみだわ。ワイオミングではどこに滞在するの？」

「まずシェリダンにいこう。それから先は、そのとき決めればいい」

「シェリダンって、素敵なところ？」

「素晴らしい場所だ。それから車で、あの〝ワゴンボックスの戦い〟が行われた場所までいってみよう。あの戦いについて話してあげるよ。それからビリングズに向かう途中、あの愚か者のジョージ・アームストロング・カスターが殺されたところまで車でいってみようか。現地には、あの騎兵隊の個々の隊員たちが死んだ地点に標識が立っている。あのときの戦闘の模様も説明してあげよう」

「きっとわくわくするわね。シェリダンっていうところは、たとえばマントヴァとかヴェローナとかヴィチェンツァといった街の、どれにいちばん似ているのかな?」

「そのどれにも似ていないな。すぐ山際にあるところだから。スキオみたいに」

「じゃあ、コルティナに似ている?」

「まるでちがうね。コルティナは山中の高い渓谷にある。シェリダンはすぐ山際にあるんだ。ビッグホーンまでは丘らしい丘もない。平原から急に高く聳《そび》えているのさ。クラウズ・ピークなんかも見えるぞ」

「わたしたちの車でうまく登れるのかな?」

「間違いなく登れるね。しかし、できればおれは、オートマの車では登りたくない」

「わたしだって、オートマじゃない車でも平気だわ」それから、涙ぐむまいとして背筋をしゃんと起こした。「他の何だって、楽をしないでできるもの」

「そうだ、何を飲む? まだオーダーもしていなかったぞ」

「いまは何も飲みたくない」

「とびきりドライなマティーニを二つ」大佐はバーテンに言った。「それと、冷たい水を一杯」

ポケットに手を突っ込んで薬壜《くすりびん》をとりだし、大きな錠剤を二錠、左手に揺すり落とした。それを手にしたまま、蓋《ふた》を元通りに閉める。右手の悪い人間にとっては、楽な仕事ではなかった。

「何も飲みたくないって言ったのに」

「わかってるとも、ドーター。ただ、飲んだほうがよかろうと思ってな。いやなら、カウンターに残しておけばいい。おれが飲んでもいいし。たのむ。無理強いする気などなかったんだ」

「ねえ、あの小さな黒人の人形のこと、まだ訊いてなかったわね。わたしにかしずいてくれるはずの、あの人形のこと」

「ああ。チプリアーニがやってきて、彼が肩代わりしてくれた代金をおれが返済するまでは訊きたくなかったんだ」

「そんなに何もかも厳密に考えなくちゃいけないの？」

「ああ、おれの場合はな。すまんね、ドーター」

「ねえ、ドーターって、三回つづけて言ってみて」

「イハ、フィリア、ドーター*」

「なんだか、もうここを出ていったほうがいいみたい。わたし、人に見られるのは好きだけど、いまはだれにも会いたくないから」

「黒人の人形を入れた箱なら、キャッシュ・レジスターの上にのっている」

「わかってる。すこし前から気づいていたの」

冷えたグラスについだ、氷のように冷たいマティーニを二杯、バーテンが運んできた。次いで、水も一杯運んでくる。

「おれの名前で届いた、あの小さな箱を持ってきてくれ。キャッシュ・レジスターの上にのってるやつだ」大佐はバーテンに言った。「あとで小切手を送るから、とチプリアーニに言っといてくれよ」

彼は方針を変えたのだった。

「マティーニをやらないか、ドーター？」

「そうね。わたしも方針を変えようかな」

二人はマティーニを飲んだ。その前に軽くグラスを触れ合わせたのだが、ごく軽く触れたので、触れたかどうかわからないくらいだった。

「あなたの言うとおりだった」体が温まると同時に悲しみもつかのま消えるのを覚えながら、レナータは言った。

「きみの言うことも正しかったよ」大佐は言って、二粒の錠剤を隠し持つ掌《てのひら》をまるくすぼめた。

こいつを水で服《の》むのは体裁が悪いなと思い、いましも店から出ようとする早朝の酒飲みをレナータが目で追った隙《すき》にマティーニで喉《のど》に流し込んだ。

「じゃあ、出ようか、ドータ？」

「そうね。いますぐ」

「おい」大佐はバーテンに声をかけた。「勘定を頼む。それから、あの箱の代金の小切手はあとで送るから、とチプリアーニに伝えるのを忘れんでくれ」

第三十八章

二人は〈グリッティ・ホテル〉で昼食をとった。レナータは包装を解いた小さな黒檀の黒人の人形を左の肩にピンで留めていた。長さは約三インチ。この種のアクセサリーが好きな者にとっては、とても可愛らしく目に映る。嫌いなやつは大馬鹿者だな、と大佐は思った。

待て待て、たとえ頭の中でも乱暴な言葉遣いはいかん、と自分をいましめる。グッドバイと言い交わすまでは、すべての面で上品な男でなければいかんのだ。グッドバイ、か。何たる言葉だろう。

ヴァレンタインのスローガンのようではないか。

グッドバイ。ボン・シャンス。アスタ・ラ・ビスタ。おれたちはいつも、じゃあな、くそったれ、と言って、それで通したものだが。フェアウェル (farewell) という言葉もある。これはいい言葉だ。響きもいい。フェアウェル。長いおわかれ《ロング・フェアウェル》。これならどこへでも携えていける。ちゃんと把手《とって》をつけて。

「ドーター」彼は言った。「最後に〝愛している〟と言ってから、どのくらいたっただろう？」

「テーブルについてからは、まだ言ってもらってないけど」

「じゃあ、いま言おう」

二人でホテルに入ったとき、レナータは婦人用化粧室にいって丹念に髪をくしけずっていた。そういう部屋を、彼女は嫌っていたのだが。

その際口紅を使って、彼がいちばん気に入っている口の形に整えてもいた。そして、口のラインを直しながら胸に呟《つぶや》いたのだった。考えちゃだめ。何も考えないの。絶対に悲しみを顔に出しちゃだめ。あの人は去っていこうとしているのだから。

「美しいよ、きみは」

「ありがとう。もしできれば、もしわたしでも美しくなれるなら、あなたのために美しくなりたい」

「イタリア語は美しい言葉だな」

「そうよ。ミスター・ダンテもそう思っていたんだから」

「〝グラン・マエストロ〟」大佐は言葉をかけた。「この食堂《ヴィルトシャフト》では何が食べられるんだ？」

それまで〝グラン・マエストロ〟は、優しく、妬心《としん》も抱かず、見守るともなく、二人を見守っていたのだった。

「肉料理になさいますか、それとも魚料理に？」

「きょうは土曜日だな。魚を食べる義務もない。ならば魚にしよう」

「そちらで決めていただければ何でも。お嬢さまは何になさいますか？」

「わたし、何でも気に入ってるのよ、あなたが薦めてくれるもの」

「自分で決めたらどうだ、ドーター」

「いいの。わたしより詳しい人に任せたほうがいい。わたしの料理の好みって、寄宿学校の女生徒流だから」

「お出ししたら驚かれるかもしれません」〝グラン・マエストロ〟が言う。ふっくらとした目蓋《まぶた》に灰色の眉毛《まゆげ》がかぶさった、温和な細い面立ち。それは命永らえて、それを楽しんでいる老兵の幸せそうな顔だった。

「〈騎士団〉関連では、何か新しいニュースはあるかい？」大佐は訊いた。

「実は、われらがリーダー、長老ご自身が窮地に陥っておられまして。資産のすべてを没収されてしまったんですよ。ともかく、政府が介入してきているのは確かで」

「深刻なことにならなければいいが」

「われらが長老に対する信頼は、小揺るぎもしませんよ。これよりもっと大変な暴風も乗り越えてきたお方ですから」

「われらがリーダーに乾杯」

大佐は言って、デキャントされたばかりのヴァルポリチェッラのつがれたグラスをかかげた。「彼のために杯を干してくれ、ドーター」

「あんな下品な人のために乾杯するのはいや。それに、わたしは〈騎士団〉のメンバーでもないし」

「いまはあなたもメンバーですよ」と、〝グラン・マエストロ〟。「戦争の功績によって《ポル・メリト・ディ・グエッラ》」

「じゃあ、乾杯してあげてもいい。わたし、本当に〈騎士団〉のメンバーなの？」

「はい。正式な叙任書はまだお手元に送られていませんが、わたしはここにお嬢さまを特別名誉書記に任命いたします。わが〈騎士団〉の秘義は、大佐どのが明かしてくれるでしょう。どうぞ、秘義を明かしてください、大佐どの」

「では、明かすとしよう」大佐は言った。「あの痘痕面《あばたづら》の男は近くにいないな？」

「はい。あの方は愛人を連れて外出しておられます。あのガイドブック、〝ミス・ベデカー〟と一緒に」

「わかった。ならば秘義の開示だ。きみが心得ておくべき至高の秘義はたった一つしかない。間違ったら正してくれ、〝グラン・マエストロ〟」

「どうぞ、秘義の開示を」

「それでは秘義を明かそう。いいかい、注意して聞いてくれ、ドータ-。これは至高の秘義だからな。〝愛は愛にして、愉楽は愉楽なり。しこうして金魚死すときは常に静寂をきわむ〟」

「たしかに開示されました」と、グラン・マエストロ。

「〈騎士団〉のメンバーになれて、すごく誇らしいし、嬉《うれ》しいわ。でも、なんだかこの結社って野蛮なところがあるみたいね」

「まさにそのとおり」大佐は言った。「さてと、〝グラン・マエストロ〟、おれたちは何を食べさせてもらえるのかな？　秘密めかさんで教えてくれ」

「まずはこの街流のカニのエンチラーダ。ただし、最初は冷やして甲羅に入れてお出しします。それから、大佐どのにはシタビラメ、お嬢さまにはミックスト・グリルをお出しします。野菜はどういたしましょう？」

「何でも、あるものでけっこう」

〝グラン・マエストロ〟は出ていった。大佐はレナータの顔を見てから窓外の大運河に視線を転じた。この部屋はもとバーだったのが巧妙に手を加えられてダイニングルームに改装されたのだが、ここでも光線が神秘的に射《さ》しこんで揺らめいているのに気づいた。彼はレナータに言った。「もうきみに言ったかな、ドータ、愛していると?」

「ずいぶん長いあいだ言ってもらってない。でも、とっても好きよ、あなたが」

「愛し合っている者には何が起きるのだろう?」

「二人はね、あらゆるものを共有するの。で、周囲のだれよりもずっと幸せなの。でも、それから、二人のどちらかは空虚な思いにひたされるの、永遠に」

「不躾《ぶしつけ》な物言いはしたくないが、もうすこしで感情的に言い返すところだった。たのむから、空虚な思いなど抱かんでくれ」

「そうね、そう努めてみる。でも、けさ目を覚ましたときからそう努めてきたのよ。初めて知り合ったときから、そう努めてきたわ」

「それを忘れんでくれ、ドータ」

それから、キッチンに注文を伝えてもどってきた〝グラン・マエストロ〟に向かって、「シタビラメに合わせたいんで、ヴェスヴィアス産の辛口のワイン《ヴィノ・セッコ》をボトルでたのむ。他の料理向けにはヴァルポリチェッラがあるからな」

「わたしのミックスト・グリルにも、ヴェスヴィアスのワインを合わせてかまわない？」レナータが訊く。

「レナータ、ドーター。もちろんだとも。何でも好きなものを飲むといい」

「ワインを飲むとしたら、あなたと同じものを飲みたい」

「きみの年頃だと、上質な白ワインならミックスト・グリルにも合うんだよ」

「年齢の違いなんて、なければいいのに」

「おれはあったほうがいいと思うが。ただし」と付け加えてから一瞬黙り、おもむろに口をひらいた。「いつも戦いの日のように爽やかに、バラ色でありたいな《フレーシュ・エ・ローズ・コム・オ・ジュール・ド・バタイユ》」

「それはだれの言葉？」

「まったくわからん。元帥学校《コレージュ・デ・マレショー》で学んだときに覚えたんだ。たいそう気どった名前の学校だがね。ともかくもそこを卒業したのさ。しかし、おれの蓄えた最良の知識は、敵のドイツの軍人たちから学んだ。彼らを研究し、対抗策を練ることで。彼らは最高の軍人だが、きまって、やりすぎるんだな」

「ともかく、あなたがいいと思う間柄でいたい。おねがい、愛している、と言って」

「愛しているよ。すべてはそこからはじまっているんだから。嘘じゃない」

「きょうは土曜日ね。次の土曜日はいつになるのかな?」

「次の土曜日は移動祝祭日だよ、ドーター。次の土曜日がいつになるのか、知ってる者がいたらつれてきてほしいね」

「あなたならわかるんじゃない」

「〝グラン・マエストロ〟に訊いてみよう。あの男なら知ってるだろう。おい、〝グラン・マエストロ〟、次の土曜日はいつになる?」

「いつかそのうちに《ア・パーク・ウー・ア・ラ・トリニテ》」〝グラン・マエストロ〟は言った。

「どうしておれたちを元気づけてくれる匂《にお》いが、キッチンから漂ってこないんだ?」

「風向きが逆なものですから」

そうか、と大佐は思った。風向きが逆なのだ。そして、いまも慰謝料を送っているあの女の代わりにこの娘と付き合っているおれは、何と幸せな男だろう。あの女は子供を産むこともできなかった。そのための結婚でもあったのに。だが、他人の卵管《チューブ》に難癖をつける資格など、おまえにはあるのか? おまえはせいぜいグッドリッチ・タイヤやファイアストーン・タイヤやゼネラル・タイヤのチューブにでも難癖をつけてりゃいいんだ。

雑念は捨てろ、と彼は自らに命じた。そして、ただ一途《いちず》にこの娘を愛すればいい。

この娘はいまかたわらにいて、ある限りの愛を注いでほしいと願っている。

その顔を見ると、いつもの思いがまたこみあげてきて、言葉になった。「漆黒の髪に、やるせないほど美しい顔《かんばせ》のきみ。ご機嫌はいかがかな？」

「悪くはないけど」

「おい、〝グラン・マエストロ〟」大佐は声をかけた。「おまえさんの舞台裏のキッチンから、すこしは匂いなり何なりを漂わせてくれよ、たとえ風向きが逆でも」

第三十九章

コンシェルジュの指示で、すでにポーターが電話連絡をすませていた。迎えにきたのは、最初にここに乗り付けたときと同じモーターボートだった。技術軍曹のジャクスンが、荷物と厳重に包装された肖像画と一緒にボートに乗り込んでいる。依然、強い風が吹いていた。

大佐は宿泊費の清算をすませ、しかるべきチップも渡し終えていた。ホテルのスタッフは荷物と肖像画をボートにのせ、ジャクスンを適当な位置にすわらせてから奥に引っ込んでいたのである。

「それじゃあ、ドーター」大佐は言った。

「ガレージまで乗っていっちゃだめ？」

「あそこまでいっても辛《つら》さは変わらんぞ」

「おねがい、せめてガレージまでいかせて」

「わかった。そこまではおれも口出しできん。さあ、お乗り」

二人は終始言葉を交わさなかった。風は船尾から吹いていたが、老いぼれエンジンの絞りだすスピードでは、風に追われているようには感じられなかった。

船着き場に着くと、ジャクスンが荷物をポーターに渡し、肖像画は自分で持ってボートを降りた。大佐は言った。「ここでお別れにしようか？」

「そうしなくちゃだめ？」

「そんなこともないが」

「車がまわされてくるまで、ガレージのバーにいてはいけない？」

「それだともっと辛くなるぞ」

「いいもの、辛くなったって」

大佐はジャクスンに命じた。「荷物をガレージまで運んで、おまえが車を持ってくるまで、だれかに見張らせておいてくれ。おれの銃のチェックも忘れんように。車を持ってきたら、リア・シートにスペースがあくように荷物を置いてくれ」

「わかりました、大佐どの」

「じゃあ、わたしも一緒にいけるのね？」レナータが訊く。

「いかん」

「どうして？」

「わけは知ってるだろう。きみは猟に招かれていないんだ」

「そんな意地悪言わないで」

「困ったな、ドータ―。おれはきみに辛くあたらないように、精いっぱい努めているんだ。単なる意地悪で行動できたら、ずっと楽なんだが。よし、この気のいい男にボート代を払って、あっちにいこう。木の下のベンチにすわろうじゃないか」

彼はボートのオーナーに料金を払い、いつかジープのエンジンを送ってやる、と言った件は忘れちゃいないからな、と伝えた。ただ、あまりあてにはせんでくれ、とも言い添えてから、なんとか入手できるだろう、とも付け加えた。

「なにしろ中古のエンジンだからな。それでも、あのボートにいま組み込まれているコーヒー・ポット並みのエンジンよりはずっとましなはずだ」

二人は擦り減った石の階段をのぼり、砂利石の路面を横切って木の下のベンチに腰を下ろした。

木々は黒ずんで、風に揺れていた。葉の一片もついていない。その年、木々の葉は早くから落ちて、ずっと前から丸裸になっていたのだ。

絵葉書売りの男がやってきたが、大佐は断った。「あっちへいってくれ。いまは要らんから」

決して泣くまいと決めていたのに、レナータはとうとう泣き出していた。

「なあ、ドーター」大佐は声をかけた。「いまは何を言ってもはじまらん。おれたちがいま乗り込んでいるこの〝運命〟という乗り物には、ショックを緩和するショック・アブソーバーはついてないんだ」

「もう泣かない。わたし、ヒステリーじゃないもの」

「そうとも。きみくらい愛らしく美しい女性など、この世にはいない。いつだろうと、どこだろうと、どんなところにも」

「そうだとしたら、どんな得があるというの？」

「それはそうだ。しかし、これはまぎれもない真実だよ」

「だから、どうだというの？」

「だから、おれたちは立ち上がってキスし、別れの挨拶《あいさつ》を交わすのさ」

「別れの挨拶って？」

「わからん。それはだれもが自分で考えなきゃならんことだと思うが」

「じゃあ、考えてみる」

「そう肩ひじ張ることはないよ、ドーター」

「そうね。ショック・アブソーバーのついてない車に乗ってるんですものね」

「きみは最初から囚人護送車の餌食《えじき》だったんだ」

「何かもっと優しいことを言ってくれない？」

「むりだろうな、おれには。そうあろうと努めてはきたんだが」

「おねがい、ずっとその気持ちでいて。それだけがわたしたちの希望なんだから」

「ああ、そうするよ」

二人はひしと抱き合って、夢中で互いの唇をむさぼった。大佐はレナータの手を引いて砂利石の路面を横切り、石の階段を降りていった。

「帰りはもっといいボートに乗ったほうがいい。あの老いぼれエンジンのボートは避けて」

「わたしは老いぼれエンジンのボートのほうがいいの。あなたがいやじゃなかったら」

「おれがいやがるって？　それはないな。おれはただ命令を下したり、それに従ったりするだけの人間だ。いやがったりはしない。じゃあ、お別れだ、おれの大切な、愛《いと》しい、レナータ」

「さようなら」と、レナータは言った。

第四十章

彼はいま、ヴェネト地方でブラインドとして使われる、水中に沈められた樫材《かしざい》の大《おお》樽《だる》の中にいた。ブラインドとは、ハンターが撃とうとしている対象――この場合は鴨《かも》だが――その鴨からハンターを隠すために利用される巧妙な隠れ場所のことを言う。

仲間のハンターたちとのドライヴは愉《たの》しかった。彼らとはガレージで待ち合わせ、古いオープンな炉で調理した申し分のない料理で一夕をすごした。それから三人のハンターを車の後部シートに乗せて、猟場までやってきたのだった。法螺《ほら》吹きたちはここを先途《せんど》と法螺話に花を咲かせ、真面目《まじめ》人間もそれなりに話を誇張してみせた。法螺を吹きまくる法螺吹きは花が満開の桜の木やリンゴの木のように華々しいもんだな、と大佐は思った。自分の越し方に触れない限り、彼らの話に水を差すのは野暮の骨頂だとも思う。

大佐はこれまで、並みの人間が郵便切手を収集するように、法螺吹きたちをまわりに集めてきた。とっさの思い付きに左右される場合は別として、彼は法螺吹きたちを分別したり、本気で重用したりはしなかった。彼はもっぱらその時々の法螺を聞くのを楽しんでいたのである。もちろん、そこに軍務が関わっている場合は別として。昨夜はひとわたりグラッパがまわった後、楽しい法螺がまかり通って、大佐は大いに楽しんだのだった。

部屋には囲いのない炭火の炉から煙が立ちのぼっていた。いや待て、薪《まき》がくべてあったぞ、と大佐は思った。それはともかく、法螺吹きというやつは多少の煙があったり日が沈んだときにいちばん張り切るものなのだ。

大佐自身も二度ほど法螺を吹きそうになったものの、なんとか思い止まって、話をわずかに誇張するにとどめた。そう、たしかその程度ですんだはずだ、と思う。いま眼前には、何もかもだめにする、凍結した礁湖《しょうこ》が横たわっている。だが、完全にだめにはされていなかった。

突然、どこからともなく一つがいのオナガガモが飛来して、いかなる飛行機も真似《まね》できない急降下に移った。険しい軌道を描く彼らの羽音を耳にするなり大佐は銃を振り上げて、雄を仕留めた。そいつはどんな鴨よりも激しく氷に激突して、その上に横たわった。そいつが落下する直前、大佐は、首を長く伸ばして急上昇していた雌をも仕留めていた。

そいつは雄の隣りに落下した。

これも一つの殺しに数えられるな、と思う。が、きょうび、そうじゃないものが何かあるか？　ともあれ、幸い、おれの射撃の腕はまだなまっちゃいなかった。なにが、幸い、だ、このくたばりそこないの老いぼれめ。だが、見ろ、獲物はどんどんやってくる。

ヒドリガモだった。そいつらはひと塊になって飛来したと思うと、形もなく散開した。それからまたひと塊になったところへ氷上にいた囮《おとり》の鴨が呼びかけはじめた。

もう一度旋回したところを狙《ねら》おう、と大佐は独りごちた。頭を上げちゃいかん。瞬《まばた》きさえするな。さあ、やつら、降下してきたぞ。

囮鴨の呼びかけに応じて、彼らは降下してきた。

飛行機の主翼のフラップが下向くように、彼らの翼の動きが急に止まった。次の瞬間、湖面が凍結していると気づいて、急上昇に転じた。

大佐は、いまは大佐でもなんでもなく、ただの銃手になり切って樽の中で立ち上がり、二羽を仕留めた。そいつらは大きな鴨に劣らず激しく氷面にぶつかった。

一つのファミリーのうちの二羽なら充分だな、と思う。いや、あれは本当に一つのファミリーだったのだろうか？

そのとき、背後で銃声があがった。そちらの方向には他にブラインドはないはずだった。思わず振り返って、凍結した礁湖の向こうの、菅《すげ》で覆《おお》われた岸辺に目を走らせた。

やりやがったな、と思った。

低空を進入してきていた一群のマガモが、まるで尾の先で立ち上がるように急上昇に転じていた。

一羽が落下したと思うと、二発目の銃声が響きわたった。

あのむっつりした顔の偏屈な船頭だった。そいつが、大佐のほうに接近してくるはずの鴨を狙い撃っているのだ。

どうして、いったいなぜ、あいつはこんな仕業をしてのけるんだ、と思う。

あの男が持っているショットガンは、本来、猟犬をもってしても捕らえられそうもない方角に逸走する手負いの鴨を撃つためのものなのだ。それなのに、大佐のほうに近づくはずの鴨を狙い撃つという行為は、狩猟において、最も許されざる行為と言っていい。

船頭のいる位置は遠すぎて、ここから叫んでも耳に入るまい。で、大佐は船頭のいる方角に向けて二度発砲した。

あの距離では弾丸は届くまいが、やつのやっていることをこっちは承知しているぞ、ということは知らしめてやれただろう。それにしても、これはいったいどういうことなのだ？　こんなに見事に準備された狩猟だというのに？　これほど完璧《かんぺき》に組織され、実行されている鴨撃ちに、おれは参加したことがない。生まれてこのかた、これほど楽しい狩猟をしたことはないくらいだ。それなのに。あのふざけた野郎の頭の中は、いったいどうなっているんだ？

こうして頭にくるのが体に悪いことはよくわかっている。で、いつもの薬を二錠、いまは水がないので、フラスコ瓶につめておいたゴードン・ジンで服み下した。ジンもまた体に悪いことは承知している。まあ、休憩と軽い運動以外は何をしようと体に悪いのだ。そうとも、休憩と軽い運動だ。あれもまた軽い運動だろうか？

きみ、麗《うるわ》しのレナータ、と胸に呟いた。きみがここにいて、二人用のブラインドに二人でこもり、互いの背中が軽く触れあうのが感じられたらどんなにいいだろう。おれは後ろを向いてきみを見、高空の鴨を撃ち落として自慢する。きみに当たらないようにブラインドの中に撃ち落とそうとしたりもする。たとえばこんなふうに撃ち落とすんだ、と高空の羽音を聞いて口に出した。立ち上がって後ろを向くと、首の長い一羽の美しい雄鴨が素早く羽ばたきながら海のほうに向かっている。山並みを背に飛ぶその姿は、克明に見えた。彼はそれを目でとらえ、位置を確認し、可能な限り銃を背後に引いて引き金を引いた。

雄鴨はブラインド外周の外側の氷上に墜落し、落ちた勢いで氷を割った。そのあたりの氷は囮の鴨を浮かべるためにいったん割られたのち、また薄く張っていたのである。囮の雌鴨が、横たわった雄鴨を見て氷を踏み直した。

「この雄を見るのは初めてなんだろうな」大佐は雌鴨に言った。「こいつが落ちてくるのも見えなかったんじゃないか。いや、見えたのかもしれんが、何も言わなかったな」

雄鴨は頭から先に墜落したので、頭部が氷の下にめりこんでいる。だが、胸や翼の冬季の美しい羽毛ははっきり見てとれた。

古代のメキシコ人が彼らの偶像を飾り立てるのに用いたような、全羽毛仕立てのヴェストをあの娘に贈りたいものだ、と思う。しかし、きょう獲《と》った鴨はみな市場に出すのだろうし、鴨の皮を剝《は》いで手入れする方法を心得ている者も一人もいまい。しかし、ヴェストの背中の部分に雄のマガモの羽毛を使い、前面には縦に二筋コガモの羽毛を小枝模様にあしらったら、さぞ美しいのではなかろうか。左右の胸に一筋ずつ、羽毛が降りてくるのだ。素晴らしいヴェストになる。必ずや彼女も気に入るだろう。また飛んでくるといいが、と思う。愚かな鴨が二、三羽、飛んでくるかもしれない。としたら、それに備えておかないと。だが、それきり一羽も飛んではこず、大佐は考え事をするしかなかった。

他のブラインドからも銃声は放たれることなく、ときおり海のほうで銃声が上がる程度だった。

周囲が明るくなるにつれて、鴨たちにも湖面に張った氷が見えるから、もはや飛んでこないのだろう。代わりに彼らは洋上に出て群れをつくるのだ。となれば、もう鴨撃ちは望めない。大佐はやむなく頭を使い、最初のあの思わざる椿事《ちんじ》がどうして起きたのか、探ろうとした。もとよりあんな仕打ちをされるいわれはないが、これまでも同様の事態はあるがままに受け入れ、それはそれとしていなしてきた。だが、それのよってきたる原因は、常に理解しようと努めてきた。

たとえば、以前もこういうことがあった。ある晩、レナータと二人で歩いていたとき、二人のアメリカ軍水兵にからまれたのである。彼らはレナータに向かって口笛を吹いたのだ。別にたいしたことじゃない、見逃そうと、そのときは思った。

だが、それではすまない何かがそこにはあった。彼は頭で理解するより先に、直感でそれを覚《さと》った。それは間違ってはいなかった。というのも、その二人組がこちらの肩章《けんしょう》に気づいて道路の反対側に移ればいいと願って街燈《がいとう》の下で立ち止まったのに、二人組はそれに反応しなかったからだ。

彼の両肩についていたのは、翼を広げた小さな鷲《わし》の紋章だった。それは銀の糸で刺繍《ししゅう》されて上着に縫い付けられていた。目立ちはしないものの以前からそこについていて、はっきり視認できるはずだった。

二人組の水兵は、またヒューと口笛を吹き鳴らした。

「見ていたかったら、その塀際《へいぎわ》にいるといい」大佐はレナータに言った。「さもなきゃ、目をそらしているんだな」

「あの人たち、まだ若くてすごく大柄よ」

「すぐに小さくなるさ」大佐は約束した。

それから口笛を吹いた二人組に近づいていった。

「おまえたちの憲兵はどこにいる？」と訊くと、

「そんなの知るかよ」大柄なほうの水兵が答えた。「おれはあのご婦人の顔をじっくり拝ませてもらいたいだけさ」

「きさまたちのような連中でも、名前と認識番号はあるんだろうな？」

「知るもんか、そんなもん」

もう一人の水兵が言った。「知ってたって、腰抜け大佐なんぞに言うもんか」

軍隊ずれしたやつだな、と思うと同時に、そいつにパンチを見舞った。口の達者な水兵だ。自分の権利ばかり言い立てるやつなんだろう。

それでも、目にもとまらぬ左の一発を見舞い、つづけて三発パンチをくれてからその場を離れようとした。

と、もう一人のやつ、最初に口笛を吹いた水兵が、酔っ払いにしては素早く距離を詰めてきた。大佐はそいつの口に肘打《ひじう》ちをくれ、明かりを利して、したたかな右のパンチを見舞った。その手ごたえを感じると同時にもう一人の水兵に目を走らせ、そいつは心配ないと覚った。

それから左のフックを放ち、ぐいと踏み込んで右のパンチをボディにめりこませる。最後にもう一発左のフックをくらわせておいて背後に向き直り、さっさとレナータのほうに歩いていった。その水兵の頭がガツンと舗道にぶつかる音を聞きたくなかったからだ。

念のため最初に倒した水兵のほうを見ると、口から血を流しながら、うつ伏せになって安らかに眠っている。血の色に変わりがないことを大佐は見届けた。

「これでおれの将来もおしまいだな」レナータに言った。「どんな将来かわからんが。それにしてもあいつら、妙ちくりんなズボンをはいていやがる」

「怪我《けが》はしなかった？」

「ああ、どうってことない。ずっと見ていたのかい？」

「ええ」

「明日の朝には両手が痛むだろう」何の抑揚もなく言った。「しかし、このまま立ち去ってしまえば、大ごとにはならんかもしれん。とにかく、ゆっくりと歩こう」

「そうね、本当にゆっくりと歩いて」

「そういう意味で言ったんじゃない。慌《あわ》てて立ち去ることはないと言いたかったのさ」

「これ以上ゆっくりは歩けないというくらい、ゆっくり歩きましょうよ」

　そうして二人は歩いていった。

「一つ、実験をしてみようか」

「ええ、いいわね」

「おれたちが歩くところを後ろから見ても、怖くてちぢみあがるような歩き方をするんだ」

「うん、やってみる。うまくできそうにないけど」

「じゃあ、ただゆっくりと歩くことにしよう」

「でも、あなたはどこもやられなかったの？」

「耳の後ろに、かなりいい右をくらったな。二人目の水兵が向かってきたときに」

「喧嘩《けんか》って、それくらいですむものなの？」

「運のいいときはね」

「じゃあ、運の悪いときは？」

「膝《ひざ》がガクッとくる。前のほうにか、後ろのほうにか」

「あんな喧嘩をした後でも、わたしが好き？」

「喧嘩をする前よりもっと好きだよ、何がどうあれ」

「ほんとうに？　嬉しいな。わたしね、あれを見てから、もっとあなたが好きになっちゃった。ねえ、もっとゆっくり歩いたほうがいい？」

「きみの歩き方は森に棲《す》む鹿《しか》みたいだな。狼《おおかみ》のように歩くこともあるし。悠然と歩く大きな年寄りのコヨーテに似ているときもある」

「大きな、年寄りのコヨーテって、あまりぞっとしないけど」

「いつか本物を見てごらん。きっとああなりたいと思うから。そう、きみの歩き方は、偉大な捕食動物のどれであれ、ゆっくり歩くときに似ているんだ。もちろん、きみは捕食動物ではないが」

「それは保証できるわね」

「すこし先を歩いてくれ、後ろからよく見えるように」

レナータは先に立って歩き、大佐は言った。「きみは、チャンピオンになる前のチャンピオンみたいに歩くんだな。もしきみが馬だったら、月二割の高利を払ってでも金を借りて買いとるよ」

「わたしを買う必要はないじゃないの」

「もちろん、そうだとも。そういう話をしているわけじゃなくて、きみの歩き方について話していたんだ」

「ねえ、教えて。いまの水兵さんたちはどうなるの？　いまみたいな喧嘩でわからないのはそういう点なんだけど。わたし、あの場に残って介抱してあげたほうがよかったのかな？」

「毛頭ないな、そんな必要は」大佐は断言した。「これは覚えておいてくれ――いいかい、毛頭ないんだよ、そんな必要は。あの二人、仲良く脳震盪《のうしんとう》を分け合っていればいいが。ああいう連中はとことん苦しめばいいのさ。喧嘩を引き起こした張本人なんだから。民事上の責任を問われることもない。それはみんな立証ずみでね。喧嘩について言っておきたいことはたった一つだ、レナータ」

「何だろう、教えて」

「いったん喧嘩をはじめたなら、絶対に勝つこと。肝心なのはそれだけさ。あとのことはどうでもいいと、おれの旧友のロンメル先生ものたまっている」

「あなたは本当にロンメルが好きだったの？」

「大好きだったな」

「でも、彼はあなたの敵だったんでしょうに」

「おれは敵を愛しているんだ、往々にして味方以上に。その点、海軍ときたら、戦って負けたためしがない。おれはこのことをペンタゴンと呼ばれる場所で学んだのさ、いおれがまだあの建物の正面入り口から入ることを許されていた時期に。なんなら、いまきた道をぶらぶら引き返して、あるいは大急ぎで引き返して、あの二人に訊《き》いてみてもいい」

「正直な話、リチャード、一晩でこれ以上の喧嘩に関わり合うのはもうごめん」

「おれもだよ、本音を言えば」大佐は言った。その部分は〝アンキィーオ（おれも）〟ではじまるイタリア語で言って、こうつづけた。「これから〈ハリーズ・バー〉に寄ろうじゃないか。その後できみを送っていくから」

「あなたの悪いほうの手、痛めなかったの？」

「ああ。頭に一発くらわしたときに使っただけさ。それから、ボディにもこの手でパンチを見舞ったが」

「さわってもいい？」

「ごく軽くなら」

「でも、すごく腫《は》れているじゃない」

「しかし、骨は砕けちゃいない。このての腫れは必ずひくものなんだ」

「わたしを愛している？」

「ああ。軽く腫れた両手と、全霊をこめて」

第四十一章

つまりはそういうことだったのだ。奇跡が起きたのはあの日だったか、あるいは別の日だったかもしれない。わからん、と彼は思った。偉大な奇跡が起きたのだが、それに意識的に手を貸したことはない。いや、それに逆らったこともなかっただろうが、このたわけめが。

寒気はかなりつのって、割れた氷もまた凍結していた。囮の鴨も、もう空を見上げようともしない。仲間を裏切る行為は放棄して、わが身の安全を図っているのだ。この売女《ばいた》め、と大佐は思った。が、それは言いすぎだった。それがあの雌鴨の仕事なのだから。しかし、どうして雄より雌のほうがいい声を出すと見なされているのだろう。それは心得ておいてしかるべきだ。それに、それですら真実とはかけ離れている。真実とはいったい何だ？　本当は雄のほうが雌よりいい声を放つのだから。いまはあの娘のことを考えるな。レナータのことを考えるな。考えたって何の役にも立たんのだから。おまえのためにもならんかもしれん。それに、おまえは別れを告げたんだ。なんたる別れだったことか。しかも、囚人護送車まで持ちだして。あの娘は喜んでおまえと一緒に囚人護送車にも乗り込んだだろう。それが本物の護送車であるならば。さてもせんない営為だな、と思う。愛することと別れることは。人はそれで傷つくものなのだ。

それにしても、だれがおまえにああいう娘を知る権利を与えたのか？

だれでもない、と彼は答えた。表面上はアンドレアがおれにあの娘を紹介してくれたのだ。

しかし、どうしてあの娘はおまえのようなろくでなしを愛してくれたのか？

わからん、と正直に思う。本当にわからん。

あの娘が彼を好きになったのは、彼が生涯を通じて、敵の攻撃の有無にかかわらず、朝に目覚めたとき決して悲哀を覚えることがない男だから、だった。ということを、当の彼自身、知らなかった。苦悩や悲哀に打ち沈んだことはもちろんある。が、朝に目覚めて悲しかったことが彼は一度もなかった。

そういう人間はまずいない。が、あの娘はあの若さでも、彼と知り合ったとき、すぐにそれと覚ったのだ。

いま、あの娘は自宅で眠っている、と大佐は思った。そうであってしかるべきで、囮の鴨さえ凍え上がっているときに、こんな、ろくでもないブラインドなんかにいるべきではないのだ。

それでも、もしこれが二人用のブラインドで、あの娘がここにいてくれたなら、と痛切に思う。そして、鴨が一列になって飛来したとき、あの娘に西のほうを向かせてやることができたら、どんなにか素晴らしいだろう。そのときあの娘の躰《からだ》が十分にあたたまっていたなら、言うことはない。そのためには、だれも売りに出そうとしない本物のダウン・ジャケットを、だれかからなんとか譲ってもらうという手もある。そう、以前政府が誤って空軍に配布したようなやつを。

あのキルトのつくり方を調べて、ここで獲った鴨のダウンでジャケットに仕立てることだって可能なはずだ。だれか腕のいい仕立て屋に裁断してもらえばいい。胸の部分をダブルにして右側にポケットをもうけず、銃の台尻《だいじり》が引っ掛からないようにシャモアの銃当てをそこに縫い込めばいい。

よし、やってやるぞ、と彼は胸に呟《つぶや》いた。なんとかこしらえてやる。さもなきゃだれか頓馬《とんま》なやつからダウン・ジャケットをかっぱらって、あの娘に合うように仕立て直せばいい。それから、程度のいい猟銃、〝パーディ12〟も与えてやりたい、あまり軽すぎないやつを。もしくは〝ボス〟の上下二連銃でもいい。とにかく、あの娘にはあの娘にふさわしい銃を持たせてやりたい。まあ、〝パーディ〟の二連発銃などがうってつけだろう。

そのとき、空を打つ軽い羽音が聞こえて、彼は空を見上げた。が、飛んでいる位置があまりにも高すぎて、ただ目で追うしかなかった。あれだけ高い位置にいれば、この大樽も、その中にいる自分も、凍りついたデコイや元気のない囮の雌鴨の姿も目に留まるだろう。雌鴨のほうでも彼らに気づいて、仲間を裏切る自分の使命に忠実にクワッと大きな声で啼《な》いた。高空の鴨はオナガガモだったが、そのまま海のほうに飛び去っていった。

あの娘も言ったとおり、おれはあの娘に贈りものをしたことがない、と思う。あの小さな黒檀《こくたん》の人形があるが、あれは贈り物には当てはまらない。彼女が選んで、おれが買ってあげただけだ。とても贈り物と呼べるような行為ではない。

おれがあの娘に与えてやりたいのは、いかなる危険とも無縁な安心の境地だが、そんなものはもはやこの世には存在しない。おれの愛のすべて、と言っても、そこにはどんな価値があるか。おれの世俗的な財産のすべて、と言ってもほとんどないに等しく、せいぜい高性能なショットガン二挺《ちょう》、軍服、感状付きの勲章類、それに何冊かの書籍くらいだ。それと、退役陸軍大佐の恩給か。

わが世俗的財産のすべてを汝《なんじ》に与えよう、と彼は思った。

そしてあの娘はおれに愛と、数点の宝石と、肖像画を贈ってくれた。宝石は返却したが、あの肖像画もその気ならいつでも返却できる。ヴァージニア軍事学校からもらった指輪もおれはあの娘に与えられたはずだが、あれはどこで失《な》くしてしまったのか。あの娘は小バッジ付きの殊勲十字章だの、二個の銀星章その他のガラクタなどは欲しがるまい。彼女自身の国の勲章や、フランス、ベルギーなどの勲章、まがい物の勲章なども。あんなのは病的な代物《しろもの》だ。

やはり、おれの愛を贈るという手しかなさそうだ。けれども、それはいったいどうやって送ればいいものか？　それに、その新鮮さを保つにはどうすればいい？　まさかドライ・アイスに詰めるわけにもいくまい。

いや、ひょっとすると、それも可能かもしれん。調べてみなければ。しかし、あの老人に約束したジープのエンジンは、どうやって手に入れたものか？

解決法を探ってみろ。解決法を探るのが、おまえの得意技だったではないか。そう、敵の猛砲撃を浴びているさなかにも解決法を探るのが、と彼は付け加えた。

こんどの鴨撃ちを台無しにした、あのふざけた船頭がライフルを持っていて、おれの手元にもライフルがあればいいのだが。どっちが解決法を探り当てたか、たちどころにわかるだろう。たとえ不自由な大樽の中に閉じ込められていても。おれを仕留めるには、やつのほうから接近してくることになるはずだ。

しかし、待て、と彼は独りごちた。レナータのことを考えろ。おまえは二度とだれかを殺してはならぬ。そう、この先二度と。

おまえはだれにそんな誓約を聞かせようとしているんだ、と自問する。晴れてクリスチャンにでもなるつもりなのか、おまえは？　本気でそう試みてみる、という手もなくはない。クリスチャンになったほうが、あの娘にもいっそう好かれるかもしれん。いや、果たしてそうだろうか？　わからん、と彼は率直に思った。誓って言うが、おれにはわからん。

もしかすると、人生の終わりにさしかかる頃になって、おれはクリスチャンになるかもしれん。ああ、その可能性は十分にある。どっちに転ぶか、賭《か》けたいやつはいるか？

「どうだ、おまえは賭けてみるか？」囮の鴨に向かって、訊いた。が、鴨のほうは彼の背後の空を見上げて、クワックワッと小さく啼きはじめたところだった。

上空の鴨の一団ははるか高みにいて、旋回しようともしない。一度下を見下ろしただけで、はるか洋上に向かって飛び去った。

やつら、きっとあっちの洋上で群れ集っているのだろう、と思う。いまごろは平底船にのった猟師がこっそりと忍び寄っているにちがいない。鴨の群れは風下にいるだろうから、だれかが忍び寄っているのは確実だ。そいつが銃弾を放てば、こっちに舞いもどってくる鴨もいるかもしれん。しかし、こんなに湖面が凍ってしまっているのでは、馬鹿《ばか》みたいにいつまでもここに留まるよりは、いっそ引き上げたほうがよさそうだ。

おれはもう十分に猟をしてきたし、おれの実力並み、もしくはそれ以上の猟果をあげてきた。実力以上の猟果だと？　この地でおれ以上に射撃がうまいのはアルヴァリートくらいで、彼はまだ年若だから撃ち方も速い。おまえが今回上げた猟果は、おまえより劣るかほぼ互角の銃手のそれより下回っているのではないか。

ああ、それはわかっているし、その理由もわかっている。おれたちはもう数を目安にはしないし、戦術教本も投げ捨てたんだ、覚えているだろう？

彼は思いだした。あのアルデンヌの森での戦闘中、戦争でよくある奇跡的な偶然の働きで、いちばんの親友とめぐり合ったときのことを。二人はそのとき、敵を追撃中だった。

時は初秋で、場所は砂まじりの小道や道路の走る高地。周囲一帯、松や樫の木が生えていた。しめった砂には、敵の戦車や半軌道車の轍《わだち》がくっきりと刻まれていた。前日は雨だったがその日は晴天で視界もよく、なだらかにうねる高地のはるか先まてよく見通せた。彼と親友は狩猟の最中のように双眼鏡で丹念に前方を偵察していた。当時は将官で師団長補佐でもあった大佐は、追跡している敵の個々の無限軌道車の轍を見分けることができた。敵の車両がいつ地雷を使い果たしたか、まだ何個くらい残しているかも察知できた。ジークフリート線に到達するに先立って、どこで戦闘を強いられるかの見当もついていた。その二つの地点のどちらで戦闘を回避し、目指す地点へ急行すべきかもわきまえていた。

「おれたち、高い位の兵士としては、かなり前線にきてしまっているようだな、ジョージ」彼は親友に言った。

「最先端の先に出てしまっているようですね、将軍」

「それはかまわん。戦術教本など投げ捨てて、力押しに押していこう」

「大賛成ですよ、将軍。あの教本はわたしが書いたんですから」彼の親友は応じた。

「しかし、敵があそこに何らかの戦力を残していたらどうします?」

敵が死守して当然の場所を彼は指さした。

「いや、それはないな。おっかなびっくりの銃撃戦を演じられる程度の兵力すら、敵にはもう残っていないはずだ」

「判断ミスとわかるまでは、だれもが自分を信じるもんですがね」親友は言って、「将軍」と付け加えた。

「いや、おれは間違っちゃいない」大佐は言った。そのとおりだった。ただし、適切な戦況判断力を生かすにあたって、彼は、軍事作戦を規制するとされるジュネーヴ条約の精神を完璧に呑《の》み込んでいるとは言えなかったが。

「よし、一気に追撃しましょう」親友は言った。

「おれたちの足を引っ張るものは何もないし、敵はあの二つの地点のどちらでも本気で踏みとどまる気はないはずだ。それは断言できるね。これはドイツ兵から聴取した情報ではない。おれの頭で判断しているんだ」

彼はもう一度周囲の山野を見渡し、木々を吹き抜ける風音を聞き、ブーツに踏みしだかれたヒースの香りをかいだ。そしてもう一度濡《ぬ》れた地面に刻まれた轍を見た。そこでこの話は終わる。

あの娘はこの話を気に入ってくれるかな、と彼は思った。いや。これではおれが目立ちすぎる。ただ、だれか別の人間がこの話をあの娘に語ってくれて、等身大のおれの姿を浮き彫りにしてくれればいいのだが。ジョージはこの話を語ることはできない。語る資格のある者は彼だけだが、彼が語ることはできない。どうしたって、それは無理だ。

あの当時、おれの判断の九割五分は正しかった。戦争のような単純な分野においても、九割五分はすごい打率だ。しかし、残る五分の判断ミスは、とんでもない事態を引き起こしかねない。

それについては決してきみには語るまい、ドーター。それはおれの心臓が舞台裏で発する雑音のようなものだ。おれのだらしのない心臓。このろくでなしの心臓は、ペースをきっちり守ることもできん。

いや、守れるかもしれんさ、と彼は思い直し、いつもの錠剤を二錠、ジンで服《の》み下してから灰色の氷面を見渡した。

これからあの不機嫌な船頭を呼び寄せて獲物を拾わせ、農家へ——いや、ロッジと呼ぶべきなのか——ともかく、そこへ出かけよう。猟は終わったのだ。

第四十二章

水中に沈めた大樽の中で立ち上がると、大佐は虚《うつ》ろな空に二発銃弾を放って船頭に合図し、手を振ってブラインドのほうに招き寄せた。ボートは氷を割りながらゆっくりと近づいてくる。船頭は木製のデコイを拾いあげ、囮の雌鴨をつかまえて袋に入れた。氷上で足をすべらせている犬をよそに、彼は獲物の鴨も拾い集めた。先刻までの腹立ちはおさまっていて、いまは手ごたえのある満足感にひたっているらしい。

「たいした獲物の数じゃねえですな」と大佐に言う。

「ああ、あんたのおかげでな」

それきり二人は黙り込み、船頭は獲物の鴨を、胸を上にして、丁寧にボートの舳先《へさき》にのせた。大佐は弾薬箱を組み込んだ射撃用の椅子《いす》と銃をボートにのせた。

それからボートに乗り込んだ。船頭はブラインドを見まわして、内側に吊《つ》るしてあった、弾薬を収納するポケット付きの、エプロンのような装具を取りはずした。そしてボートに乗り込んでくる。二人は褐色のひらけた運河を目指し、氷を割りながら、苦労してゆっくりと進んだ。大佐はきたときと同様、櫂《かい》を操って懸命に漕《こ》いでゆく。いまは明るい陽光の下、雪をいただく北方の山並みや、前方の運河を縁どっている菅を見ながら、二人は身分の上下の別なく一体となってボートを漕いだ。

しばらくして二人は最後の氷を砕きつつ運河にすべりこんだ。すると急に大佐は脱力感に襲われ、大きな櫂を船頭に渡してへたり込んだ。全身汗だくになっていた。

それまで大佐の足元で震えていた犬が、ボートの縁に前肢《まえあし》をかけて乗り越えると、運河の岸目がけて泳いでいった。白い体をぶるんと揺すって、全身から水を振り落とすと、犬は茶色い菅の茂みにもぐり込んでゆく。茂みの揺れ方で、犬が岸辺に近づいてゆくさまが大佐にも見てとれた。結局その犬はソーセージをもらわずじまいだった。

戦闘服で風から守られているのは承知しつつも、大佐は全身汗ばんでいるのを感じ、いつもの錠剤を二錠壜《びん》からとりだすと、フラスコのジンで服み下した。

銀製のフラスコは平たい形をしていて、革のケースで包まれている。薄汚れたケースにおさまった本体には、〝レナータからリチャードへ、愛をこめて〟と彫り込まれていた。それを見た者は、レナータと大佐に加えて、それを彫り込んだ者に限られている。彫り込まれたのは、最初にそれを買ったときではなかった。あれは二人が知り合って間もない頃だったな、と大佐は思う。いまとなってはどうでもいいことだが。

フラスコのねじ込み式の蓋《ふた》にも、〝RからRCへ〟と彫られていた。

大佐はフラスコを船頭に手渡した。船頭は大佐の顔を見返すと、フラスコに目を移して言った。「何ですかい、これは？」

「イギリス製のグラッパだよ」

「じゃあ、いただきやす」

船頭はごくごくと飲んだ。農民がラッパ飲みをするときのように。

「いや、けっこうでした」

「あんたのほうはたくさん獲れたか？」

「鴨を四羽撃ち落としましたよ。犬は、他の旦那《だんな》が撃ち落とした手負いのやつを三羽見つけました」

「あんたはどうして撃ったんだ？」

「あれは悪うござんした。つい、腹立ちまぎれに」

おれもそういう撃ち方をしたことがあったな、と大佐は思い、その腹立ちのもとは問いただささなかった。

「鴨がもっとたくさん飛んでくればよござんしたが」

「まあな。世の中、えてしてそんなもんさ」

大佐の目は背の高い萱の茂みに隠れた犬の動きを追っていた。その動きが急に止まり、ひっそりと静まった。次の瞬間、犬は跳躍した。高く地を蹴《け》って、前方に躍り込んだ。

「手負いをとらえたようだな」

「ボビー」船頭が呼ばわる。「こっちに持ってこい、早く持ってこい」

萱の茂みが揺れて、雄のマガモをくわえた犬が現れた。鴨の灰白色の首と緑色の頭が、蛇のそれのようにだらんと上下に揺れている。希望を絶たれた揺れ方だった。

船頭は急に船首をまわして岸辺のほうに向けた。

「おれがとってやる」大佐は言った。「ボビー、こっちだ！」

犬が軽くくわえている口から、大佐は鴨をとりあげた。鴨は大きな傷は負っておらず、抱えてみても美しかった。心臓は鼓動しているものの、囚《とら》われた目に生気はなかった。

大佐はその躰を注意深く点検して、馬を手馴《てな》づけるように手馴づけた。

「翼を軽くやられただけだ。このまま生かして囮の鴨に仕立てるか、春になるのを待って放してやってもいい。さあ、あんたに渡すから、雌が入っている袋に入れてやれ」

船頭は慎重に鴨を受け取って、舳先に吊るしてある麻の袋に入れた。さっそく雌が話しかける声が大佐の耳にも伝わってくる。いや、あれは雌のほうが文句を言っているのかもしれんな。麻の袋越しに鴨同士のやりとりを聞き分けるのは難しかった。

「これをもう一口やるといい」大佐は船頭にすすめた。「おそろしく寒いぞ、きょうは」

船頭はフラスコを受け取って、またごくごくと飲んだ。

「これはどうも」船頭は言った。「大変けっこうですな、あなたのグラッパは」

第四十三章

船着き場に着くと、運河沿いに建つ低い横長の石造りの家を背にした地面に、鴨《かも》がずらっと並べられていた。

いくつかのグループに分かれていたが、その数はまちまちだった。小隊級がいくつか、中隊級はなし、おれのはかろうじて分隊級かな、と大佐は思った。

ハイ・ブーツと短いジャケット姿の猟番頭《りょうばんがしら》が、古いフェルトの帽子を後ろにずらして岸辺に立っており、大佐のボートが着岸すると、船首におかれた鴨の数に厳しい視線を注いだ。

「おれたちの猟場は氷が張っていたんでね」大佐は言った。

「そうではないかと思っていました」猟番頭は応じた。「残念でしたな。最良の猟場のはずでしたのに」

「トップ・ガンはだれだった？」

「男爵《だんしゃく》が四十二羽仕留めています。あそこには小さな流れがあって、しばらくのあいだ氷結を免れたんですな。風向きが逆だったから、銃声はお耳に達しなかったでしょう」

「みんなはどこにいるんだい？」

「家に帰られました。男爵だけが残って、あなたをお待ちしています。お付きの運転手はこの家の中で寝ていますが」

「やっぱりな」

「その鴨は適当に並べてくれ」猟番頭は、やはり猟番でもある船頭に向かって指示した。「猟日誌に数を記録しておきたいんでな」

「緑色の頭の雄が一羽、袋に入っている。ちゃんと面倒を見てやりましょう」

「わかりました。ちゃんと面倒を見てやりましょう」

「おれは中に入って、男爵に会うよ。あんたとは、また後で」

「十分にあたたまってください」猟番頭は言った。「おそろしく冷え込んでいますので、きょうは」

家の入口のほうに歩きかけて、大佐は船頭に声をかけた。「あんたとも、また後でな」

「承知しました、大佐どの」船頭は答えた。

男爵のアルヴァリートは部屋の中央の暖炉わきに立っていた。大佐を見ると、例のごとくはにかんだような笑みを浮かべて、低い声で言った。「そちらのほうは期待外れで残念でした」

「一面、氷が張り詰めていたんでね。しかし、それなりに楽しませてもらったよ」

「いま、寒さがこたえませんか?」

「いや、それほどでもない」

「何か食べるものも用意できますが」

「ありがとう。それほど腹もすいてないんだ。そちらはもう食べたのかい?」

「ええ。他の連中は帰るというので、わたしの車を貸してやりました。どうでしょう、ラティザーナかその上のあたりまで、あなたの車に同乗させてもらえませんか? そこからは車の都合がつくと思いますので」

「もちろん、けっこうだとも」

「まさか湖面が氷結してしまうとは。予想では絶好の猟日和《びより》だったのに」

「すこしはずれたところには、鴨もたくさん群れていたんだろうがね」

「ええ。しかし、餌場《えさば》が凍ってしまったんでは、連中もここには見切りをつけるでしょう。きっと今夜には大挙して南に向かいますよ」

「みんないっちまうのかな？」

「ええ、ここで生まれ育った地元の鴨は別にして。地元の鴨は、凍結していない湖面がすこしでもある限りここに留まるでしょうが」

「鴨撃ちにとっては残念な事態だね」

「遠くからわざわざきていただいたのに、猟果がとぼしくて申し訳ありません」

「なに、こっちは撃てさえすれば満足なんだ。それにヴェネツィアが大好きだし」

アルヴァリート男爵は目をそらして、暖炉に向かって両手を広げてみせた。「ええ。われわれはみんなヴェネツィアを愛しています。その点、あなたの右に出る者はいないでしょう」

それについては大佐も駄弁を弄《ろう》さず、言葉少なに言った。「たしかに、ヴェネツィアには惚《ほ》れ込んでいるね、わたしは」

「ええ、存じています」男爵は宙に目を泳がして言った。「そろそろあなたの運転手を起こさないといけませんね」

「あいつは何か食べたんだろうか？」

「食べては眠り、食べては眠り、でした。それから、持ってきた絵入りの本を読んだりしていましたよ」

「コミックブックだな」

「わたしも、あのての本には目を通さなければと思っていまして」恥ずかしそうに暗い笑みを浮かべて、「トリエステから、いくらか送っていただけましょうか？」

「ああ、いくらでも。スーパーマンから奇想天外なものまで。わたしの分まで読んでいただこう。それはそうと男爵、わたしのボートを漕いでくれた猟番だがね、あの男、何か問題でも抱えているんだろうか？　最初に顔を合わせたときから、こっちに何か遺恨を抱いているような振舞いをするんだよ。その後もずっとそういう調子だったんだが」

「ああ、それはあなたが着てらっしゃる古い戦闘服のせいですね。連合軍の軍服を見ると、反射的にそういう反応を引き起こすんですよ、あの男は。すこし、感情をむき出しにするところがあるし」

「それはまた、どういうわけで？」

「戦後、連合軍の一翼を担《にな》ったモロッコ兵部隊が当地に進駐した際、彼らはあの男の細君と娘をレイプしたんです」

「すこし、飲ませてもらおうか」大佐はつぶやいた。

「テーブルの上にグラッパがありますよ」

第四十四章

彼らは男爵を母屋《おもや》のある山荘の前で降ろした。大きな門と砂利敷きの車回しを備えたこの山荘は、どの軍事目標からも六マイル以上離れているため、幸運にも爆撃を免れたのだった。

大佐は別れの挨拶《あいさつ》をし、アルヴァリート男爵は週末ならいつでも、毎週末にでも、狩猟にいらしてください、と応じた。

「どうしてもお寄りになりませんか？」

「すまんがね。トリエステにもどらなければならんので。レナータに、愛している、と伝えてもらえんだろうか？」

「承知しました。車の後部シートの包装された絵は、彼女の肖像画なんですね？」

「そうなんだ」

「彼女に伝えますよ、あなたの射撃は見事だったたし、肖像画もきちんと包装されていた、と」

「わたしの愛もな」

「ええ、あなたの愛も」

「チャオ、アルヴァリート。いろいろと世話になった」

「チャオ、大佐。大佐たる人にチャオなどと呼びかけてもよろしいのならば」

「わたしを大佐などとは思わんでくれ」

「それはできかねます。さようなら、大佐」

「もしわたしの身に不測の事態が生じたら、〈グリッティ・ホテル〉で肖像画を受け取るようにレナータに言ってくれんだろうか？」

「承知しました、大佐」

「それでは、これで」

「ご機嫌よう、大佐」

第四十五章

二人はいま帰途についており、周囲には黄昏《たそがれ》が忍び寄っていた。

「そこを左に折れてくれ」大佐は命じた。

「そっちはトリエステに向かう道路ではありませんが」ジャクスンが言う。

「だから何だというんだ。おれは左折しろと命じたんだ。トリエステに向かう道路はこの世に一つしかないとでも思っているのか？」

「いいえ。自分はただ大佐どのに正しい道を――」

「おれにくだらん指図をするのはやめろ。おれが改めて指示するまで、何か言われん限り話しかけたりするな」

「かしこまりました」

「すまんな、ジャクスン。おれが言いたいのは、行く先はちゃんとこちらでわきまえているし、考える時間がほしいということだ」

「かしこまりました」

二人は大佐の熟知している旧道を走っていた。大佐は考えていた、おれは〈グリッティ〉で約束した連中に、約束どおり鴨を四羽送った。猟がはかばかしくなかったから、あの男の細君に約束しただけの量の羽毛を送ることはできなかった。しかし、どれもよく肥えた大きな鴨だから、食うには十分だろう。犬のボビーにソーセージを進呈するのは忘れてしまったな。

レナータ宛《あて》にメモを書き送る暇もなかった。しかし、口では言えないどんなことをメモには記せるというのか？

ポケットに手を突っ込んで、メモ帳と鉛筆をとりだした。マップ・ランプを点灯させると、悪いほうの手で簡単なメッセージを大文字で記した。

「これをポケットにしまって、必要な場合これに従って行動してくれ、ジャクスン。もしそこに書いてあるような事態が生じたら、それが命令書になる」

「承知しました」ジャクスンは言って、折りたたんだ命令書を片手で受け取り、軍服の左側の胸ポケットにしまった。

さあ、これでいい。大佐は胸に独りごちた。この先どんな懸念《けねん》が生じようと、それはおまえ自身に関わることなのだから、気楽なものだ。

おまえはもう合衆国陸軍の役には立たない。それははっきりしている。恋人にはすでに別れを告げており、彼女もおまえに別れを告げた。

ごく単純なことだ。

鴨撃ちの成果も立派なものだったし、アルヴァリートもそれは認めてくれている。それはそれ。

としたら、これ以上何を思いわずらうことがある？　もはや何も打つ手が残っていないのに、わが身に起きることを気に病むようなうつけ者にはなりたくない。そんなやつには絶対になりたくない。

そのとき、発作が襲った。まさしくあのデコイを拾いあげたときに予想したとおりに。

スリー・ストライクでアウトのところを、おれはフォア・ストライクまで耐えることができた。おれは一貫して幸運な野郎だった。

再度、発作が襲った。こんどは激しく。

「ジャクスン」と、呼びかける。「あのトマス・J・ジャクスン将軍*が死ぬまぎわに何と言ったか知ってるか？　彼が不幸な最期《さいご》を迎えたときのことだ。おれは前に一度その言葉を暗記したんだが、いまは正確かどうか断言できん。だが、おおよそこういう内容だったようだ――〝戦闘に備えるようA・P・ヒルに伝えよ〟。それから何かうわ言のような文句がつづいた後に、将軍はこう言ったんだ――〝いや、待て、本隊は河を渡って木陰で休息することにしよう〟」

「それは実に興味深い文句ですな」と、ジャクスン。「さすが〝ストーンウォール（石の壁）・ジャクスン〟と言いたい文句じゃないですか」

大佐は口をひらこうとして、諦《あきら》めた。三度目の発作が襲い、胸が締め付けられて、これはもう乗り越えられぬと観念した。

「ジャクスン」大佐は言った。「道端に車を止めて、パーキング・ライトに切り替えてくれ。ここからトリエステまでの行き方はわかるか?」

「はい、地図がありますので」

「よし。おれはこれから、このろくでなしの、ドでかい、贅沢《ぜいたく》な車の後部シートに移る」

それが、大佐の発した最後の言葉だった。彼はうまく後部シートに移ってドアを閉めた。慎重に、しっかりと閉めた。

しばらくしてジャクスンは車のヘッドライトをつけ、溝に沿った、柳の立ち並ぶ道路を走ってUターン可能な場所を探した。どうにかいい場所が見つかると、そこで慎重に車首をめぐらした。いつも走り馴《な》れているのはトリエステに通じるハイウェイだが、そこに誘導してくれる南の交差点に向かって道路の右側に停止すると、マップ・ライトをつけた。命令書をとりだして文面を目で追った。

余の死亡せしときは、この車に載せてある包装ずみの絵画と二挺のショットガンをヴェネツィアの〈ホテル・グリッティ〉に返却すること。いずれの品に対しても、それらの正当な持ち主から取得要請が出されるはずである。

署名　合衆国陸軍歩兵大佐　リチャード・キャントウェル

ま、いずれ然《しか》るべき筋を通して返却されるんだろうよ、と思って、ジャクスンは車を発進させた。

訳注

ページ

二六　**ラーピド河の戦闘　Battle of the Rapido river**　第二次世界大戦末期、一九四四年一月二十日から二十二日にかけて、イタリアのローマ南東百三十キロに位置するモンテ・カッシーノ近くのラーピド河で行われた戦闘。アメリカ軍は二日間にわたってこの河の渡河を試みたものの、ドイツ軍の猛反撃にあって失敗。死傷者千人を超える記録的な大敗を喫した。

三九　**テン・イン・ワン　10 in 1**　第二次大戦中、アメリカ軍で配布された軍用糧食の一つ。一袋で十名の兵士の必要を満たせるところからこの名がある。

五七　**パッチャルディ閣下　Randolfo Pacciardi（一八九九—一九九一）**　生涯を通じてリベラルの姿勢を貫いたイタリアの政治家。第二次世界大戦後、一九四八年五月から一九五三年七月まで、ガスペリ内閣で国防相を務めた。

六八　**ダヌンツィオ　Gabriele d'Annunzio（一八六三—一九三八）**　二十世紀初頭から第二次大戦直前までイタリアの文学界、政界に多彩な足跡を刻んだ作家、政治家。作家としては代表作『死の勝利』（一八九四）に見られるように、言語の音感的な美しさと豊かな語彙に基づく情熱的な境地を切りひらいた。その直情的な姿勢は政治家としての活動にも一貫しており、現クロアチア領のフィウーメ進軍（一九一九）に代表される国家主義的色彩の濃厚な行動から、イタリアにおけるファシズムの先駆者と見なされることもある。第一次世界大戦に際してはイタリアの戦闘機パイロットとして活躍、片目の視力を失っている。大女優エレオノーラ・ドゥーゼとの波乱に満ちた恋愛も有名。

七〇　**バイロン卿　George Gordon, Baron Byron**（一七八八—一八二四）イギリス・ロマン主義を代表する詩人。青年期のヨーロッパ旅行から生まれた『チャイルド・ハロルドの巡礼』（一八一二、一六、一八）で新進詩人としての地位を確立。その後放埒な私生活を送り、そうした自我からの脱出を願って再度ヨーロッパに渡ってイタリアのヴェネツィアに居をかまえた。ロマンティックな行動への志向は生涯を通じて変わらず、一八二三年ギリシャ独立戦争に身を投じ、翌年ミソロンギに上陸も、ほどなく同地で病没した。代表作に『ドン・ジュアン』（一八一九—一八二四）等。

七三　**薄幸の大女優　エレオノーラ・ドゥーゼ　Eleonora Duse**（一八五八—一九二四）十九世紀末のヨーロッパの演劇界で、サラ・ベルナールに迫る人気を博したイタリアの大女優。一九二三年には女性として初めて『タイム』誌の表紙を飾っている。三十七歳のときダヌンツィオと知り合い、ロマンスに発展。ダヌンツィオはドゥーゼのために四本の脚本を書き残した。

一七　**モンゴメリー将軍　Bernard Law Montgomery**（一八八七—一九七六）第一次、第二次、両度の世界大戦で活躍したイギリスの軍人。第二次世界大戦では一九四二年八月、北アフリカのエル・アラメインの戦いで戦車軍団を指揮、ドイツのロンメル将軍率いる戦車隊を撃退して名声を得る。その後ヨーロッパにもどると、シチリア戦役、ノルマンディー上陸作戦、〝バルジの戦い〟等で連合軍を指揮。常に敵を圧倒する戦力を整えたうえで攻撃に踏み切る堅実な戦いぶりが、優柔不断と批判されることもあった。

一三四　**ゲッベルス　Joseph Goebbels（一八九七—一九四五）**　ヒトラーのナチス政権にあって宣伝省大臣としてプロパガンダを管轄。マスコミや映画、さまざまな行事を通じてヒトラーの神格化とナチズムの拡大に努めた。プロパガンダの天才として知られる。ヒトラーに対する忠誠心は最後まで失わず、ドイツ第三帝国の瓦解時、ヒトラーの自殺直後に自らも家族七名とともに自殺した。

一三六　**ドーター　daughter**　文字通り〝娘〟という意味だが、ヘミングウェイは中年に達した頃から自分より年下の女性を見ると〝ドーター〟と呼びかけるようになった。その心理的な遠因として、彼自身、三人の息子には恵まれたものの、切望していた娘はついに得られなかった事実を指摘する見方もある。

一四八　**PX**　アメリカ陸軍駐屯地の売店。

一六七　**ジョージ・パットン　George S.Patton（一八八五—一九四五）**　第二次大戦中、その勇猛果敢な指揮・統率ぶりで鳴らしたアメリカ陸軍の将軍。とりわけ一九四四年の〝バルジの戦い〟では、第三軍の機甲部隊を率いてドイツ軍の〝電撃作戦〟ばりの猛進撃を見せ、苦戦中の友軍を救出する等、目覚ましい功績を上げた。その一方、〝戦争狂〟と噂されるほどの好戦的な気性が災いし、〝砲弾神経症〟だった兵士を臆病とののしって殴打する等、スキャンダラスな事件を引き起こして非難されたりもした。

一七七　**エルヴィン・ロンメル　Erwin Rommel（一八九一―一九四四）**　ナチス・ドイツの国防軍元帥。第一次世界大戦中はイタリア戦線で軍功を立てた。第二次世界大戦中、アフリカ戦線で機甲部隊を指揮、大胆・機敏な作戦行動でたびたびイギリス軍を手玉に取り、ドイツ軍で最も恐れられた指揮官に。だが、カイロ侵攻を目指したエル・アラメインの戦いではイギリス軍の名将モンゴメリーの率いる機甲部隊の前に一敗地にまみれた。早くからヒトラーに重用されたものの、しだいに総統への反感をつのらせ、ついにヒトラー暗殺計画に加担した嫌疑から自決を強いられるという悲劇的な最期をとげた。

一七八　**エルンスト・ウーデット　Ernst Udet（一八九六―一九四一）**　ナチス・ドイツ国防軍の航空大将。幼いころから飛行機が好きで、第一次世界大戦中に陸軍航空隊に入隊、戦闘機パイロットとして敵機六十二機撃墜の記録を打ち立てた。戦後は曲芸飛行の飛行士に転じて人気者に。幾多の女性と関係を持って、享楽的な暮らしに溺れた。一九三五年に空軍が発足すると、即入隊。第二次世界大戦中は新型の航空機の開発を指揮したが、厳しい戦局に即応した軍用機を生み出すことができず、自殺に追い込まれた。

一八一　**アイゼンハワー将軍　Dwight D. Eisenhower（一八九〇―一九六九）**　アメリカの陸軍元帥。政治家。陸軍士官学校卒業以降、マッカーサーら高位の将官たちの副官をつとめながら順調に陸軍内で昇進を重ね、第二次世界大戦がはじまると、その高い調整能力を買われて連合国遠征軍最高司令官に就任。ノルマンディー上陸作戦を推進し、成功させた。戦後はコロンビア大学学長をつとめたりしていたが、一九五二年のアメリカ大統領選挙に共和党から出馬、当選し、翌年、第三十四代アメリカ合衆国大統領に就任。以後二期にわたって大統領をつとめながら、米ソ冷戦時代の難しい舵取りにあたった。

一八一　**エプワース・リーグ　Epworth League**　一八八九年に創設されたキリスト教メソディスト派の会派。会員は十八歳から三十五歳の若者たちで、若い信徒たちの間に知的で活気に富んだ信仰心を広めることを目的とした。

一八二　**ブラッドレー　Omar N. Bradley（一八九三―一九八一）**　第二次世界大戦中、ヨーロッパの戦場で活躍した有能な指揮官たちの一人。ノルマンディー上陸作戦では、アメリカ陸軍第一軍司令官として陣頭指揮にあたり、作戦終了後、大陸内奥部への侵攻作戦の立案・推進にあたった。好戦的なパットンとは対照的に、控えめで謙虚な人柄で知られる。

一九五　**ルクレール　Philippe Leclerc（一九〇二―一九四七）**　フランスの軍人。第二次世界大戦時、フランス陸軍第四歩兵師団参謀としてドイツ軍を迎撃。敗北後ロンドンに渡り、ドゴール将軍の率いる自由フランス軍に参加。ノルマンディー上陸作戦参加後、自由フランス軍第二機甲師団を指揮してパリ入城を果たす。

一九八　**モーリス・ド・サックス　Hermann Maurice de Saxe（一六九六―一七五〇）**　ドイツ出身でフランスのブルボン王朝期の軍人。幼少の頃から軍務につき、数々の戦役を通して軍隊の統制、戦術、士気に関わる考察を深めた。死の三年前にフランス王国軍人の最高位フランス大元帥に叙せられる。著作に『我が瞑想』（一七五七）。

二三〇 **いかなる手が、もしくは眼が、あの均整のとれた黒いフォルムを形づくったのか**　イギリスの詩人ウィリアム・ブレイクの詩「The Tyger（虎）」の結びの詩句〝いかなる不滅の手が、もしくは眼が、かくも均整のとれた恐怖を形づくったのか〟をもじったのだろう。

二三〇 **ネイ将軍 Michel Ney（一七六九―一八一五）**　ナポレオンから元帥号を与えられた側近軍人たちの一人。ナポレオンが展開したほとんどすべての戦役で勇猛ぶりを発揮した。とりわけ、失敗に終わったロシア侵攻戦では撤退するナポレオン軍の殿軍をつとめ、粘り強い戦いと統率力で〝勇者中の勇者〟とナポレオンから賞賛された。王政復古後、一度はルイ十八世に従ったが、ナポレオンのエルバ島脱走後は再び彼のもとに走る。ワーテルローの戦いで善戦するも敗れて、ルイ十八世の政府により銃殺刑に処せられた。

二四七 **ジョージ・アームストロング・カスター George Armstrong Custer（一八三九―一八七六）**　アメリカの南北戦争から〝インディアン戦争〟期にかけて目覚ましい活動をした軍人。南北戦争の天王山と目されたゲティスバーグの戦いでは北軍の騎兵旅団を率いて奮戦し、注目を浴びた。勇猛果敢な敢闘精神を賞賛される一方、傲慢不遜な行動で顰蹙を買う一面もあった。〝インディアン戦争〟期には第七騎兵隊の指揮官として容赦なく〝インディアン〟を討伐。リトル・ビッグホーンの戦いで、スー族を主体とする圧倒的多数の〝インディアン〟同盟軍に対し無謀な突撃を敢行して無残な戦死をとげた。

二五〇 **いまの文句はシェイクスピアから借りたのさ**　シェイクスピアの『ヘンリー四世』第一部

第五幕第三場フォルスタッフのセリフの一部に〝おれの部下百五十名のうち生き残った者は三人いるかどうかだ。その連中にしたって、生涯、町はずれで物乞いをしなければならない〟の句がある。

二六七　**チトー　Josip Broz Tito（一八九二—一九八〇）**　ユーゴスラヴィア共産党指導者。第二次世界大戦中、ナチス・ドイツに対するパルチザン闘争を指揮。戦後はセルビア、クロアチア、ボスニア・ヘルツェゴビナ等多民族から成る〝モザイク国家〟をユーゴスラヴィア社会主義連邦共和国としてまとめあげ、大統領として復興・発展に努めた。外交政策では米、ソ、いずれの陣営にも属さない非同盟政策を推進、第三世界のリーダーとして活躍した。

三〇九　**フェニキア人のフィーバス**　T・S・エリオットの詩『荒地』第四部に〝Phlebas the Phoenician, a fortnight dead（フェニキア人のフリーバスは死して二週間）〟の句がある。ヘミングウェイはPhlebas（フリーバス）をPhoebus（フィーバス）と誤って記憶していたと思われる。

三一三　**ヴァルハラ特急　the Valhalla Express**　ヴァルハラとは、北欧神話の最高神オーディンが戦場で勇敢に戦った戦士たちを招く殿堂を指す。

三一六　**ピート・ケサーダ　Pete Quesada（一九〇四—一九九三）**　アメリカ空軍の軍人。若い下級将校の頃から爆撃機による地上戦闘部隊の掩護、いわゆる〝近接航空支援〟に関心をいだき、爆撃機のマイクロ波早期警戒レーダーやVHF航空機無線機の装備を提唱、それらの導入に貢献した。これにより味方の地上軍に対する誤爆が大幅に減り、敵地上部隊への攻撃の精度と速度も向上したと言われる。退役後、プロ野球メジャー・リーグのクラブ・オーナーとしても活躍した。

三八 **男性服飾店をやって失敗したこともないしな** アメリカの第三十三代大統領ハリー・S・トルーマン（一八八四―一九七二）は、第一次世界大戦に出征してから帰国後、男性服飾店を営んでいたことがあった。

三五 **イハ、フィリア、ドーター** イハ（hija）、フィリア（figlia）、ドーター（daughter）。イハはスペイン語、フィリアはイタリア語、いずれも daughter（娘）の意。

四〇 **トマス・J・ジャクスン将軍 Thomas J.Jackson（一八二四―一八六三）** アメリカの南北戦争に際し、南部連合側で戦った軍人たちの一人。激戦中、石の壁（stone-wall）のように動じることなく指揮をとったことから〝ストーンウォール・ジャクスン〟と綽名され、南軍の総帥ロバート・E・リー将軍の右腕として縦横の活躍をした。チャンセラーズヴィルの戦いの後、味方の歩哨から敵と誤認されて銃撃されたのがもとで片腕を失い、その後まもなく他界した。瀕死の床で譫妄状態に陥ったとき、〝戦闘に備えるようA・P・ヒルに伝えよ。歩兵部隊を前線に送れ。ホークス少佐に――〟とうわごとのように叫んでから口をつぐみ、しばらくして蒼白な顔に穏やかな笑みを浮かべると、静かな口調で、〝河を渡って木陰で休息しよう〟と言ったという。

解説

高見浩

1

第二次世界大戦のヨーロッパ戦線でアメリカ軍が苦汁をなめた戦いといえば、ドイツ軍がベルギー領アルデンヌで最後の反抗を試みた、いわゆる〝バルジの戦い〟（一九四四年十二月）が名高い。が、実はそれを上回る熾烈《しれつ》な戦いがその数か月前に展開されていた。〝ヒュルトゲンの森の戦い〟がそれである。

ノルマンディー上陸作戦（一九四四年六月）を経てパリの解放（一九四四年八月）にこぎつけた連合軍は、いよいよベルギーからドイツ本国に侵攻する機会をうかがっていた。その前に立ちふさがっていたのが、ベルギーとドイツ国境にまたがる広大な針葉樹の森林地帯、ヒュルトゲンの森だった。アメリカ軍は、ドイツ領アーヘンの町をめぐる戦闘に際しドイツ軍の動きを牽制《けんせい》する目的も兼ねて、九月十九日、ヒュルトゲンの森の強行突破作戦に踏み切った。ノルマンディー以降ドイツ軍の戦意は弱まり、防備も手薄になっているだろうとアメリカ軍上層部は読んだのである。それが大きな誤算であったことが、以後の戦闘で実証されることになる。ドイツ軍はこの森の至る所に地雷を埋めていたのに加え、随所に堅固なトーチカや掩蔽壕《えんぺいごう》を築いていた。密集した針葉樹は戦車の走行を困難にし、空軍による援護もほとんど不可能にした。それに加えてドイツ軍の猛烈な迫撃砲弾が木々の梢《こずえ》を打ち砕き、破砕された木々の枝が、地を這《は》う歩兵たちの頭上に鋭い槍《やり》のように落下した。雪まじりの悪天候によって地表は終始泥濘《でいねい》に覆《おお》われ、森林の突破は困難をきわめた。攻撃初日から死傷者は膨大な数にのぼり、作戦開始後一か月の時点で、わずか三千メートル前進するのにアメリカ軍が払った犠牲は四千五百名にのぼったという。翌年二月十日、ほぼ五か月に及ぶ戦闘を経て、この攻防戦がようやく幕を閉じたとき、ドイツ軍の死傷者数は約二万八千名だったのに対し、アメリカ軍のそれは三万三千名にのぼっていたという事実が、アメリカ軍の苦戦ぶりを雄弁に物語っているだろう。

そして、この攻防戦の最前線にあって、凄惨《せいさん》な戦いの一部始終を目に焼き付けていた従軍記者の一人に、四十五歳の作家アーネスト・ヘミングウェイがいた。

一九四四年五月にキューバからイギリスに渡ったヘミングウェイは、六月六日のノルマンディー上陸作戦を記者用の艦船で洋上から観戦。その後、イギリス空軍の爆撃機に同乗してドイツ本土の爆撃行を体験した後フランスに渡り、八月二十五日パルチザンの一隊を〝率いて〟パリ解放に参加。ドイツ本国への侵攻が目前に迫った十一月十五日にヒュルトゲンの最前線に到着していたのである。彼を迎えたチャールズ・ラナム大佐はアメリカ陸軍第四師団第二十二連隊の指揮官で、勇猛な武人でありながら文学の素養もあったことから、ヘミングウェイとは肝胆相照らす仲になっていた。

それから二週間あまり、ヘミングウェイはラナム大佐の指揮所につめて、第二十二連隊の兵士たちがくり返し暗い森の中に突入していく様をまのあたりにした。第一次大戦、スペイン内戦と、多くの戦場を駆けめぐってきたヘミングウェイの目にも、戦闘は凄惨きわまりないものに映った。第二十二連隊の戦闘第一日目、犠牲者は将校四名、兵士六十九名にのぼり、二日目には将校四名、兵士百二十九名が命を失っている。当時、新たな愛人メアリー・ウェルシュに連日のように書き送った手紙の中で、自分の数多い戦闘体験の中で、これほどにむごたらしい戦闘は見たことがない、とヘミングウェイは述懐している。そんなある日、自身、第四師団の情報将校として従軍していた若き日のJ・D・サリンジャーが指揮所のヘミングウェイを訪ねてきて、敬愛する先輩作家と懇談するという一幕もあった。ヘミングウェイにとっては束《つか》の間の安らぎのときだったことだろう。

十二月三日、ラナム大佐の第二十二連隊は二千七百名の死傷者を出した末にようやく目標のルクセンブルクに到達し、前線任務を解かれた。その二日後、パリにもどるヘミングウェイの胸中には、つぶさに目撃したこの凄絶な戦いの記憶が、いつか浄化されなければならないトラウマとして重く沈殿していたにちがいない。

2

一九四五年三月、キューバにもどったヘミングウェイは、フィンカ・ビヒアの居宅に腰を据えて執筆生活にもどる。ロンドン駐在時の事故の後遺症である眩暈《めまい》や頭痛にしばしば悩みながらも、翌年三月にはメアリー・ウェルシュと正式に結婚して、精神的にも安定した環境をとりもどした。まずとりかかったのは、かねてから想を温めていた、〈陸〉と〈空〉と〈海〉の三部作から成る大作だった。二年前イギリス空軍の爆撃機に同乗させてもらってドイツ本土の爆撃行を体験したのも、この三部作の〈空〉の部に備えるためだった。だが、その体験をもってしても、自分には〈空〉の部のストーリー展開に必要十分な情報と体験が不足していると、ヘミングウェイは最終的に自覚したらしい。彼はこの大作を一時棚上げにし、代わって、しばらく前から書き継いでいた〈海〉の部の中核となる物語と、後年、彼の死後に『エデンの園（The Garden of Eden）』というタイトルで発表されることになる作品に注力していったのだった。

その頃アメリカの出版界では、第二次大戦に従軍した体験を持つ若い書き手たちによる一連の〝戦争小説（war novels）〟が話題を呼んでいた。第一次大戦に参加した体験をもとに『武器よさらば』を、スペインの内戦に参加した体験をもとに『誰がために鐘は鳴る』を書いたヘミングウェイとしては、それら若き世代の作家たちの動向は大いに気がかりだったにちがいない。当時とりわけ注目を集めた作品にはノーマン・メイラーの『裸者と死者（The Naked and the Dead）』（一九四八）やアーウィン・ショーの『若き獅子《しし》たち（The Young Lions）』（一九四八）があるが、とりわけ後者を読んだ際、ヘミングウェイは、この書き手は戦争の真実を知らない、われとわが手で敵兵を殺したときの生々しい感覚などわかっちゃいない、という不満を周囲に漏らしていたという。そのとき彼の胸には自分自身の第二次大戦体験、なかんずくあのヒュルトゲンの森の戦闘の凄惨な体験が甦《よみがえ》って、自分もこのままではいられない、自分にしか書けない戦争小説を書かなければ、という焦燥に駆られたのではなかろうか。

そんな彼の背中を押して、新たな作品に取り組む決定的なきっかけをもたらしたのが、一九四八年秋のイタリア旅行だった。彼は三十年前、第一次大戦に参加した若き日の自分がオーストリア軍の迫撃砲弾を食らって足に重傷を負った古戦場を、妻のメアリーに見せたかったのである。自分の作家人生の、いわば出発点ともなったフォッサルタの地を再訪した後、ヘミングウェイはイタリア北部の観光に向かう妻といったん別れて、ヴェネツィアの礁湖《しょうこ》に浮かぶトルチェッロ島に赴いた。猟の経験の豊富な、いわば同好の士と言ってもいいフランケッティ男爵《だんしゃく》に招かれて、鴨猟《かもりょう》を楽しむためだった。そうして無心に猟を楽しむヘミングウェイの前に、ある運命的な出逢《であ》いが訪れる。

十二月初旬、雨もよいのある日のこと。その日も礁湖での鴨撃ちを楽しんだヘミングウェイは、その帰途にフランケッティ男爵の知人である十八歳の女性、アドリアーナ・イヴァンチッチに紹介されたのだ。すらりとした肢体のイタリア娘をひと目見た瞬間、ヘミングウェイはまたも〝大木が倒れるように〟ぐらりときてしまった。三十一も年下の彼女に一目惚《ぼ》れしてしまったのである。その後男爵の私邸で休憩した際、アドリアーナが雨に濡《ぬ》れた髪を手ですいていると、それを見ていたヘミングウェイは〝持っていた櫛《くし》を半分に折って、その一方を私に渡してくれた〟と彼女は後年の回想記に記している。

ヘミングウェイはさながら初恋に胸を焦《こ》がす若者のように、アドリアーナとの仲を深めてゆく。ヴェネツィアの社交界のたまり場とも言うべき〈ハリーズ・バー〉での歓談、自分の宿所である〈グリッティ・パレス・ホテル〉での充実した晩餐《ばんさん》。そうしてアドリアーナとの逢瀬《おうせ》を重ねるうちに、この老練の作家の脳裡《のうり》には一つのアイデアがひらめいたのではなかろうか。

主人公は幾多の戦闘をくぐり抜けてきた五十歳の、練達の軍人とする。その若き恋人とのあいだにわだかまる第二次大戦の激戦の記憶。『武器よさらば』や『誰がために鐘は鳴る』と同様の戦争と愛と死の物語でありながらも、描かれる戦争は四年前の体験であるが故《ゆえ》に、前二作のような戦争と同時進行的な恋の物語にはなり得ない。それは必然的に、死の影に蔽《おお》われた追想の形で描かれることになるだろう——。

ヘミングウェイの筆は俄然《がぜん》走りはじめる。その年の暮れる頃には、作品冒頭の鴨撃ちのシーンが早くも書き上げられていた。そして、それから二年後の一九五〇年九月、ヘミングウェイはこの作品に『河を渡って木立の中へ』という含みのあるタイトルを与えて世に問うたのだった。

3

ヘミングウェイがすでに著した三篇の長編小説、『日はまた昇る』（一九二六）、『武器よさらば』（一九二九）、『誰がために鐘は鳴る』（一九四〇）と比べると、本書『河を渡って木立の中へ』にはきわだった特色が一つある。主人公と作者その人のイメージがかなり近似して重なっているという点だ。主人公のリチャード・キャントウェル陸軍大佐は、作者と同じく五十歳を迎え、作者と同じく第一次大戦、第二次大戦と二度の大戦に深く関わっており、作者と同じくジャーナリストの女性を妻とした過去を持っている。すこしでもヘミングウェイの来歴に通じている読者なら、キャントウェルにヘミングウェイその人のイメージを容易に重ねてしまうだろう。

本書が刊行されたとき、ジョン・オハラ、テネシー・ウィリアムズらごく少数の好意的な評を別として、多くの厳しい評にさらされたのも、そのことと無関係ではあるまい。この頃、実在のイタリア娘アドリアーナとヘミングウェイの関係は〝大作家の老いらくの恋〟としてマスコミのゴシップ欄をにぎわせていたことも、読者の判断に少なからぬ影響を与えたはずだ。〝これは老いたヘミングウェイが若い娘に対する欲望を露骨にさらけだした、一種のファンタジーだ〟といった辛辣《しんらつ》な評は、この作品に対する当時の読書界の反応の主流を占めていた。

この作品がキャントウエルとレナータの〝ラヴ・ストーリー〟の衣装をまとっていることは間違いない。そこにはアドリアーナに対するヘミングウェイの初々《ういうい》しいばかりの恋情が発露しているだろう。二人は情熱のおもむくがままに愛の睦言《むつごと》をくり返す。だが、通例の〝ラヴ・ストーリー〟ならば当然描かれるはずの、二人の恋人同士が愛を深めていった経緯、どのような曲折を経て現在の濃密な間柄に至ったのかはつまびらかにされていない。そのためだろう、レナータが登場して以降二人の間でくり返される睦言も、読者の耳にはどこかうわっすべりに聞こえるし、ともすれば陳腐の感を免れない。一編の〝ラヴ・ストーリー〟として見るとき、本書は『武器よさらば』における清冽《せいれつ》な悲劇性にも、『誰がために鐘は鳴る』における運命的な情感にも欠けている。恋愛を主軸とした長編小説としての完成度という点から見れば、この作品が先行する三篇の長編のレヴェルに達していないのはたしかだろう。

だが、刊行から七十四年を経たいま、この作品を虚心にひもといてみると、ヘミングウェイがこの作品に込めた真の企《たくら》み、そのために忍ばせた周到な工夫が随所に見えてくるのだ。その一つが、レナータという女性の造形である。彼女の外見に関しては、おそらく実在のアドリアーナのそれから多くを借りたのだろうと思われる。

すらりとした長身の、輝くばかりの若さにあふれた娘だった。オリーヴ色と言ってよい、かすかに青みを帯びた透き通った肌。その横顔を見ればだれしも、どんな男も、平静ではいられまい。（一一四頁）

これは、初めてアドリアーナと対面したときの、ヘミングウェイ自身の感想でもあったのだろう。だが、このレナータの性格、その内面はどうなのか。その点、ヘミングウェイは彼女に対し、自分というものをしっかり持った、意志の強い、きわめて知的好奇心の旺盛《おうせい》な女性、という属性を与えた。そこに、ヘミングウェイがこの作品にひそませた明白な作意があったと思われるのだ。

レナータは久しぶりに再会したディナーの席でも、キャントウェルの過去を、とりわけ彼の過去の軍歴の詳細を根掘り葉掘り聞き出そうとする。

ねえ、こんどの戦争について、何か話してくれない？ 何でもいいの（一八一頁）

彼女に乞《こ》われるがままに、キャントウェルは主要な軍人たちの品定めから始まって、ノルマンディー上陸作戦、そしてパリ入城へと、彼の実体験の数々を語ってゆく。そして、翌日ホテルのベッドに横たわる二人のあいだで繰り広げられるのも、濃厚なラヴ・シーンではなく、キャントウェルの切実な戦争体験の追懐なのだ。友軍の爆撃機の誤爆から多くの将兵の命が失われた悲劇を語るキャントウェルの口吻《こうふん》に怒りを感じとったレナータは、

あなたは、その鬱積《うっせき》した怒りを洗い流すためにも、わたしに話したほうがいいんだって思わない？（三四七頁）

と先を促す。そしてとうとうキャントウェルはあの〝ヒュルトゲンの森の戦い〟の真実を語りだすのだ。途中レナータがまどろむと、キャントウェルは自らの胸中に語るというかたちであの凄惨な戦いの一部始終を脳裡に再現してゆく。そのとき彼は、自分の判断ミスで多くの部下を死地に追いやった罪悪感、長年苦しめられた執拗《しつよう》な罪悪

感からようやく解き放たれるのを覚えたのではなかろうか。それはまたヘミングウェイ自身の胸底に長く沈殿していた、あの戦いの苦渋の記憶が浄化される瞬間でもあったことだろう。

としたら、ヘミングウェイはレナータに一種巫女《みこ》のような役割、そう、キャントウエルの凄絶な戦争のトラウマが祓《はら》い清められるべく導いてゆく巫女のような役割、を担《にな》わせているという見方もできるだろう。ちなみにレナータ（Renata）という名前は、〝再生〟を意味するラテン語の renatus を母胎にしている。

作家ヘミングウェイは、〝戦争の世紀〟といわれた二十世紀前半の主要な戦争のほぼすべてに参加し、その惨禍を伝えた目撃者であり記録者でもあった。戦争というものの不条理、その悪に敏感な彼の目は、ここからさらに、敗戦国イタリアの人々に負わされた悲劇をも見透かそうとする。当時、第二次大戦後五年を経たヴェネツィアを依然として覆っていた戦争の影。それを印象的に浮かび上がらせるために、彼はこの作品の構成そのものにも最初から工夫を凝らしているのだ。

4

へミングウェイはこの小説の冒頭第一章に、キャントウェルの鴨猟のシーンを置いた。が、時系列的に見れば、このシーンで描かれた出来事は作品の終末に近い第四十章の前半に重なっている。キャントウェルのヴェネツィア再訪の旅は、第三章から始まるのである。が、へミングウェイは敢《あ》えて第四十章の前半部分を冒頭に置き、ヴェネツィアで繰り広げられる物語の主体の前後を同じ鴨猟のシーンの枠で包み込むようにした。いわゆる〝額縁小説〟に近い構成を採ったのだ。その狙《ねら》いは明確だろう。冒頭の第一章では、大佐を猟場に案内する現地イタリア人の船頭が、大佐にとっては不可解な反抗的な態度を貫いて大佐をまどわせる。船頭がそういう挙動を見せる理由は何なのか。大佐のみならず、そのシーンを読む読者の胸にも生じるその疑問は、その後のヴェネツィアにおける長い物語を経て、作品の終末に近い第四十三章でようやく解明される。連合軍のイタリア侵攻中に船頭の家族を襲っていたむごたらしい悲劇。それを知らされたとき、キャントウェル大佐は〝すこし、飲ませてもらおうか〟と呻《うめ》くように呟《つぶや》くしかない。このショックの鮮烈さは、この作品がこういう構成をとらずに同一の章ですべてが明かされる場合よりも、こうして物語の長い展開を経たのちに明かされるほうが効果的なのは明らかだろう。

第二次世界大戦末期、ナチス・ドイツの側に立っていたイタリアに連合軍が侵攻した際、その一翼を担っていたフランス遠征軍に属する不正規モロッコ兵部隊の兵士たちが、イタリア各地でイタリアの婦女子に対するレイプ・暴行を働いたのは歴史的事実なのである。一説によると当時のフランス軍の司令官が、〝これから諸君が敵地でどんな行為を働こうと罪に問われることはない〟と煽《あお》り立てたのが遠因になったと言われるが、モロッコ兵たちはイタリアの占領各地で暴行を働き、犠牲になった女性たちの数は一万二千名にのぼったという。この数字は一九九七年にイタリア国防省が発表した正規の白書で二千名ないし三千名に訂正されたが、それにしてもとてつもない数のイタリア人女性が酸鼻な戦争の犠牲になったのは確かだった。船頭の家族を襲った悲劇を明かされたとき、キャントウェルは即座にその悲惨な事実を想起していたにちがいない。

こうして読み返してみるとき、この作品は第二次大戦後続々と現れた、アーウィン・ショーやノーマン・メイラーら若い作家たちによる〝戦争小説〟に対するヘミングウェイなりの回答、いわば〝ラヴ・ストーリーの衣装をまとった戦争小説〟という見方もできるのではあるまいか。

そして、この〝戦争小説〟を他の〝戦争小説〟と截然《せつぜん》と分かつ相違点があるとすれば、それは主人公の〝老い〟にまつわる感慨が全編に流露していることだろう。それが本書に一種枯淡の味わいを与えてもいる。ヘミングウェイがこれまでに〝老い〟と向き合った作品といえば、「清潔で、とても明るいところ」（一九三三）や「橋のたもとの老人」（一九三八）等いくつかの短編がある。が、長編で同様のテーマを扱った作品というと、この作品をもって嚆矢《こうし》とする。その意味で、本書はヘミングウェイ自身が向き合う〝老い〟が本格的に投影された初めての作品と呼ぶこともできよう。

本書が刊行された当時現れた評の中には、五十歳のキャントウェルが老いに〝逆らおう〟としてレナータとの恋に溺《おぼ》れているとし、それを醜悪とあげつらう見方もあった。が、そうではあるまい。キャントウェルは登場の当初から心臓の持病のただならないことを知っていて、いつ突然の死に襲われても不思議ではないことを承知している。十八歳の娘との交情によって自己の〝老い〟をいっそう切実に意識こそすれ、彼はそれに逆らおうとも、それから逃れようともしていない。むしろ自己の〝老い〟を在るがままに受け容《い》れて、それがもたらす〝死〟を甘受しようとしているのが実際だろう。

その姿は、ヴェネツィアを舞台にしたもう一つの愛と死の物語と比べても興味深いものがある。

ヘミングウェイも意識していたかもしれないが、トーマス・マンの『ヴェニスに死す』（一九一二）の場合、主人公の作家アシェンバッハは美少年に対する恋情をつのらせたあげく自己を見失って破滅してゆく。それに対し、本書におけるキャントウェルは若い娘に寄せる恋情を通して積年のトラウマから脱し、淡々と死を受け容れてゆくのだ。

本書を訳していて楽しかったのは、ヘミングウェイの意図とは関わりのないところで本書が自《おの》ずと漂わせている魅力も味わえたことだった。ヴェネツィアはヘミングウェイがこの地上で最も愛する街の一つだった。彼の分身である老いたキャントウェルが、いつかこの街で死ぬことを夢想しつつ古びた路地や活気のある市場を散策するとき、懐《ふところ》の深い古都は随所でその魅力を明らかにしてくれる。それは、いわばこの街の彩《いろど》り豊かな貌《かお》を知るガイドともなって、読者を楽しませてくれるにちがいない。

読者を楽しませると言えば、レナータとの晩餐や朝食の席でキャントウェルが見せるグルメぶりもなかなかのもの。それはそのままヘミングウェイ自身の嗜好《しこう》と見ていいが、大のワイン好きだったヘミングウェイのこと、レナータにキャントウェルが教えるワインの選び方、飲み方などに独特の通ぶりが現れていて楽しいのだ。ヴァルポリチェッラはボトルで飲むよりフィアスコにデキャントしてから飲むという作法など、人生の享楽《きょうらく》派としての一面も持つキャントウェルの面目躍如というところだろう。

最後に、『河を渡って木立の中へ』という本書のタイトルの由縁について言えば、最終章で死を目前にしたキャントウェル大佐が従兵に語って聞かせる、アメリカ南北戦争時の南軍司令官の一人、ジャクスン将軍にまつわるエピソードに尽きている。そのエピソードに月並みな反応しか示さない従兵の名前もまたジャクスンであるところに、ヘミングウェイ一流の皮肉が効いている。いずれにしろ、本書にふさわしい、印象的なタイトルをヘミングウェイは選んだと思う。ちなみに、このジャクスン将軍もまたキャントウェルと同じく、手に貫通銃創を負っていた。

ともあれ、この作品には五十歳当時の作者ヘミングウェイの陰翳《いんえい》に富む心象風景が、ヴィヴィッドに描き込まれているのは確かだ。本書で〝老い〟のさまざまな側面、中でも〝老い〟のもたらす不可避的な当惑をキャントウェルに寄せて子細に描いた作者は、その当惑を乗り越えたところに生まれる〝老い〟のしたたかさを、次作『老人と海』（一九五二）で正面から描き切ることになるだろう。

本書を翻訳するうえで、次の諸書からは多くの示唆《しさ》を受け、教えられるところも少なくなかった。感謝と共に記しておきたい。

Ernest Hemingway: A Life Story by Carlos Baker
Hemingway: The Final Years by Michael Reynolds
Autumn in Venice: Ernest Hemingway and His Last Muse by Andrea di Robilant
The Young Lions by Irwin Shaw
The Naked and the Dead by Norman Mailer
『トニオ・クレーゲル　ヴェニスに死す』トーマス・マン作　高橋義孝訳
『ヘミングウェイと老い』高野泰志編著

（二〇二五年二月）

年　譜――ヘミングウェイの生涯とその時代

一八九九年　七月二十一日、イリノイ州オークパークで、父クラレンスと母グレイスの長男として誕生。父はナチュラリストの外科医、母は声楽の素養のある芸術家肌の女性だった。

ヘミングウェイと同じくノーベル文学賞受賞後自殺している川端康成も、やはりこの年に生まれている。また、この年トルストイが『復活』を、ジョゼフ・コンラッドが『闇の奥』を発表している。

一九一三年　オークパーク・ハイスクールに入学。

一九一四年　七月、第一次世界大戦勃発。アメリカはまだ参戦せず。

この年、ジェイムズ・ジョイスの『ダブリン市民』が刊行され、カフカが『審判』を執筆している。

一九一五年　北ミシガンのワルーン湖畔で、禁猟対象のオオアオサギを撃ち、逃亡。罰金十五ドルを払って許される。幼時から休暇をこの別荘ですごしたヘミングウェイは、ここで父から釣りや狩猟の手ほどきを受け、アウトドア・ライフに親しむようになった。ハイスクールではフットボール部に所属。学校新聞「トラピーズ」にも記事を書く。

一九一六年 ハイスクールの文芸誌「タビュラ」に、初の短編小説「マニトウの審判」を発表。

この年、森鷗外が「高瀬舟」を発表している。

一九一七年 四月、アメリカ、第一次世界大戦に参戦。十月、ハイスクール卒業後カンザス・シティに移り、「カンザス・シティ・スター」紙の見習い記者となる。秋、ロシア十月革命。

この年、夏目漱石の『明暗』が刊行されている。

一九一八年 春、イタリア戦線の救急車要員となるべく、アメリカ赤十字社に登録。七月八日、北イタリアのフォッサルタの前線でオーストリア軍の迫撃砲弾の破片を浴び、重傷を負う。ミラノの赤十字病院で療養中、七歳年上の看護師、アグネス・フォン・クロウスキーと恋に落ちる。この体験が短編「ごく短い物語」、長編『武器よさらば』のベースになった。春から翌年にかけて、スペイン風邪、世界的に大流行。十一月、第一次世界大戦終結。

一九一九年　一月、アメリカに帰国。夏から秋にかけて何編かの習作短編を書く。この年、シャーウッド・アンダースンの『ワインズバーグ・オハイオ』、アンドレ・ジッドの『田園交響楽』、サマセット・モームの『月と六ペンス』等が刊行されている。

一九二〇年　一月、カナダのトロントに移り、「トロント・デイリー・スター」紙のフリー記者となる。十月、シカゴに移り、シャーウッド・アンダースンや詩人のカール・サンドバーグと親交をむすぶ。同じ頃、八歳年上の女性ハドリー・リチャードスンと出会う。この年、スコット・フィッツジェラルドの『楽園のこちら側』、D・H・ロレンスの『恋する女たち』、アガサ・クリスティーの『スタイルズ荘の怪事件』等が刊行されている。

一九二一年　九月、ハドリーと結婚。十二月、アンダースンの奨めで、新しい芸術の気運のみなぎるパリに、ハドリーと共に移住。

一九二二年　一月、セーヌ左岸のアパートメントにハドリーと住み着く。三月、アンダースンに書いてもらった紹介状を頼りに、前衛作家のガートルード・スタインや詩人のエズラ・パウンドを訪ねて師事する。九月、ギリシャ・トルコ戦争を取材。十月、イタリアでムッソリーニが首相に就任。
十二月、リヨン駅で、初期草稿入りスーツケースをハドリーが盗まれる。
この年、ジョイスの『ユリシーズ』、T・S・エリオットの『荒地』が刊行され、
魯迅が『阿Q正伝』を発表している。

一九二三年　六月、初めてスペインに旅して、闘牛に魅了される。八月、初の作品集『三つの短編と十の詩』刊行。九月、日本で関東大震災。いったんアメリカに帰国し、十月、トロントで長男ジョン誕生。十二月、「トロント・デイリー・スター」紙の記者を辞す。

一九二四年　一月、親子三人でパリにもどり、モンパルナスで借家暮らしを始める。以後、創作に専念し、九月ごろにかけて次々に短編の秀作を執筆。四月には短いスケッチ集『ワレラノ時代（in our time）』刊行。
この年、アンドレ・ブルトンが『シュルレアリスム宣言』を発表し、トーマス・マンの『魔の山』が刊行されている。

一九二五年　三月、「ヴォーグ」誌の記者、ポーリーン・ファイファーと知り合う。
四月、フィッツジェラルドと出会い、親交をむすぶ。六月、ハドリーや、後に『日はまた昇る』の登場人物のモデルとなる友人たちとスペインに

旅し、パンプローナのサン・フェルミンの祭りに興じる。七月、二十六歳の誕生日に『日はまた昇る』を書きはじめる。十月、本格的な初の短編集『われらの時代（In Our Time）』、ニューヨークで刊行。

この年、ヴァージニア・ウルフの『ダロウェイ夫人』、フィッツジェラルドの『グレート・ギャッビー』が、そしてまた、ヒトラーの『我が闘争』が刊行されている。エイゼンシュテインの映画「戦艦ポチョムキン」、チャップリンの映画「黄金狂時代」もこの年に公開された。

一九二六年　二月、アメリカに一時帰国し、終生の友となるスクリブナーズ社の編集者、マクスウェル・パーキンズと知り合う。五月、『春の奔流』刊行。八月、ポーリーンとの不倫が露見し、ハドリーと別居。十月、『日はまた昇る』刊行。ヘミングウェイは糟糠の妻ハドリーへの謝罪の意思表示として、この本の印税を終生彼女に贈ることにした。

この年、〝アラビアのロレンス〟ことT・E・ロレンスの『知恵の七柱』が刊行され、川端康成が「伊豆の踊子」を発表している。また、ジャン・ルノワールの映画「女優ナナ」が公開された。

一九二七年　四月、ハドリーと正式に離婚。五月、ポーリーンと再婚。十月、第二短編集『男だけの世界』刊行。

この年、マルセル・プルーストの『失われた時を求めて』の完結版、ヘルマン・ヘッセの『荒野の狼』等が刊行され、芥川龍之介が「或阿呆の一生」を発表している。

一九二八年　四月、パリからフロリダのキー・ウェストに行動の拠点を移す。六月、次男パトリック誕生。十二月、フロリダの土地投資の失敗や鬱病が原因で、父クラレンスが拳銃で自殺。

この年、D・H・ロレンスの『チャタレイ夫人の恋人』が刊行されている。またガーシュウィンの「パリのアメリカ人」が初演された。

一九二九年　四月から十二月にかけて、フランス、スペイン各地ですごす。九月、『武器よさらば』刊行。十月、ウォール街の株価大暴落、世界恐慌はじまる。

この年、エーリヒ・マリア・レマルクの『西部戦線異状なし』、ウィリアム・フォークナーの『響きと怒り』、ダシール・ハメットの『赤い収穫』等が刊行され、小林多喜二が『蟹工船』を発表している。

一九三〇年　十一月、ドス・パソスとモンタナ州をドライヴ中、事故を起こす。ドス・パソスは無傷だったが、ヘミングウェイは右腕を骨折して入院。

一九三一年　この年、ハメットの『マルタの鷹』が刊行されている。また、ルイス・マイルストンの映画「西部戦線異状なし」、マルレーネ・ディートリッヒ主演の映画「モロッコ」等が公開された。

ポーリーンの裕福な叔父ガス・ファイファーの援助で、キー・ウェストに居宅を購入。本格的な〝キー・ウェスト〟時代の幕開けとなる。九月、満州事変起こる。十一月、三男グレゴリー誕生。十二月、ジス・クォーター誌に短編「海の変化」を発表。

この年、パール・S・バックの『大地』が刊行されている。また、ルネ・クレールの映画「自由を我等に」が公開された。

一九三二年　九月、闘牛がテーマのノン・フィクション『午後の死』刊行。十二月、映画「武器よさらば」(ゲイリー・クーパー、ヘレン・ヘイズ主演)の試写に招かれるが、結末が原作と異なることを知って出席を拒否。

この年、オルダス・ハクスリーが『すばらしい新世界』を発表し、グレアム・グリーンの『スタンブール特急』が刊行されている。

一九三三年　三月、スクリブナーズ・マガジンに短編「清潔で、とても明るいところ」を発表。八月、新たに発刊された雑誌「エスクァイア」の創刊号に

〝モロ沖のマーリン〟と題するキューバ便りを発表。十月、第三短編集『勝者に報酬はない』刊行。十一月、ガス・ファイファーの資金援助で、初めてのアフリカ・サファリ旅行に出発。
この年、アンドレ・マルローの『人間の条件』、ガートルード・スタインの『アリス・B・トクラスの自伝』等が刊行され、谷崎潤一郎が『春琴抄』を発表している。また、映画「キングコング」が公開された。

一九三四年
一月、サファリ中アメーバ赤痢にかかり、ナイロビの病院に入院。このときの体験が短編「キリマンジャロの雪」に生かされた。四月、初めて自分の海釣り用のクルーザーの建造を注文。完成したクルーザー〝ピラール号〟の舵を自ら握って、キー・ウェストに回航。八月、ヒトラーがナチス・ドイツの総統兼首相に就任。
この年、ウィリアム・サローヤンの『空中ブランコに乗った若者』、ジェイムズ・M・ケインの『郵便配達は二度ベルを鳴らす』が刊行されている。ヘンリー・ミラーの『北回帰線』もパリで刊行され、宮沢賢治の『銀河鉄道の夜』も没後刊行された。また、フランク・キャプラの映画「或る夜の出来事」が公開された。

一九三五年
九月、ハリケーンがキー・ウェストを襲い、ハイウェイ建設中の退役軍人ら四百八十五名が犠牲に。これに憤慨したヘミングウェイは左翼系の雑誌ニュー・マッシズ誌に、政府を厳しく弾劾するレポート、〝だれが退役軍人たちを殺したか?〟を発表。十月、アフリカでのサファリをベースにした『アフリカの緑の丘』を刊行。

この年、ジョン・フォードの映画「男の敵」が公開された。

一九三六年 四月、エスクァイア誌に、のちの『老人と海』に生かされた実話を含むエッセイ〝青い海で〟を掲載。七月、スペイン内戦勃発。八月、「キリマンジャロの雪」をエスクァイア誌に発表。九月、コズモポリタン誌に「フランシス・マカンバーの短い幸福な生涯」を発表。十二月、のちに三番目の妻となる新進作家マーサ・ゲルホーンとキー・ウェストで知り合う。

一九三七年 三月、NANA通信(北米新聞連合)の記者としてスペインに赴き、内戦の取材・報道にあたる。四月、オランダの映画監督ヨリス・イヴェンスと共に、共和政府側を支援する記録映画「スペインの大地」の製作にマドリッドで従事。コリアーズ誌の記者としてスペインを訪れたマーサ・ゲルホーンと共に内戦の前線を取材、彼女との仲が急速に深まる。

七月、ゲルホーン、イヴェンスと共に、完成した「スペインの大地」をホワイト・ハウスでルーズヴェルト大統領臨席のもとに上映。その後、スペインの共和政府支援資金募金のため、ハリウッドでも上映。この上映会には、ジョン・フォード監督らも出席している。ナレーションはオースン・ウェルズに代わってヘミングウェイ自身が担当した。十月、長編『持てる者と持たざる者』刊行。

この年、ジョン・スタインベックの『二十日鼠と人間』、永井荷風の『濹東綺譚』等が刊行され、志賀直哉の『暗夜行路』が完結している。また、ジャン・ルノワールの映画「大いなる幻影」、山中貞雄の映画「人情紙風船」等が公開された。

一九三八年　五月、「橋のたもとの老人」をケン誌に発表。十月、『第五列と最初の四十九短編』刊行。十二月、「蝶々と戦車」をエスクァイア誌に発表。

この年、ジャン＝ポール・サルトルの『嘔吐』、ジョージ・オーウェルの『カタロニア讃歌』、ダフネ・デュ・モーリエの『レベッカ』等が刊行されている。また、フランク・キャプラの映画「我が家の楽園」が公開された。

一九三九年　三月、マドリッドが陥落してスペイン内戦終結。四月、マーサ・ゲルホーンと共に、キューバのハバナ近郊に借りたフィンカ・ビヒア（望楼園）で暮らしはじめる。九月、ナチス・ドイツ軍がポーランド侵攻。第二次世界大戦はじまる。
この年、スタインベックの『怒りの葡萄』、フォークナーの『野生の棕櫚』等が刊行されている。またヴィヴィアン・リー主演の映画「風と共に去りぬ」、田坂具隆の映画「土と兵隊」等が公開された。

一九四〇年　五月、イギリス軍ダンケルク撤退。六月、パリ陥落。九月、日独伊三国同盟締結。十月、『誰がために鐘は鳴る』刊行。『武器よさらば』以来の好評で迎えられる。十一月、ポーリーンと正式に離婚し、マーサ・ゲルホーンと結婚。十二月、フィンカ・ビヒアを購入してキューバに移住。ヘミングウェイの〝キューバ時代〟はじまる。
この年、ショーロホフの『静かなドン』が完結、アーサー・ケストラーの『真昼の暗黒』、カースン・マッカラーズの『心は孤独な狩人』等が刊行され、太宰治が「走れメロス」を発表している。また、チャップリンの映画「独裁者」、ジョン・フォードの映画「怒りの葡萄」等が公開された。

一九四一年　二月から五月にかけて、妻のマーサ・ゲルホーンと共に日中戦争渦中の中国大陸、ビルマ（ミャンマー）、フィリピンを歴訪。中国では周恩来、蔣介石と面会。アメリカに帰国後、日米開戦を予言。十二月、日本軍、ハワイの真珠湾を奇襲、太平洋戦争はじまる。
この年、エーリヒ・フロムの『自由からの逃走』が刊行されている。また、リリアン・ヘルマンの戯曲「ラインの監視」、ブレヒトの「肝っ玉おっ母とその子供たち」が初演され、オースン・ウェルズの映画「市民ケーン」、ディズニーの長編アニメ「ダンボ」が公開された。

一九四二年　ドイツのUボート狩りと称して、ピラール号でキューバ付近の海域の哨戒を行う。
この年、アルベール・カミュの『異邦人』が刊行されている。また、マーヴィン・ルロイの映画「心の旅路」、山本嘉次郎の映画「ハワイ・マレー沖海戦」等が公開された。

一九四四年　五月、ヨーロッパ戦線を取材すべくロンドンに飛び、のちに四番目の妻となるメアリー・ウェルシュと知り合う。その後、自動車事故に巻き込まれ、五十七針縫う重傷を負う。退院後も数か月、頭痛に悩まされた。六月六日、連合軍のノルマンディー上陸作戦をジャーナリストの専用艦上から観戦。このとき、妻のマーサ・ゲルホーンはひそかに別の艦に乗り込んで上陸に加わっており、ヘミングウェイの鼻を明かした形になった。六月二十一日、イギリス空軍の爆撃機に同乗してドイツ占領地区の爆撃行を体験。七月、アメリカ陸軍第四師団に随行して戦闘の取材を開始。八月、自由フランス軍のパルチザンの兵士たちを率いて情報収集活動を開始する。十月、アメリカ陸軍の特務機関OSSに加わっていた長男のジョンが、ドイツ軍の捕虜になるも、六か月後に釈放される。十一月、〝ヒュルトゲンの森の戦い〟を体験。

この年、マーサ・ゲルホーンの小説『リアナ』が刊行されている。またテネシー・ウィリアムズの戯曲「ガラスの動物園」が初演され、イングリッド・バーグマン主演の映画「ガス燈」、木下恵介の映画「陸軍」等が公開された。

一九四五年

三月、パリを離れてキューバにもどる。鬱と不眠症に悩まされながら、死後『海流のなかの島々』として刊行される〝シー・ブック〟を書きはじめる。五月、ドイツ降伏。八月、広島・長崎に原爆投下。日本降伏。十二月、マーサ・ゲルホーンと正式に離婚。

この年、オーウェルの『動物農園』が刊行されている。また、ビリー・ワイルダーの映画「失われた週末」、マルセル・カルネの映画「天井桟敷の人々」等が公開された。

一九四六年 一月、のちに『エデンの園』と題されて刊行される作品を書きはじめる。三月、メアリー・ウェルシュとハバナで結婚。この年、坂口安吾が「堕落論」を発表している。また、ウィリアム・ワイラーの映画「我等の生涯の最良の年」、衣笠貞之助の映画「或る夜の殿様」等が公開された。

一九四八年 十月、メアリー夫人をイタリアに伴い、第一次世界大戦で負傷した地、フォッサルタを再訪。十一月、『海流のなかの島々』に着手。十二月、ヴェネツィアで十八歳の美しい娘、アドリアーナ・イヴァンチッチと運命的な出会いをする。彼女が『河を渡って木立の中へ』のヒロイン、レナータのモデルとなった。この年、ノーマン・メイラーの『裸者と死者』、大岡昇平の『俘虜記』等が刊行され、谷崎潤一郎の『細雪』が完結している。また、コール・ポーターのミュージカル「キスミー・ケイト」が初演され、ヴィットリオ・デ・シーカの映画「自転車泥棒」が公開された。

一九四九年 六月、長男のジョン、幼時をすごした思い出の地パリで結婚。この年、ポール・ボウルズの『シェルタリング・スカイ』、三島由紀夫の『仮面の告白』、ボーヴォワールの『第二の性』等が刊行されている。またロジャース／ハマースタインのミュージカル「南太平洋」が初演され、キャロル・リードの映画「第三の男」、ゲイリー・クーパー主演の映画「摩天楼」、小津安二郎の映画「晩春」等が公開された。

一九五〇年　五月、長男ジョンに長女ジョーンが誕生、ヘミングウェイ、祖父となる。六月、朝鮮戦争勃発。九月、自己の戦争体験を反映させた長編『河を渡って木立の中へ』刊行。ヘミングウェイの意気込みに反して不評だった。十月、アドリアーナ・イヴァンチッチがヘミングウェイの招きで母親と共にフィンカ・ビヒアを訪問、翌年二月まで滞在する。十二月、『海流のなかの島々』を脱稿したと言明。同じ頃、『老人と海』にとりかかった模様。
この年、トール・ヘイエルダールの『コン・ティキ号漂流記』、レイ・ブラッドベリの『火星年代記』等が刊行されている。また、ロベール・ブレッソンの映画「田舎司祭の日記」、ビリー・ワイルダーの映画「サンセット大通り」、黒澤明の映画「羅生門」等が公開された。

一九五一年　二月中旬、『老人と海』を書き上げたとみられる。六月、母グレイスが死去。母を嫌っていたヘミングウェイは、葬儀に出席しなかった。十月、二番目の妻ポーリーン、五十六歳で死去。
この年、J・D・サリンジャーの『ライ麦畑でつかまえて』、レイチェル・カースンの『われらをめぐる海』、トルーマン・カポーティの『草の竪琴』等が刊行されている。またテネシー・ウィリアムズ原作の映画「欲望という名の電車」、ジョン・ヒューストンの映画「アフリカの女王」、成瀬巳喜男の映画「めし」等が公開された。

一九五二年　九月、アメリカの全国誌「ライフ」に『老人と海』が一挙掲載される。五百三十二万部が四十八時間で売り切れて大評判に。直後に単行本も刊行。ヘミングウェイの意向で表紙を飾ったのは、アドリアーナ・イヴァンチッチが物語の舞台コヒマルの漁村を描いたスケッチだった。
この年、スタインベックの『エデンの東』が刊行されている。またジーン・ケリー主演の映画「雨に唄えば」、フレッド・ジンネマンの映画「真昼の決闘」、溝口健二の映画「西鶴一代女」等が公開された。

一九五三年　五月、『老人と海』がピューリッツァー賞を受賞。六月、メアリー夫人と共に渡欧。その後八月までフランス、スペインをまわってからアフリカに渡り、九月に久方ぶりのサファリを開始。

この年、ソール・ベローの『オーギー・マーチの冒険』、レイモンド・チャンドラーの『長いお別れ』等が刊行されている。また、ウィリアム・ワイラーの映画「ローマの休日」、ジョージ・スティーヴンスの映画「シェーン」、小津安二郎の映画「東京物語」、溝口健二の映画「雨月物語」等が公開された。

一九五四年

一月、サファリ終了。一月二十三日、ウガンダのマーチソンの滝に向かう途中、乗ったセスナ機が電線に接触して墜落。ヘミングウェイ死す、の誤報が全世界を駆けめぐった。翌日、アルバート湖に面したブティアバから別の飛行機でエンテベに向かおうとしたところ、離陸時に機が炎上。かろうじて脱出したものの、視力、聴力障害、内臓損傷等の重傷を負った。十月、ノーベル文学賞を受賞するも、体調不良を理由に授賞式には欠席。

この年、ウィリアム・ゴールディングの『蝿の王』、フランソワーズ・サガンの『悲しみよこんにちは』、トールキンの『指輪物語』等が刊行されている。またジュディ・ガーランド主演の映画「スタア誕生」、ジャン・ギャバン主演の映画「現金《げんなま》に手を出すな」、木下恵介の映画「二十四の瞳」、黒澤明の映画「七人の侍」、本多猪四郎の映画「ゴジラ」等が公開された。

一九五五年　この年は年間を通じてキューバに留まる。飛行機事故の後遺症が残って、体調の不良がつづいた。五月頃から映画「老人と海」の撮影準備はじまる。九月、短編「ファイター」が原作のテレビドラマの主役、ジェイムズ・ディーンが車の事故で急死、急遽ポール・ニューマンが代役をつとめて、十月にＮＢＣで放映。
この年、ウラジーミル・ナボコフの『ロリータ』、パトリシア・ハイスミスの『リプリー』（映画「太陽がいっぱい」の原作）等が刊行されている。また、アーサー・ミラーの戯曲「橋からの眺め」が初演され、デイヴィッド・リーンの映画「旅情」、豊田四郎の映画「夫婦善哉」等が公開された。

一九五六年　アドリアーナ・イヴァンチッチ、ギリシャ人の資産家と結婚。四月、ペルー沖で映画「老人と海」に登場するカジキの大物をピラール号で探すが不調に終わる。六月、セント・エリザベス病院に精神病患者として入院中のかつての師、エズラ・パウンドにノーベル賞の賞金の一部を送る。九月、健康のため医者から転地を勧められ、次男のパトリックが農園を経営するアフリカでサファリを楽しむことを計画。メアリーと共にまずフランスに渡り、そこからスペインに車で向かう。十月、第二次中東戦争勃発。十一月、エジプトがスエズ運河を国有化。ヘミングウェイはサファリを断念、パリにもどる。その際、一九二〇年代に書きためたメモや草稿の入ったトランクが、リッツ・ホテルで見つかったとされている。この年、アレン・ギンズバーグの『吠える』、ジェイムズ・ボールドウィンの『ジョヴァンニの部屋』、三島由紀夫の『金閣寺』等が刊行されている。また、ピエトロ・ジェルミの映画「鉄道員」、ユル・ブリンナー主演の映画「王様と私」、成瀬巳喜男の映画「流れる」、今井正の映画「真昼の暗黒」等が公開された。

一九五七年

過度の飲酒、肝臓肥大、高血圧、不眠症等、体調不良から、鬱、妄想等が顕著になる。九月、のちに『移動祝祭日』にまとめられるパリ時代のメモワールを書きはじめる。十月、ソ連、人工衛星「スプートニク」打ち上げ。

この年、ボリス・パステルナークの『ドクトル・ジバゴ』、ジャック・ケルアックの『路上』等が刊行されている。また、ジェローム・ロビンズ原案のミュージカル「ウエストサイド物語」が初演され、ビリー・ワイルダーの映画「昼下りの情事」、アンジェイ・ワイダの映画「地下水道」、川島雄三の映画「幕末太陽傳」、内田吐夢の映画「大菩薩峠」等が公開された。

一九五九年　一月、キューバのバティスタ独裁政権をカストロが打倒、革命政府を樹立。ヘミングウェイはアメリカ本土のアイダホ州、ケッチャムに家を購入して移住することを決意。六月から九月にかけ、オルドニェス、ドミンギンという二大闘牛士が直接技を競い合う闘牛シリーズをスペイン各地で見てまわる。その観戦記は「危険な夏」としてライフ誌に掲載されることになっていたが、自力でまとめることができず、友人の編集プロデューサー、ホッチナーの手を借りた。

この年、ソウル・ベローの『雨の王ヘンダーソン』、イアン・フレミングの『ゴールドフィンガー』等が刊行されている。また、ロジャース／ハマースタインのミュージカル「サウンド・オブ・ミュージック」が初演され、小林正樹の映画「人間の條件」等が公開された。

一九六〇年　一月、鬱病と不眠症、神経障害が悪化。六月、日本で安保条約反対運動最高潮に。十一月、ミネソタのセント・メアリー病院に入院。数次の電気ショック療法を受ける。

この年、ジョン・アップダイクの『走れウサギ』が刊行され、ロレンス・ダレルの

『アレキサンドリア四重奏《カルテット》』も完結刊行されている。また、フェリーニの映画「甘い生活」、ルキノ・ヴィスコンティの映画「若者のすべて」、ジャン＝リュック・ゴダールの映画「勝手にしやがれ」、大島渚の映画「日本の夜と霧」等が公開された。

一九六一年　一月、ケネディ大統領の就任式に招かれるが、病気を理由に断る。四月、銃で自殺を図るもメアリー夫人に阻止され、再度セント・メアリー病院に入院。五月、生涯の友だった映画俳優ゲイリー・クーパー死去の報に、落胆。六月、退院。七月二日午前七時三十分、ショットガンで自裁。

この年、ジョゼフ・ヘラーの『キャッチ＝22』、バーナード・マラマッドの『もう一つの生活』、川端康成の『眠れる美女』等が刊行されている。また、ロバート・ワイズの映画「ウエストサイド物語」、オードリー・ヘプバーン主演の映画「噂の二人」、今村昌平の映画「豚と軍艦」等が公開された。

一九六二年　二月、メアリー夫人、ヘミングウェイが第一次世界大戦で負傷したときの恋人アグネス・フォン・クロウスキーと語り合い、アグネスがヘミングウェイに送った手紙のうち三通を返還する。

一九六四年　五月、『移動祝祭日』刊行。

一九七〇年　十月、『海流のなかの島々』刊行。

一九七九年　一月、最初の妻、ハドリー、八十七歳で死去。
一九八三年　三月、二度目の結婚で二児をもうけていたアドリアーナ・イヴァンチッチ、鬱病のため、五十三歳で自殺。
一九八四年　十一月、アグネス・フォン・クロウスキー、九十二歳で死去。
一九八六年　五月、『エデンの園』刊行。十一月、メアリー夫人、七十八歳で死去。
一九八七年　十二月、『ヘミングウェイ全短編（フィンカ・ビヒア版）』刊行。
一九九八年　三番目の妻、マーサ・ゲルホーン、八十九歳で死去。
一九九九年　七月二十一日、ヘミングウェイの三人の息子、ジョン、パトリック、グレゴリーとその妻たちが、イリノイ州オークパークの、父が誕生した家に集い、父の生誕百年を祝う。

（この年譜は、"HEMINGWAY: AN ANNOTATED CHRONOLOGY by Michael Reynolds" "THE HEMINGWAY LOG by Brewster Chamberlin" 等を主に参照した）

本書は訳し下ろしです。

本作品には現在の観点から見て、差別的とされる表現が含まれますが、執筆当時の時代状況と文学的価値に鑑みて、原文通りとしました。（新潮文庫編集部）

Title : ACROSS THE RIVER AND INTO THE TREES
Author : Ernest Hemingway

河《かわ》を渡《わた》って木立《こだち》の中《なか》へ

新潮文庫　へ - 2 - 16

令和七年四月一日発行

訳者　高《たか》見《み》浩《ひろし》

発行者　佐藤隆信

発行所　株式会社　新潮社

郵便番号　一六二―八七一一
東京都新宿区矢来町七一
電話　編集部(〇三)三二六六―五四四〇
　　　読者係(〇三)三二六六―五一一一
https://www.shinchosha.co.jp

価格はカバーに表示してあります。

乱丁・落丁本は、ご面倒ですが小社読者係宛ご送付ください。送料小社負担にてお取替えいたします。

印刷・株式会社三秀舎　製本・株式会社植木製本所

ISBN978-4-10-210020-2 C0197